フェロー諸島のアーサー王物語

バラッド『ヘリントの息子ウィヴィント』をめぐって

林　邦彦　著

文化書房博文社

まえがき

　スカンディナヴィア半島南部とアイスランド共和国のほぼ中間に位置するフェロー諸島は現在、デンマーク王国に属する自治領である。人口は49000人ほどで、諸島内ではデンマーク語と並んでフェロー語と呼ばれる言語が用いられている。

　フェロー諸島では長い間、公的な場では書き言葉、話し言葉ともにデンマーク語が使われ、フェロー語は日常生活の話し言葉として用いられるという状態が続き、その間、フェロー語の書き言葉はなかった。

　このフェロー語では多数のkvæði（クヴェアイ）と呼ばれるバラッド（物語歌）が伝承されているが、これらは長い間もっぱら口承のみによって伝承されてきた。

　これらフェロー語で伝承されてきたバラッドが本格的に文字に採録されるようになったのは18世紀の後半からである。

　フェロー語のバラッド作品群で扱われている物語素材は様々であるが、これらのバラッド作品群の中に、アーサー王伝説などに題材を取った『ヘリントの息子ウィヴィント』と呼ばれる作品が伝承されている。

　この『ヘリントの息子ウィヴィント』と呼ばれる作品は3つのヴァージョンが伝承、採録されているが、本書ではこの『ヘリントの息子ウィヴィント』と呼ばれる作品に焦点を当て、物語の特徴や登場人物の人物像、ヴァージョン間の相違など、様々な観点から考察を進めたい。

目次

第一章　アーサー王伝説に
題材を取ったフェロー語バラッド
——その物語と登場人物——

0. はじめに

　今日、デンマーク自治領のフェロー諸島で用いられているフェロー語では数多くのバラッドが伝承されている。これらのバラッドは主として18世紀後半以降に採録されたものである。

　フェロー語のバラッドには北欧の神話・英雄伝説を扱ったものや、カール大帝シャルルマーニュを扱ったもの、中世アイスランドの個人やその家族の生活を描いた「アイスランド人のサガ」と呼ばれるジャンルのサガ[1]と共通する内容を持つもの、さらにはトリスタン物語等、騎士ロマンスを扱ったものなどが存在する。

　その騎士ロマンスを扱ったバラッドの中に、アーサー王伝説などに題材を取ったと考えられるものが今日まで伝わっている。『ヘリントの息子ウィヴィント』(*Ívint Herintsson* (CCF 108)[2]) と呼ばれている作品である。

　この『ヘリントの息子ウィヴィント』と呼ばれる作品は3つのヴァージョンが採録されており、以下のように、それぞれ A ヴァージョン、B ヴァージョン、C ヴァージョンと呼ぶのが通例である[3]:

A ヴァージョン（*Sandoyarbók* 等に採録。1822-1854年）

B ヴァージョン（Jens Christian Svabo による採録。1781-82年）

C ヴァージョン（*Fugloyarbók* 等に採録。-1854年）

1

いずれのヴァージョンも複数のサブ・バラッドから構成されるバラッド・サイクルで、作品の大筋は、この ABC の 3 ヴァージョンの間で共通している。

　形式は 1 スタンザ 4 行で、行末韻は基本的に abcb 形式であるが、行末韻が崩れているスタンザも多い。

　この作品の物語は、表題になっている人物であるヘリントの息子ウィヴィント（Ívint Herintsson）の父ヘリント（Herint）の求婚話、そしてその息子ウィヴィント（Ívint）およびその兄弟達の冒険、さらにはウィヴィントの息子ゲァリアン（Galian）の冒険によって構成されている。ウィヴィントの父ヘリントの求婚相手が、アーサー王のことと考えられるハシュタン（Hartan）王の妹である。（Hartan という名は A ヴァージョンにおける表記で、B、C では語頭の H のない Artan（アシュタン）と表記される。以後、ハシュタン（Hartan）王の名については原文の引用箇所を除き、採録ヴァージョンに関わりなく「ハシュタン」と表記する。なお、他の登場人物についてもヴァージョンによって表記の異なる場合があるが、これらも原文の引用箇所を除き、A ヴァージョンにおける表記を使用する。）

　本章ではまず、この作品の物語の内容、および本作に関して先行研究で指摘されている事柄について確認し、その上で、本作品の物語の特徴について考察したい。

1. 『ヘリントの息子ウィヴィント』の物語と主要登場人物像

1.1. 『ヘリントの息子ウィヴィント』の物語

　以下に紹介するのが、フェロー語バラッド『ヘリントの息子ウィヴィント』の梗概である。既述のように、本作について採録されている 3 つのヴァージョンは、いずれも複数のバラッド（サブ・バラッド）から構成されるバラッド・サイクルであるが、ここでは代表として A ヴァージョンを用いる：

Ⅰ. *Jákimann kongur*「ヨアチマン王」（80 スタンザ）

　フン国の王で醜悪な風貌のヨアチマン（Jákimann）は、無理やりにでもハシュタン（Hartan）王の妹を妻にもらいたいと考える。臣下から否定的な意見を言われても意に介さず、ヨアチマンは船でハシュタン王のもとへ赴き、ハシュタン王に面会し、王妹への求婚の意志を伝える。王妹はヨアチマンを拒絶。それを知ったヘリント（Herint。在住国名は記されず）もハシュタン王の妹を妻にもらいたいと思い、船でハシュタン王のもとへ赴き、ハシュタン王に面会。ヨアチマンとヘリントが戦うこととなり、ヨアチマンはヘリントに斃され、ヘリントはハシュタン王の妹と結ばれる。

Ⅱ. *Kvikilsprang*「クヴィチルスプラング」（60スタンザ）

　ヘリントとハシュタン王の妹の間には三人の息子が生まれ、それぞれウィヴィント（Ívint）、ヴィーフェール（Víðferð）、クヴィチルスプラング（Kvikilsprang）と名付けられる。三男のクヴィチルスプラングはジシュトラント（Girtland。ギリシャのことか？）へ行くが、捕らわれの身になる。ジシュトラント王の娘ロウスィンレイ（Rósinreyð）は父王に、クヴィチルスプラングを自分に与えるよう懇願するが、父王は拒否。ロウスィンレイはウィヴィントに救援に来てもらうべく彼に使いを送る。事情を知ったウィヴィントはジシュトラントへ向かい、クヴィチルスプラングを救出。翌日、二人はジシュトラント王やその軍勢と戦い、ウィヴィントはジシュトラント王を斃す。クヴィチルスプラングはロウスィンレイと結ばれ、ジシュトラントの王位に就く。

Ⅲ. *Ívints táttur*「ウィヴィントのバラッド」（80スタンザ）

　ウィヴィントの弟ブランドゥル（Brandur hin víðførli。前出のヘリントの次男ヴィーフェール（Víðferð）と同一人物か？）が「異教徒の（heiðin）森」へと冒険に出かけ、一人の巨人を斃し、次にその息子も斃すが、毒が仕込まれていた泉に落ちて落命する。それを知った兄のウィヴィントは、泉に毒を仕込ん

だと思しき者達（具体的にはその地域に住む巨人ら）に仇討ちをするべく、異教徒の森への冒険に出かけるが、森へ行く前に彼は、まずハシュタン王のもとへ赴き、事情を説明する。それからウィヴィントは異教徒の森へと向かい、ハシュタン王は三日間ウィヴィントに同行する。その後、一旦ウィヴィントは一人になる。巨人達はウィヴィントが近付いてくるのを目にする。レーイン（Regin）という名の巨人はウィヴィントに立ち向かうが、ウィヴィントに斃され、レーインの母は悲しむ。ウィヴィントは巨人の住処へと向かい、レーインの母を殺す。ウィヴィントは帰途に就くが、道中ハシュタン王と会い、王と別れてからの冒険の一部始終を話す。ハシュタンはウィヴィントに、一緒に宮廷へ戻るよう促す。

Ⅳ. *Galians táttur fyrri*「ゲァリアンのバラッド 第一部」（100スタンザ）

　ハシュタン王の城市を野生の鹿が走り回っているとの情報が王の宮廷に寄せられる。鹿狩りが行われ、ウィヴィントも参加する。鹿は捕まえられず、その晩、ウィヴィントはある裕福な未亡人の館で宿を取るが、未亡人の意に反して未亡人と肉体関係を持つ。未亡人は子どもを宿す。翌朝、王宮へ戻りたいと考えるウィヴィントは、「いつ帰って来るのか」との未亡人の問いには、「自分が帰って来ることを期待するな」と答え、ウィヴィントは出発する。裏切られたと思った未亡人は毒の入った飲み物をウィヴィントに飲ませ、ウィヴィントを長期間病床に置くことで復讐しようとする。ウィヴィントはハシュタン王の宮廷に着く頃には発病しており、宮殿の上階の部屋で病床に伏す。九ヶ月後、未亡人は男児を出産。男児は母親のもとで育ち、武勇に優れた若者へと成長するが、ふとした機会に自分の父のことを耳にし、母から詳細を聞き出すと、「もしそなたが父に危害を加えたのであれば、すぐに死んでもらう」と、母に対し剣を抜いて身構える。しかし、母から、「自分の母親を殺すとは狂った（galin）人間だ」と言われると、男児は自分がゲァリアン（Galian）という名で呼ばれることを求める。ゲァリアンは母から父ウィヴィントの病を癒す飲み物を渡さ

4

れ、ハシュタン王の宮廷へ向かう。母からは、苦境に陥ったら母を思い出すように言われる。ウィヴィントとよく似た男が城市に向かっているとの情報がハシュタン王の宮廷にもたらされると、レイウル（Reyður）という名の騎士がその男に立ち向かうことになる。ハシュタン王の宮廷までやって来たゲァリアンは、レイウルと一騎打ちをすることになり、ゲァリアンはレイウルを斃す。宮殿でゲァリアンは病床のウィヴィントに面会し、母からもらってきた飲み物を飲ませると、ウィヴィントは快癒し、周囲は喜ぶ。

Ⅴ. *Galians táttur seinni*「ゲァリアンのバラッド 第二部」（60スタンザ）

　ハシュタン王は毎年クリスマスに、「北の入江（Botnar norður）」と呼ばれる場所に臣下を派遣する習慣があった。「お前はまだ若すぎる」とのハシュタン王の制止を振り切り、ゲァリアンは「北の入江」へ向かい、多くの怪物を捕らえる。彼はある巨人が多くの勇士達を捕らえているのを目にし、巨人を斃す。ゲァリアンが巨人の住む洞穴へ行くと、ある美しい乙女が座っている。彼はその乙女を連れてゆく。ゲァリアンは龍が飛んでいるのを目にし、龍に向かってゆく。彼は一旦、馬もろとも龍に飲み込まれるが、剣で自らを解放する。ゲァリアンは大量の血にまみれ、地面に横たわるが、心の中で母に助けを求めると、母が飲み物を持って現れる。それを飲み、体力を取り戻したゲァリアンは、かの乙女を連れてハシュタン王のもとへと向かう。ウィヴィントとよく似た男が城市に向かっているとの情報がハシュタン王の宮廷にもたらされると、他ならぬウィヴィントがその男と戦うことになる。ゲァリアンが宮廷までやって来ると、その前には彼を息子ゲァリアンだとわからないウィヴィントがおり、ウィヴィントはゲァリアンが連れてきた乙女をめぐり、ゲァリアンとの一騎打ちを求める。ゲァリアンは相手が自らの父だとわかり、当初ゲァリアンは本気を出さずに戦うが、ウィヴィントから、「『北の入江』から怯えて帰って来て、剣で切り付ける勇気がないのではないか」と言われ、ゲァリアンは本気を出す。しかし、やがてゲァリアンは剣を鞘にしまい、「自分の父を殺そうと

するのは狂人だ」と言って自らの正体を明かす。両者とも武器を壊し、ゲァリアンは父ウィヴィントに、かつて自分を孕ませて程なく捨てた母と結婚するよう命じる。ウィヴィントはゲァリアンの母を娶り、ゲァリアンは「北の入江」から連れてきた乙女と結ばれる。

　以上がフェロー語のバラッド・サイクル『ヘリントの息子ウィヴィント』の梗概である。なお、第Ⅲバラッド『ウィヴィントのバラッド』(Ívints táttur)の内容、すなわちウィヴィントの弟ブランドゥルの冒険とブランドゥルの死、そしてウィヴィントが、死亡した弟ブランドゥルの仇討ちに行くエピソードはAヴァージョンにしか含まれていない。その他の細部についても作品全体にわたり、ABC各ヴァージョンの間で相違が見られる。また、第Ⅳバラッド『ゲァリアンのバラッド　第一部』(Galians táttur fyrri)と第Ⅴバラッド『ゲァリアンのバラッド　第二部』(Galians táttur seinni)については、Bヴァージョンではこの2バラッドの内容が1つのバラッドに統合されてⅢ. Galians táttur（『ゲァリアンのバラッド』）と表記され[4]、CヴァージョンではAヴァージョンの第Ⅳおよび第Ⅴバラッドの内容を扱うⅢ. Galiants kvæði（『ゲァリアントのバラッド』）が（Ⅰ）、Ⅱ、Ⅲに分かれている。（Ⅰについては実際の表記はなく、筆者による補足である。）[5]
　また、本バラッド・サイクルを構成するサブ・バラッドの中には、ノルウェー語で伝承・採録されたバラッド作品との題材の共通が指摘されているものもあり、そのノルウェー語のバラッドとは、『エルニングの息子イーヴェン』(Iven Erningsson)[6]、および『クヴィーヒェスプラック』(Kvikjesprakk)[7]と呼ばれる二作品である[8]。ノルウェー語バラッドの『エルニングの息子イーヴェン』では、フェロー語作品『ヘリントの息子ウィヴィント』Aヴァージョンの第Ⅳバラッドに該当する内容が描かれた後、ガリテ（Galite。フェロー語作品のゲァリアン（Galian）に該当）の「怪物の入江（Trollebotn）」への冒険（ゲァリアンの「北の入江（Botnar norður）」への冒険に該当するものと思われる）をめぐるエピソードが7スタンザほどの断片のみ伝わっており、その後、

6

フェロー語作品第Ⅴバラッドのクライマックスにおけるゲァリアンとウィヴィント（ノルウェー語作品ではガリテとイーヴェン）の一騎打ちを描いた部分が遺されている[9]。ただ、フェロー語の『ヘリントの息子ウィヴィント』の第Ⅳ・第Ⅴバラッドでは、アーサー王のことと思われるハシュタン王が登場するが、ノルウェー語の『エルニングの息子イーヴェン』ではハシュタン王は登場せず、代わりに名前は記されないデンマーク王が該当する役割を果たしている。一方、ノルウェー語バラッド『クヴィーヒェスプラック』ではフェロー語作品の第Ⅱバラッド『クヴィチルスプラング』の物語に該当する内容が描かれている。（こちらはフェロー語バラッド、ノルウェー語バラッドともハシュタン王は登場しない。）

1.2. 『ヘリントの息子ウィヴィント』におけるアーサー王物語の 痕跡を指摘した先行研究

本書で中心的に扱うのはフェロー語バラッド『ヘリントの息子ウィヴィント』である。この『ヘリントの息子ウィヴィント』を扱った先行研究では、物語の素材、特にアーサー王物語に特徴的なモチーフに焦点が当てられることが多く、詳しくは後述するが、Kölbing (1875) は本作品におけるアーサー王物語のモチーフの痕跡を指摘し、Liestøl (1915) は Kölbing の見解を紹介しながら、他の物語素材の影響も指摘している (Liestøl 1915: 179-188)。

その後は本作の物語素材を扱った文献は、事典類における記事や過去の研究の論点整理型の文献などに止まる。Kalinke (1996a) では、本作が3つのヴァージョンで遺されていることや、本作が恐らくは後期中世の成立と思われるが、18世紀後半および19世紀前半まで書き留められることがなかったことが記され、作品の粗筋が述べられた後、上述の Kölbing (1875) や Liestøl (1915) によって指摘されている点などが取り上げられる (Kalinke 1996a: 248-249)。Driscoll (2011) の本作をめぐる記述もほぼ同様である (Driscoll 2011: 175-177)。

なお、詳しくは後述するが、ここで挙げた Kölbing、Liestøl、Kalinke、Driscoll

らによって指摘されている本作品中のアーサー王物語の痕跡は、いずれもアーサー王伝説に題材を取ったアイスランド語の作品群と本作『ヘリントの息子ウィヴィント』との間で、モチーフの共通が指摘されているものである。これらのアイスランド語作品はいずれも、フランス語圏の詩人クレチアン・ド・トロワ[10]（Chrétien de Troyes）がフランス語で著した作品（いずれも 12 世紀後半のものとされる）が 13 世紀にノルウェー語に翻案された後、そのノルウェー語版からさらにアイスランド語に翻案されたものと考えられている作品群である（そのいずれについても、当初のノルウェー語版を伝える写本は現存せず、現在では専らアイスランド語の写本によって伝承されている）。これらの作品はいずれもアーサー王自身は物語の主人公とはならず、アーサー王の宮廷に属する騎士達のうちの一人がそれぞれの作品において主人公となり、その主人公の騎士による一連の冒険によって物語が構成されている。Kölbing、Liestøl、Kalinke、Driscoll らによる先行研究では、フェロー語バラッド『ヘリントの息子ウィヴィント』に見られる、アーサー王物語の特徴的な要素の存在として、以下の点が指摘されている：

1. 主人公のウィヴィント（Ívint）の名がクレチアン・ド・トロワの『イヴァン』（Yvain）の主人公イヴァン（Yvain）、あるいは『イヴァン』がノルウェー語への翻案を経てアイスランド語に翻案された作品とされる『イーヴェンのサガ』（Ívens saga[11]）の主人公イーヴェン（Íven）の名と類似しており、ウィヴィント（Ívint）の名はイヴァン（Yvain）ないしはイーヴェン（Íven）に由来するのではないか。（Kölbing 1875: 397; Liestøl 1915: 180; Kalinke 1996a: 249; Driscoll 2011: 177）

2. ハシュタン王。A ヴァージョンでは Hartan と表記され、B、C では語頭の H のない Artan と表記されるが、これがアーサー王の名と類似しており、かつ作品中、

8

(1) Tað var siður í ríkinum, / tá Hartans dagar vóru, / eingin skuldi at borði ganga, / uttan ný tíðindi bóru.

ハシュタン王の御世では国ではこのような慣わしだったのだが、新しい知らせがもたらされることがなければ、何人も食卓へ行くことはならなかった。(A、Ⅳ、第3スタンザ、210頁)[12]

という記述が（特にAヴァージョンにおいては繰り返し）登場するが、これはまさしく他言語圏のアーサー王文学に描かれたアーサー王の習慣でもある。(Kölbing 1875: 397; Liestøl 1915: 180; Kalinke 1996a: 249; Driscoll 2011: 177)

3. 第Ⅳバラッド『ゲァリアンのバラッド　第一部』において、ウィヴィントは未亡人と一夜をともにし、彼女に子どもを孕ませるが、妙齢の未亡人というモチーフは『イヴァン』および『イーヴェンのサガ』にも登場する。(Kalinke 1996a: 249; Driscoll 2011: 177)

4. 同じく第Ⅳバラッド『ゲァリアンのバラッド　第一部』において、ウィヴィントが未亡人と一夜を共にするのは鹿狩りに参加した日の晩であるが、この鹿狩りのエピソードは、クレチアンの『エレクとエニッド』(Erec et Enide)、および『エレクとエニッド』がノルウェー語を経てアイスランド語に翻案された作品とされる『エレクスのサガ』(Erex saga[13]) の冒頭において、アーサー王の指示で鹿狩りが行われるエピソードを連想させる。(Kölbing 1875: 397; Liestøl 1915: 181; Kalinke 1996a: 249; Driscoll 2011: 177)

5. 同じく第Ⅳバラッド『ゲァリアンのバラッド　第一部』において、ウィヴィントの病を癒す飲み物の入った瓶を持ったゲァリアンがハシュタン王の宮廷に到着すると、その前でレイウル (Reyður) という名の騎士に戦いを挑まれ、ゲァリアンはレイウルを斃し、その後ハシュタン王の宮廷に入り、ウィヴィントの病床へと向かうが、このレイウルという騎士は、クレチアンの『ペルス

ヴァル』（*Perceval*）、および『ペルスヴァル』がノルウェー語を経てアイスランド語に翻案された作品とされる『パルセヴァルのサガ』（*Parcevals saga*[14]）において、主人公のパルセヴァル（Parceval）が最初にアーサー王宮廷を訪問した際にパルセヴァルに魅される「真紅の騎士」を思わせる[15]。（Kölbing 1875: 399; Liestøl 1915: 181）そもそも、reyður という語はフェロー語で「赤い」という意味の形容詞である（筆者による補足）。

6. 第Vバラッド『ゲァリアンのバラッド 第二部』において、ゲァリアンは巨人と戦うが、「巨人との戦い」というモチーフは、前出の『エレクスのサガ』の主人公エレクス（Erex）や『イーヴェン』のサガの主人公イーヴェン（Íven）も、それぞれの作品中で経験している。また、『イーヴェンのサガ』の中で主人公イーヴェンが戦う相手となる巨人フャトゥルスハルフィル（Fiallzharfir。クレチアン作品に登場する巨人「山のアルパン（Harpin de la Montagne）」に該当[16]）、および「発見する冒険」（Finnandí Attburdr。クレチアン作品における「最悪の冒険（Pesme Aventure）」に該当[17]）に登場する巨人は鉄の棒あるいは棍棒を持っているが、こうした特徴も、フェロー語作品においてゲァリアンが戦う相手の巨人と同様である。（Liestøl 1915: 185）

7. ウィヴィントは第Ⅲバラッド『ウィヴィントのバラッド』（*Ívints táttur*）において、息子のゲァリアンは第Vバラッド『ゲァリアンのバラッド 第二部』において、各々空飛ぶ龍と戦うが、こうした龍との戦いは『エレクスのサガ』や『イヴァン』、および『イーヴェンのサガ』にも登場する[18]。（Liestøl 1915: 187; Kalinke 1996a: 249; Driscoll 2011: 177）

8. 第Vバラッド『ゲァリアンのバラッド 第二部』において、ウィヴィントとゲァリアンの父子が一騎打ちをするが、こうした親族との争いはアーサー王物語に見られる素材である。（Kalinke 1996a: 249）

以上が、本作におけるアーサー王物語の痕跡として先行研究で指摘されている点である[19]。

　この『ヘリントの息子ウィヴィント』という作品が採録されたのは18世紀以降で、それ以前の文字資料は遺されていない。先行研究で本作品における痕跡が指摘されている物語要素がどのような経緯でこのフェロー語バラッド作品に取り込まれたかであるが、アーサー王伝説に題材を取ったものに関しては、先述のように、ここでフェロー語バラッド『ヘリントの息子ウィヴィント』とのモチーフの共通が指摘されている作品は、いずれもフランス語圏の詩人クレチアン・ド・トロワによるフランス語の作品が13世紀にノルウェーの宮廷においてノルウェー語に翻案され、それがさらにアイスランド語に翻案されたものと考えられている作品（既述のように、いずれも当初のノルウェー語版を伝える写本は現存せず、現在では専らアイスランド語の写本によって伝承されている）であり、具体的には、それぞれクレチアンの『エレクとエニッド』、『イヴァン』、『ペルスヴァル』に由来する『エレクスのサガ』、『イーヴェンのサガ』、『パルセヴァルのサガ』と呼ばれる作品である。

　これらの作品はいずれも、日本語では『〜のサガ』と訳されるタイトルで呼ばれているが、アイスランドには主として12世紀から14世紀にかけて書き記されたとされる「サガ」（saga）と呼ばれる散文の書物が多く遺されている。saga とは元々は「物語」および「歴史」を意味するアイスランド語の単語である。この「サガ」と呼ばれる書物は今日、個々の内容に応じて大きくジャンル分けがなされており、それらには、ノルウェー王の伝記を扱った「王のサガ」（konungasögur）と呼ばれるジャンルや、アイスランドへの定住から社会規範の確立、キリスト教への改宗とその結果に至るまでの有力者個人やその家族の生活を描いた「アイスランド人のサガ」（Íslendingasögur）と呼ばれるジャンル、基本的に870年のアイスランド植民よりも前の段階に物語（史実ではない）の時代設定がなされた「古い時代のサガ」（fornaldarsögur）と呼ばれるジャンルなどが存在する。

　これらの今日、内容に応じていくつかのジャンルに分けて捉えられているサ

ガの中に、「騎士のサガ」（riddarasögur）と呼ばれるジャンルが存在する。この「騎士のサガ」とは、外国語の騎士文学を原典とする一群のサガの総称であり、上記のクレチアン作品に由来する『エレクスのサガ』、『イーヴェンのサガ』、『パルセヴァルのサガ』はいずれも「騎士のサガ」に含まれる。

　これら「騎士のサガ」と呼ばれるジャンルに属するサガ作品については、主としてフランス語の作品がまずノルウェーの宮廷においてノルウェー語に翻案され、それがノルウェー、あるいはアイスランドにおいて、さらにアイスランド語へと翻案されたものと考えられている作品が多いが、これらのうち、当初の翻案であるノルウェー語の写本が遺されているものは少なく、ここで登場した『エレクスのサガ』、『イーヴェンのサガ』、『パルセヴァルのサガ』の三作品についてはいずれもノルウェー語の写本は現存していない。

　一方、フェロー語のバラッド作品群には、「騎士のサガ」、「古い時代のサガ」、「アイスランド人のサガ」など、様々なジャンルのサガと題材の共通するものが伝承されている。しかし、『ヘリントの息子ウィヴィント』と完全に同じ内容を扱ったサガは少なくとも現存はしない。もっとも Liestøl（1915）は、第Ⅳバラッド『ゲァリアンのバラッド　第一部』と第Ⅴバラッド『ゲァリアンのバラッド　第二部』の計2バラッド分の物語、およびこの部分と題材を同じくするノルウェー語バラッド作品『エルニングの息子イーヴェン』の物語に関し、他のフェロー語バラッド作品やデンマーク語バラッド作品との間で一部のモチーフの類似を指摘しつつも、この『ゲァリアンのバラッド　第一部』と『ゲァリアンのバラッド　第二部』、およびノルウェー語の『エルニングの息子イーヴェン』で伝えられる物語に関しては、アーサー王物語に属する現存しないサガ作品（ただし、外国語作品の忠実な翻案ではなくそれらの諸要素を用いて独自に創られた作品）が基になったものではないかと主張している（Liestøl 1915: 181-8）[20]。

　しかし、ここでは差し当たり、この真偽をめぐる問題には立ち入らず、この作品とアーサー王物語との関係をめぐって先行研究で指摘されていない点について考えてみたい。というのも、過去の研究では、先に記した物語素材に関す

る指摘はあるものの、本作品の物語構造の特徴や主要登場人物の人物像、作品全体の構造から見た登場人物の位置づけ、登場人物間の人間関係についての分析、それらの3ヴァージョン間の比較、およびそれらについての他言語圏のアーサー王文学との比較などは行われていない。

　また、本作の3つのヴァージョンで伝えられる物語は、大筋では一致しているものの、3ヴァージョンを細かく比較してゆくと、バラッド・サイクル全編にわたって多くの相違点が確認でき、それらの相違点のいくつかからは、特定のヴァージョンに見られる特徴が浮き彫りになるケースも存在する。さらに、これら3ヴァージョン間で見られた異同箇所について、本バラッド・サイクルの一部分と題材を同じくするノルウェー語バラッド作品の該当箇所とも比較することは、フェロー語作品の個々のヴァージョン、およびノルウェー語作品で伝えられる形が、この物語の伝承過程において占める位置を少しでも明らかにすることにつながるであろう。

　しかし、本作の3ヴァージョン間の相違点や、本作の一部分と題材を同じくするノルウェー語バラッドとの異同については、先行研究では部分的に取り上げられているに過ぎず、多くの点が未指摘のまま残されている[21]。

　そこで、本章では以下、バラッド・サイクル『ヘリントの息子ウィヴィント』の物語構造の特徴や主要登場人物の人物像、作品全体の構造から見た登場人物の位置づけ、登場人物間の人間関係について考察し、さらにそれらを他言語圏のアーサー王文学のうち、特に、本作の主人公ウィヴィントの名前の由来と考えられる人物イーヴェンを主人公とし、後述するように、物語内容の上で『ヘリントの息子ウィヴィント』への大きな影響が見られる『イーヴェンのサガ』のケースと比較することで、本作におけるアーサー王物語の諸要素の取り込まれ方の特徴をより明らかにすることを目指したい。

　そして、次章以降では、『ヘリントの息子ウィヴィント』の3ヴァージョンをサブ・バラッドごとに比較し（ただし、第Ⅳバラッドと第Ⅴバラッドはまとめて扱う）、ヴァージョン間の異同を明らかにし、さらには、題材を同じくするノルウェー語バラッドが遺されているサブ・バラッドについては、ノル

ウェー語作品とも比較を行い、ノルウェー語作品も含めた個々のヴァージョンが、この物語の伝承過程において占める位置をより浮き彫りにしたい。（なお、本作の3ヴァージョン間の異同や、本作の一部分と題材を同じくするノルウェー語バラッドとの相違について、先行研究で取り上げられている箇所については、次章以下で確認したい。）

　その上でさらに、詳しくは後述するが、フェロー語の『ヘリントの息子ウィヴィント』の物語について、このフェロー語作品と共通する内容の、あるエピソード（『イーヴェンのサガ』やフランス語の『イヴァン』には見られないもの）を有するスコットランドの聖人伝『聖ケンティゲルン伝』（*Vita S. Kentigerni*）の1ヴァージョン（12世紀の作とされる）の内容と比較し、本聖人伝の内容とフェロー語バラッド『ヘリントの息子ウィヴィント』の物語との関係の有無を探りたい。

1.3. アーサー王文学としての『ヘリントの息子ウィヴィント』
1.3.1.『ヘリントの息子ウィヴィント』の全体の構造

　これは個々の登場人物の人物像をめぐる考察にもつながるものであるが、まず、この作品の物語全体の構造について考えてみたい。本作の物語構造の特徴として挙げられるのは、この作品をバラッド・サイクル全体として見た場合、全体で一家系の三世代にわたる物語になっており、主人公が三世代にわたって交代している点である。これは A、B、Cすべてのヴァージョンに共通して当てはまる。

　まず、第Ⅰバラッド『ヨアチマン王』の主人公はヘリントで、彼やその義兄となるハシュタン王を第一世代とすると、第二世代に当たるのはヘリントとハシュタン王の妹の間に生まれた息子達（ウィヴィント、ヴィーフェール（ブランドゥル）、クヴィチルスプラング）である。第二世代が主人公となって活躍するのは第Ⅱバラッド『クヴィチルスプラング』と第Ⅲバラッド『ウィヴィントのバラッド』で、第Ⅱバラッドではクヴィチルスプラングの活躍、そして捕らわれの身となったクヴィチルスプラングを救出するウィヴィントの活躍が描

14

かれ、Ａヴァージョンではさらに第Ⅲバラッド『ウィヴィントのバラッド』で、ブランドゥルの冒険、そして落命したブランドゥルの仇討ちをするウィヴィントの冒険が描かれる。

そして、第三世代がウィヴィントの息子のゲァリアンである。第Ⅳバラッドの『ゲァリアンのバラッド　第一部』ではゲァリアンが登場する前、ウィヴィントも参加しての鹿狩りが行われるが、彼はその晩ある未亡人のもとで宿を取り、彼女に息子（後にゲァリアンと呼ばれる）を孕ませ、彼女を悲しみの中に残し、彼女に毒を盛られてその許を立ち去り、ハシュタン王の宮廷で病床に伏すと、ウィヴィントは作品の表舞台から姿を消す。そこから作品の主人公となるのはウィヴィントの息子ゲァリアンで、ウィヴィントが次に登場するのは、ゲァリアンが持ってきた飲み物で病が癒える場面である。そして、次の第Ⅴバラッドの『ゲァリアンのバラッド　第二部』では専らゲァリアンの活躍に焦点が当てられる。ウィヴィントが登場するのはクライマックスでのゲァリアンとの一騎打ちの場面で、しかも彼はゲァリアンの敵対者として登場する。Ａヴァージョンではウィヴィントは目の前にいるのが息子ゲァリアンだとは分からず、ゲァリアンが冒険先から連れてきた乙女をめぐってゲァリアンと争おうとする[22]。一騎打ちの後は、ウィヴィントはゲァリアンに、彼の母（ウィヴィントが一夜を共にした未亡人）との結婚を命じられて従うという形でゲァリアンに屈する。

このように、バラッド・サイクル全体としての本作品が三世代にわたる物語となっており、ウィヴィントについては、主人公として登場した後は、次の主人公の敵役になるという形で役割が変化していることを踏まえた上で、次にこの作品の主要登場人物の人物像について、他言語圏のアーサー王文学のケース、特に、本作の主人公ウィヴィントの名前の由来とも考えられるイーヴェンを主人公とし、詳しくは後述するが、物語内容の上で『ヘリントの息子ウィヴィント』への大きな影響が見られる『イーヴェンのサガ』のケースと比較しながら考察したい。

1.3.2. 『ヘリントの息子ウィヴィント』の主要登場人物の特徴
——他言語圏のアーサー王文学作品との比較

まず作品の呼び名にもなっているウィヴィント（Ívint）である。この名前については既述のように、クレチアン・ド・トロワの『イヴァン』の主人公イヴァン（Yvain）、ないしは『イーヴェンのサガ』の主人公イーヴェン（Íven）に由来するのではないかとの指摘がある。また、『ヘリントの息子ウィヴィント』の物語の中でも特に後半部分にあたる第Ⅳバラッド『ゲァリアンのバラッド 第一部』と第Ⅴバラッド『ゲァリアンのバラッド 第二部』からなる部分の物語には、『イヴァン』ないしは『イーヴェンのサガ』の物語の内容が色濃く反映している。

ここでは、『ヘリントの息子ウィヴィント』の主要登場人物の人物像について、『イーヴェンのサガ』のケースと比較しながら考察を進めてゆきたい。なお、既述のように、『イーヴェンのサガ』はフランス語圏の詩人クレチアン・ド・トロワの作品『イヴァン』がノルウェー語翻案を経てアイスランド語に翻案されたと考えられている作品で、物語内容は基本的にはクレチアンのものを踏襲しており、以下、特に断りのない限り、本章で『ヘリントの息子ウィヴィント』と比較するために『イヴァン』および『イーヴェンのサガ』の内容を取り上げる際には、北欧語圏の作品である『イーヴェンのサガ』の方のみを代表として取り上げる形にしたい。

ここでまず、『イーヴェンのサガ』の物語の内容を確認しておきたい。『イーヴェンのサガ』の物語の梗概は以下のとおりである：

　主人公のイーヴェン（Íven。クレチアンの作品ではイヴァン：Yvain）はアーサー王の宮廷に属する騎士の一人であり、同じ宮廷の騎士であるカレブラント（Kalebrant。クレチアンの作品ではキャログルナン：Calogrenant）が、かつて自身が失敗した、とある泉のある国（以下「泉の国」とする）での冒険について語るのを聞き、イーヴェン自らもこれに挑戦したいと考える。アーサー王も宮廷の騎士達を連れてこの冒険に挑むことを宣言するが、イーヴェン

一人は抜け駆けに及ぶ。イーヴェンはこの冒険において「泉の国」の領主と戦ってこれを斃すが、その未亡人となった奥方[23]が夫の葬列で嘆き悲しむ姿を一目見るや、イーヴェンは奥方への愛の虜になってしまう。「泉の国」の奥方の侍女ルーネタ（Luneta。クレチアンの作品ではリュネット：Lunete）のとりなしもあって、イーヴェンは奥方と結婚し、「泉の国」の領主の地位を得る。イーヴェンがこの国の前領主の殺害者でありながらも、その未亡人となった奥方の新たな夫として迎えられたのは、イーヴェンがその武勇を買われ、「泉の国」を敵から守るという役割を果たすためでもあった。ほどなくしてアーサー王とその一行が、王の当初の宣言通りに「泉の国」へやってくる。しかしイーヴェンは、彼の親友であり、アーサー王の宮廷一の模範的騎士とされるヴァルヴェン（Valven。クレチアンの作品ではゴーヴァン：Gauvain。英語圏の作品ではガウェイン（Gawain）という名で知られる人物）から再び騎馬試合の旅に出るよう説得されると、一年以内に戻るとの条件で奥方から出発の許可を得、アーサー王の一行とともに騎馬試合の旅に出る。しかし、イーヴェンは一年以内には戻らず、「泉の国」からの使者として遣わされた一人の乙女を通じて、奥方からの離縁の意志を伝えられる。するとイーヴェンはショックのあまり発狂し、森にさまよい出る。その後、様々な助けを得て狂気は治癒し[24]、それからは騎士として、様々な理由から苦境に陥っている人々の援助を続け[25]、最後にはアーサー王の宮廷の人々の面前で、親友のヴァルヴェンと互いに相手を知らずに熾烈な戦いを繰り広げ、騎士としての名誉を回復する。再び「泉の国」の奥方の侍女ルーネタのとりなしで、奥方の寵愛も取り戻し、再び「泉の国」の領主の地位に収まる。

　以上が『イーヴェンのサガ』の物語である。実際、この『イーヴェンのサガ』の物語とフェロー語バラッド『ヘリントの息子ウィヴィント』の物語とを比較すると、特にフェロー語作品の第Ⅳ・第Ⅴバラッドからなる部分に『イーヴェンのサガ』との以下のような共通点が見られ、『イーヴェンのサガ』の影響が色濃く表れているのがわかる：

①イーヴェンとウィヴィントはいずれも基本的にはアーサー王の宮廷に属する騎士である。

②イーヴェンとウィヴィントはともに、ある特定の女性と深い関わりを持つことになる。彼らはいずれも個々の作品において問題の女性と出会うが、その女性はイーヴェン／ウィヴィントが作品中で初めて出会った時点で未亡人であり、イーヴェン／ウィヴィントは、作中で一旦はその未亡人のもとを去り、そのことで未亡人から激しい不興を蒙り、イーヴェン／ウィヴィントは精神または肉体を病むが、最後には和解し、未亡人と結ばれる。

　一方で、フェロー語バラッド『ヘリントの息子ウィヴィント』と『イーヴェンのサガ』の物語の間には重大な相違も少なからず見受けられる。それは、『ヘリントの息子ウィヴィント』において『イーヴェンのサガ』の影響が色濃く表れている第Ⅳ・第Ⅴバラッドについても当てはまることである。

　ここでは特に、それぞれの作品の題名にもなっている騎士イーヴェンおよびウィヴィントの人物像、および両者の各々の作品中の位置づけに的を絞って考察したいが、まず、『イーヴェンのサガ』は、作品冒頭部でアーサー王宮廷の騎士カレブラントが語る過去の冒険談の部分を除けば、基本的には、作品の題名になっている騎士イーヴェンが全編を通して主人公として描かれる物語である。

　一方、フェロー語バラッド『ヘリントの息子ウィヴィント』では、既述のように、主人公のウィヴィントは、バラッド・サイクル中の第Ⅱバラッドで登場して第Ⅲバラッドまでは主人公として描かれ、国外で捕らわれの身になった兄弟を救出したり、冒険の途上で落命した兄弟の仇討ちをしたりするなどの活躍を見せるが、サイクル後半の第Ⅳバラッドに入ると未亡人相手に問題を起こして病床に伏し、それ以後は、彼が未亡人に産ませた息子ゲリアンが物語の主人公となり、第Ⅴバラッドのクライマックスではウィヴィントは決闘で実の息

子ゲァリアンの敵役となった末にゲァリアンに屈する形となり[26]、作品の前半
と後半で、主人公からその敵役へと役割が変化している。

　特にバラッド・サイクル後半の第Ⅳ・第Ⅴバラッドの物語は、上記の『イー
ヴェンのサガ』との共通点の二番目に記した、主人公の騎士（イーヴェン／
ウィヴィント）と特定の未亡人女性の関わりの基本的な枠組みが見られ、龍と
の戦い（それを行うのはウィヴィントではなく息子のゲァリアンであるが）な
ど、『イーヴェンのサガ』と共通のモチーフも存在する部分であるが、フェ
ロー語作品ではウィヴィントは早々に息子のゲァリアンに主役の座を奪われ、
その後は新しく主人公となった息子ゲァリアンの敵役、ないしはその引き立て
役に甘んじることになる。

　その中で特に注目したいのは、第Ⅴバラッドのクライマックスと言えるウィ
ヴィントとゲァリアンの一騎打ちである。ゲァリアンが「北の入江」から冒険
を終えて帰って来ると、実父のウィヴィントとの一騎打ちとなる。Ａヴァー
ジョンでは、ウィヴィントと似た人物がハシュタン王のいる城市に向かってき
たことが伝えられると、ハシュタン王と思われる人物の台詞で、

(2) »Ríð út, Ívint Herintsson, / við sigur tínum og heppi, / ・・・
　　「ヘリントの息子ウィヴィントよ、お前の勝利と幸運を目指して行って来
　　るのだ。……（A、Ⅴ、第38スタンザ1-2行、217頁）

　　・・・/ kom ikki aftur í høll til mín, / fyrr enn tú hevur hans høvur á
　　spjóti!«
　　……奴の頭を槍に刺して来るまで、広間の私のもとへ帰って来るではない
　　ぞ。」（A ヴァージョン、Ⅴ、第39スタンザ3-4行、217頁）

とあり、実際ウィヴィントとゲァリアンが相見えば、相手が息子だとわからな
いウィヴィントはゲァリアンに対し、彼が「北の入江」から連れてきた乙女を
めぐって戦うことを要求する。本作のBC両ヴァージョンでは、詳しくは後述

するが、ウィヴィントは目の前にいるのがゲァリアンだとわかった上で彼に自分と一騎打ちをするよう求める形となっている[27]。また、Bヴァージョンでは誰かがウィヴィントに対し、ゲァリアンと戦うよう指示する台詞は存在しないが、ウィヴィントがゲァリアンに対し、彼の恋人をめぐって戦うことを要求する点は共通している。Cヴァージョンでは誰かがウィヴィントに対し、ゲァリアンと戦うよう指示する台詞はなく、またウィヴィントがゲァリアンに対し、彼の恋人をめぐって戦うことを要求する台詞もなく、結果としてウィヴィントがゲァリアンに戦いを仕掛ける理由は明示されない。しかし、このウィヴィントとゲァリアンとの一騎打ちの結末については、以下の引用の (3) ～ (5) に見られるように、いずれのヴァージョンにおいてもゲァリアンが、

(3) »Tað man vera ein galin maður / vega vil faðir sín.«
「自分の父を殺そうとするなど狂人だ。」(A、V、第47スタンザ3-4行、218頁)

(4) »Tað man lítið roysni vera / at vega faðir sín.«
「自分の父を殺すのは偉業ではあるまい。」(B、III、第109スタンザ3-4行、229頁)

(5) »・・・eg haldi, tað ei vera sonargerð / at drepa faðir sín.«
「……自分の父を殺すのは息子のすることではないと思う。」(C、III－III[28]、第115スタンザ3-4行、241頁)

と、自らの父を殺すことに対する否定的な見解を述べた上で、両者とも戦いを止める。

その上でウィヴィントは、ゲァリアンの命で、かつて事実上の裏切りを犯した相手にしてゲァリアンの母でもある未亡人と結婚することになり、このエピソードでは正当性を持つ側として描かれているのは、ウィヴィントの一騎打ち

の相手であるゲリアンの方である。しかも、この最後の段階では、物語の主
人公となっているのはゲリアンの方で、ウィヴィントとの一騎打ちはゲリ
アンの冒険の末尾に位置している。

　作品末尾での一騎打ちということもあり、このウィヴィントとゲリアンに
よる決闘は、『イーヴェンのサガ』のクライマックスにおけるイーヴェンと
ヴァルヴェンの一騎打ちを連想させる。これは、ある姉妹による父の遺産をめ
ぐる争いを、姉妹それぞれから依頼を受けた騎士同士の一騎打ちによって解決
するため、イーヴェンとヴァルヴェンがそれぞれ姉、妹の代理となって戦った
ものであるが、ここでヴァルヴェンは、姉の相続分まで横取りして父の遺産を
独り占めしようとしている妹の代理として戦っているのに対し、自分の正当な
相続分を守ろうとする姉の代理として戦っているイーヴェンの方が正当性のあ
る側として描かれており [29]、この「一騎打ちにおける正当性のある側とない
側」という点で見れば、フェロー語バラッドのウィヴィントは、むしろ『イー
ヴェンのサガ』でのヴァルヴェンの方と対応し、イーヴェンに対応しているの
はフェロー語バラッドではむしろゲリアンの方である。

　そもそも、『イーヴェンのサガ』ではヴァルヴェンは、武勇や礼節等により、
アーサー王の宮廷では最も信望の篤い騎士として描かれ、主人公イーヴェンの
親友でもあるという設定だが、物語の主人公となるのはイーヴェンの方であ
る。そして、イーヴェンが「泉の国」の奥方と結婚し、この国の領主となった
後、ヴァルヴェンはイーヴェンに、再び自分達と一緒に冒険を求めての旅に出
るよう促し、イーヴェンは一年以内に帰国するとの条件で奥方から出発を許さ
れるも、イーヴェンは期限までに帰らず、奥方から離縁されるが、このきっか
けを作ったのはヴァルヴェンである。そして、作品のクライマックスにおい
て、上述の姉妹による相続争いを解決するためにイーヴェンとヴァルヴェンが
一騎打ちを行うことになるが、そこではヴァルヴェンはイーヴェンの敵役とな
り、しかも、相続争いにおいて正当な主張をしている側を支援して戦っている
のはイーヴェンの方であることから、ヴァルヴェンはイーヴェンの敵役になる
と同時に、イーヴェンの武勇および騎士としての活動姿勢の正当性を際立たせ

る引き立て役にもなっていると言えよう。

　一方、フェロー語バラッド『ヘリントの息子ウィヴィント』の方は、バラッド・サイクルの後半ではゲァリアンが主人公となっており、ゲァリアンは母（未亡人）からもらった飲み物を持参して病床のウィヴィントのもとを訪れ、ウィヴィントを快癒させ、クライマックスのゲァリアンとウィヴィントの一騎打ちでは、ゲァリアンはウィヴィントからの一騎打ちの要求を堂々と受け、自らの正体を明かしてからは、父であるウィヴィントに、自分を孕ませて程なく捨てた母（未亡人）との結婚を命じ、ウィヴィントはそれに従う形となっており、このサイクルの後半部分では、ウィヴィントは息子ゲァリアンの武勇や言動の正当性を際立たせる引き立て役となっていると言えよう。それは、『イーヴェンのサガ』ではヴァルヴェンがイーヴェンに対して果たしていた役割である。

　このように、名前自体はクレチアン・ド・トロワの『イヴァン』の主人公イヴァン（Yvain）、ないしは『イーヴェンのサガ』のイーヴェン（Íven）に由来すると指摘されている、フェロー語バラッド『ヘリントの息子ウィヴィント』の主人公ウィヴィント（Ívint）であるが、特に『イヴァン』や『イーヴェンのサガ』の物語の内容が色濃く反映しているバラッド・サイクル後半部におけるウィヴィントの人物像や作品中の位置づけには、『イヴァン』や『イーヴェンのサガ』では主人公の騎士（イヴァン／イーヴェン）の引き立て役となっていたゴーヴァン／ヴァルヴェンの特徴が見受けられることがわかる。

1. 4. 本章の結び

　ここまで、アーサー王伝説に題材を取ったフェロー語のバラッド・サイクル『ヘリントの息子ウィヴィント』について、バラッド・サイクル全体としての物語構造の特徴、およびサイクル全体の物語構造から見た登場人物の位置づけについて考察してきたが、その結果、サイクル全体としての本作が一家系の三世代にわたる物語となっており、サイクルの後半部の物語にはクレチアン・ド・トロワの『イヴァン』や『イーヴェンのサガ』の物語の内容が色濃く反映

しているが、フェロー語作品の主人公ウィヴィントについては、バラッド・サイクル前半では物語の主人公として活躍しながらも、後半部では息子ゲァリアンに主人公の座を譲り渡し、さらにはそのゲァリアンの敵役、ないしは引き立て役となるなど、サイクル全体を通して役割が変化し、特に、主人公の立場を息子ゲァリアンに奪われるサイクル後半部では、クレチアン作品および『イーヴェンのサガ』における主人公の騎士（イヴァン／イーヴェン）と泉の奥方の関わりの基本的な枠組みは継承されていながらも、ウィヴィントは、『イヴァン』や『イーヴェンのサガ』において主人公の騎士の引き立て役を演じていたゴーヴァン／ヴァルヴェンの要素を持たされていることが明らかとなった。そこで次章以降では、フェロー語のバラッド・サイクル『ヘリントの息子ウィヴィント』について、サイクルを構成する各サブ・バラッドごとに（既述のように、第Ⅳバラッドと第Ⅴバラッドはまとめて扱う）、今日まで伝わる3つのヴァージョンを比較し、これら3ヴァージョン間の異同を明らかにし、さらに、題材の共通するノルウェー語バラッドが遺されているサブ・バラッドについてはノルウェー語作品とも比較を行い、フェロー語作品の個々のヴァージョン、およびノルウェー語作品で伝えられる形が、この物語の伝承過程において占める位置を少しでも明らかにすることを目指したい。

注

1　「サガ（saga）」とは、アイスランドにおいて、主として12世紀から14世紀にかけて書き記されたとされる散文の書物。内容に応じていくつかのジャンルに分けて捉えられている。詳しくは本書11-12頁の記述を参照。

2　本書では、フェロー語バラッド『ヘリントの息子ウィヴィント』のテクストは *Ívint Herintsson*. In: Djurhuus, N. (ed.) *Føroya Kvæði. Corpus Carminum Færoensium*, 5, 199-242. Copenhagen: Akademisk Forlag, 1968を使用する（以下、この版のことを IH と称する）。本書中の同バラッドからの引用は、すべてこの版に拠るものである。なお、フェロー語のバラッド作品は、論文等で初出の際には、この *Føroya Kvæði. Corpus Carminum Færoensium* の版における掲載番号を作品タイトルに付すのが通例である（*Føroya Kvæði* とはフェ

ロー語のタイトルで、「フェロー・バラッド（集成）」を意味し、*Corpus Carminum Færoensium*（『フェロー・バラッド集成』）とは、この版のラテン語名である。この版は、ラテン語名 *Corpus Carminum Færoensium* を構成する3語それぞれの頭文字を取ってCCFとの略称で呼ばれる）。この *Føroya Kvæði. Corpus Carminum Færoensium* の版における、『ヘリントの息子ウィヴィント』（*Ívint Herintsson*）の採録番号は108番である。

3　IHには、このABCのいずれのヴァージョンについても原文テクストが掲載されており、各ヴァージョンの掲載頁はAヴァージョン（199-218頁）、Bヴァージョン（219-229頁）、Cヴァージョン（229-242頁）である。

4　IH、223頁。なお、Bヴァージョンでは第Iバラッドの『ヨアチマン王』（*Jákimann kongur*）は51スタンザ、IIの『クヴィチルス・ブラグドゥ』（*Kvikils bragd*）は31スタンザ、IIIの『ゲァリアンのバラッド』（*Galians táttur*）は119スタンザからなる。なお、第IIバラッドの表題にもなっている「クヴィチルス・ブラグドゥ」とはクヴィチルスプラングのことであるが、Bヴァージョンの本文ではクヴィチルスプラングは Kvitil spraki（クヴィチル・スプレアチ、第1スタンザ（222頁）他）、あるいは、ただ Kvitil（クヴィチル、第3スタンザ（222頁）他）と表記される。

5　IHのCヴァージョンにおける第IIIバラッド『ゲァリアンのバラッド』（*Galians táttur*）の掲載頁は235-242頁。なお、Cヴァージョンでは第Iバラッドの『ヨアチマン王』（*Jákimann kongur*）は76スタンザ、第IIバラッドの『クヴィチルブラグドゥ』（*Kvikilbragd*）は36スタンザから、第IIIバラッドの『ゲァリアントのバラッド』（*Galiants kvæði*）は122スタンザからなる。なお、第IIIバラッドの『ゲァリアントのバラッド』では、その中の（I）の始まりからIIIの終わりに至るまで、スタンザには通し番号が付けられており、（I）は第1から第29スタンザまで、IIは第30から第80スタンザまで、IIIは第81から第122スタンザまでである。なお、Cヴァージョンではゲァリアンの名は一貫して Galiant（ゲァリアント）と記されている。

6　テクストは *Iven Erningsson*. In: Knut Liestøl and Moltke Moe（eds.）, Ny Utgåve. Olav Bø and Svale Solheim（eds.）*Folkeviser* 1. Norsk Folkediktning, 99-111. Oslo: Det Norske Samlaget, 1958 を使用。この Bø=Solheim の版では

　この作品は全体で10章に分けられているが、作品の始まりから終わりまでスタンザには通し番号が付けられており、作品全体で87スタンザからなる（1スタンザの行数は4行）。

　なお、この作品には異なるタイトルで呼ばれ、62スタンザからなる別の版 *Ivar Erlingen og Riddarsonen*. In: Landstad, M. B.（ed.）*Norske Folkeviser*, pp. 157-68. Christiania: Chr. Tönsbergs Forlag, 1853 も存在する。

　さらに、Liestøl, Knut（1915）*Norske trollvisor og norrøne sogor*, 155-188. Kristiania: Olaf Norlis Forlag の156-164頁には、Hans Ross の採録による手稿版の全編が、そして、Liestøl の同著164-165頁には、Sophus Bugge による採録の手稿版の一部分が活字化され、掲載されている。Ross の版の冒頭には *Iven Erningjen eller Erningssonen* と題が記され、57スタンザからなり、Bugge の手稿版の抜粋が掲載されている箇所には特に作品のタイトルは記されていないが、掲載された Bugge のものには第64スタンザから第69スタンザまでの番号が付されている。

　Ross の版には、Bø=Solheim のいくつかのスタンザの内容が含まれていないが、その他の部分については、基本的には Bø=Solheim の版の内容と変わらない。Bugge の手稿版の抜粋は、Bø=Solheim の版の第72スタンザ、および第74-8スタンザの内容に対応している。

　一方、Landstad の版は、詳しくは註9でも記しているが、Bø=Solheim の版の末尾近くの1エピソードを扱った部分が含まれず、その前後の部分が Bø=Solheim 版や Ross 版とは異なる形でつながれた形となっている。

　本書では、ノルウェー語バラッド『エルニングの息子イーヴェン』の内容を取り上げる場合、基本的には Bø=Solheim の版に基づくが、他の版の内容については、必要に応じて註記にて紹介する形を取る。

7　テクストは *Kvikjesprakk*. In: Knut Liestøl and Moltke Moe（eds.）, Ny Utgåve. Olav Bø and Svale Solheim（eds.）*Folkeviser* 1. Norsk Folkediktning, 69-78. Oslo: Det Norske Samlaget, 1958を使用。この版ではこの作品は全体で5章に分けられているが、作品の始まりから終わりまでスタンザには通し番号が付けられており、作品全体で68スタンザからなる（1スタンザの行数は4行）。

　また、この作品には異なるタイトルで呼ばれ、61スタンザからなる別の版

Kvikkisprak Hermoðson（1853）in Landstad, M. B.（ed.）*Norske Folkeviser*, Christiania: Chr. Tönsbergs Forlag, pp. 146-56 も存在する。基本的には上記の Bø=Solheim の版と物語内容は変わらないが、本稿での引用箇所で、Bø=Solheim の版とは異同の見られる箇所については Landstad の版の内容について註記する。

　なお、ここで挙げたそれぞれの版の作品タイトルとなっている、Kvikjesprakk および Kvikkisprak は、いずれもそれぞれの版における本作の主人公の名の表記であるが、Kalinke（1996b; 1996c）、および Driscoll（2011）では、この作品に言及される際、本作の版を問わず、この作品、およびその主人公の名については、一貫して "Kvikkjesprakk" との綴りが採用されている（Kalinke 1996b: 248; 1996c: 264-5; Driscoll 2011: 177-8）。

8　Kölbing（1875: 396-401）、Liestøl（1915: 165, etc.）、Kalinke（1996b）、Driscoll（2011: 178）。

9　ここで記した物語内容は Bø=Solheim の版に基づくもので、Ross の版に記された内容も、基本的には Bø=Solheim の版のものと変わらない。しかし、Landstad の版では、フェロー語バラッド A ヴァージョンの第IVバラッドの物語に該当する内容が描かれ、その末尾の部分で、ガリズル（Galiðr。Bø=Solheim 版の Galite（ガリテ）に対応）が持参した飲み物を飲んだイーヴァル（Ivar。Bø=Solheim 版の Iven（イーヴェン）に対応）が病から癒えると、その後、Bø=Solheim の版におけるガリテの「怪物の入江（Trollebotn）」への冒険をめぐるエピソードの記述はなく、飲み物を飲んだイーヴァルが病から癒えると、直後にイーヴァルとガリズルの一騎打ちが行われ、その後、ガリズルがイーヴァルに、未亡人を娶るよう強要するところで物語が終わっている。

10　12世紀に活躍したとされるフランス語圏の詩人。アーサー王伝説に題材を取った作品では、現存するものだけでも、『エレクとエニッド』（*Erec et Enide*、1170年頃）『クリジェス』（*Cligés*、1176年頃）『イヴァン』（*Yvain*、1177-81年頃）『ランスロ』（*Lancelot*、1177-81年頃）『ペルスヴァル』（*Perceval*、1181-83年頃）の5作品を遺している。

11　詳しくは拙訳「イーヴェンのサガ―羊皮紙版―」、拙訳書『北欧のアーサー王物語　イーヴェンのサガ／エレクスのサガ』、麻生出版、2013年、5-69頁、

および「イーヴェンのサガ—Stockholm46紙写本版—」、同拙訳書、71-111頁を参照。

12　引用は原文のまま。特に断りがない限り、以下同様。本書で『ヘリントの息子ウィヴィント』の原文を引用する際は、引用テクストのヴァージョン（A・B・C）、バラッド・サイクル中の個々のバラッドに付された番号（Ⅰ・Ⅱ…）、スタンザ番号（スタンザの一部の行のみ引用の場合は引用した行番号も付記）、および使用テクスト（IH）の掲載頁数を記す。なお、本書では本文中の引用番号は、章ごとに改めて（1）から付す形とする。

13　主人公の騎士エレクス（Erex）による一連の冒険によって物語が構成されている。詳しくは拙訳「エレクスのサガ」、前掲拙訳書、113-151頁を参照。なお、クレチアンの作品『エレクとエニッド』では主人公の騎士の名はエレク（Erec）である。

14　『パルセヴァルのサガ』は主としてクレチアンの作品『ペルスヴァル』の前半のペルスヴァルが主人公の部分が基になっており、クレチアン作品の後半のゴーヴァン（Gauvain）が主人公となる部分は『ヴァルヴェンの話』（*Valvens þáttr*）として独立している。この章の本文では便宜上、『パルセヴァルのサガ』と『ヴァルヴェンの話』を合わせて『パルセヴァルのサガ』と呼ぶ。

15　『パルセヴァルのサガ』の物語において、主人公の少年パルセヴァルが初めてアーサー王の宮廷を訪れると、真っ赤な武装で身を固めた「真紅の騎士」が金の杯を奪って出てきたところで、この「真紅の騎士」は、アーサー王妃を侮辱して国を我が物にしようとしたのであった。パルセヴァルはアーサー王のもとへ行き、自分を騎士にして欲しいと頼むが、宮廷の執事騎士のキャイイ（Kæi）に、「真紅の騎士」から武器を奪って来るように言われると、パルセヴァルは「真紅の騎士」を決闘の末に斃し、この騎士の武器を身に付ける。

16　詳しくは前掲拙訳「イーヴェンのサガ—羊皮紙版—」、46-49頁、および同「イーヴェンのサガ—Stockholm46紙写本版—」、95-97頁を参照。なお、『イーヴェンのサガ』のStockholm46紙写本版では、巨人の名はFiall Tarpur（フィヤトゥル・タルプル）と記されている。前掲拙訳書95頁、および翻訳底本テクストBlaisdell, Foster W. (ed.) *Ívens saga*. Ed. Arnam., Ser. B, vol. 18. Copenhagen: C. A. Reitzels Boghandel, 1979の111頁を参照。

17　詳しくは前掲拙訳「イーヴェンのサガ―羊皮紙版―」、55-60頁、および同「イーヴェンのサガ―Stockholm46紙写本版―」、100-103頁を参照。「発見する冒険」（Finnandí Attburdr）という名は、問題の冒険の舞台となる城の名前として地の文で記される（前掲拙訳書56頁、および同翻訳底本テクスト125-126頁を参照）。なお、『イーヴェンのサガ』のStockholm46紙写本版では「発見する冒険」（Finnandí Attburdr）という名は登場せず、問題の冒険が行われる城について、特にその名の記載はない。

18　クレチアンの『エレクとエニッド』がノルウェー語を経てアイスランド語に翻案された作品とされる『エレクスのサガ』は、クレチアン作品と比べ、物語上にいくつもの重要な変更が加えられている。『エレクスのサガ』において主人公エレクスが経験する龍との戦いについては、クレチアン作品では該当するエピソードは見られない。詳しくは前掲拙訳「エレクスのサガ」、および「解説」、前掲拙訳書、152-160頁を参照。

19　なお、本作の物語素材についてはアーサー王物語以外のものも指摘されている。例えば、第Ⅰバラッド『ヨアチマン王』の内容、すなわち、狂戦士や怪物が王のもとへとやって来て乙女に求婚し、王の臣下の一人かまたは他の王がその狂戦士や怪物と戦って斃すという物語は、サガの一ジャンルである「古い時代のサガ（fornardarsögur）」（サガ、およびそのジャンルについては本章の本文にて後述）などによく見られる（Liestøl 1915: 168-169）、第Ⅱバラッド『クヴィチルスプラング』の内容は、「古い時代のサガ」に属する『ゴイトレークルの息子フロウルヴルのサガ』（Hrólfs saga Gautrekssonar）の物語の一部分やフェロー語バラッド『美丈夫フィンヌル』（Finnur hin fríði（CCF 26））との類似が見られる（Liestøl 1915: 169-179; Kalinke 1996a: 249; Driscoll 2011: 177）、第Ⅳバラッド『ゲァリアンのバラッド　第一部』において、未亡人が毒のある飲み物を用いてウィヴィントを病床に置くというエピソードには『ミールマンのサガ』（Mírmanns saga）の影響が見られる（Kölbing 1875: 399; Liestøl 1915: 181; Kalinke 1996a: 249; Driscoll 2011: 177）等の点である。

20　Liestøl（1915）は、ノルウェー語バラッド『エルニングの息子イーヴェン』の方について述べているところで、バラッドはアーサー王物語に属する現存しないサガ作品（ただし、外国語作品の忠実な翻案ではなくそれらの諸要素を用

いて独自に創られた作品)が基になったものではないかと述べているが(Liestøl 1915: 188)、仮にそのようなサガ作品が存在したとしても、ノルウェー語の作品がそのサガ作品を直接の典拠としたものであるとは限らない。本文で記したように、フェロー語のバラッド作品群には様々なジャンルのサガと題材の共通するものが伝承されており、現存しないサガ作品から、まずはフェロー語バラッド作品が生まれ、それを基にノルウェー語の『エルニングの息子イーヴェン』が生まれたという可能性も十分に存在する。

21　バラッド・サイクル『ヘリントの息子ウィヴィント』に関し、ブランドゥルおよびウィヴィントの冒険を描いた『ウィヴィントのバラッド』の物語内容がAヴァージョンにしか含まれない点を除けば、先行研究でこの作品の3ヴァージョン間の異同を取り上げているのはLiestøl（1915）とDriscoll（2011）のみで、しかも大半がLiestøl（1915）による指摘である。

22　BC両ヴァージョンでは、一騎打ちの前のウィヴィントの発言から、ウィヴィントは目の前にいるのがゲァリアンだと分かった上で彼に自分と一騎打ちをするよう求めていると解釈できる。詳しくは本書第五章の137-139頁を参照。なお、Cヴァージョンではウィヴィントがゲァリアンに一騎打ちを求める理由は明示されない。

23　研究論文等では、この「泉の国」の奥方はしばしば「泉の貴婦人」と呼ばれる。

24　通りがかりの人物に魔法の薬で癒され、正気を取り戻し、その人物への返礼も行う。

25　この間の物語の中に、以下のようなエピソードがある：「泉の国」の奥方の再婚相手、すなわち国の新たな領主としてルーネタが推薦したイーヴェンが、奥方から定められた一年という期限内に帰国しなかったことを受け、ルーネタは「泉の国」の執事騎士の一派から、「泉の国」の奥方とイーヴェンの結婚をめぐって裏切りを犯したとして告発され、彼女は自らの無実を証明するためには、決闘裁判で国中で最も豪胆な三人（執事騎士ら）を相手にたった一人で戦う騎士を見つけなければならないことが取り決められる。彼女を守るために決闘裁判で執事の一派と戦うこととなったイーヴェンは、決闘裁判で執事の一派を負かし、ルーネタの潔白が証明された形となる。決闘裁判後、イーヴェンは

貴婦人と面会するも、貴婦人は目の前の騎士がイーヴェンだとは気づかず、イーヴェンは一旦泉の国を去る。

26　本章の本文で先に記したように、ウィヴィントは実の息子ゲァリアンに自分との一騎打ちを求め、決闘の末、ゲァリアンから、彼を孕ませて程なく捨てた未亡人を娶るよう命じられ、それに従う（その際、未亡人を娶らなければ命を奪うとゲァリアンから脅される）。この点については本書第五章の137-144頁を参照。

27　このウィヴィントとゲァリアンの一騎打ちの場面に関し、ABC3ヴァージョン間に見られる相違については、詳しくは本書第五章の137-139頁を参照。Aヴァージョンではウィヴィントが目の前にいるのが自分の息子ゲァリアンとはわからずに一騎打ちを求める形であるが、BヴァージョンおよびCヴァージョンでは、ウィヴィントがゲァリアンに一騎打ちを求める際に、「ゲァリアン（ゲァリアント）」と名前で呼びかけており、ウィヴィントが相手を自分の息子であると認識した上で一騎打ちを求める形になっているのがわかる。

28　既述のように、Cヴァージョンでは第Ⅲバラッドの『ゲァリアントのバラッド』（Galiants kvæði）がさらに（Ⅰ）、Ⅱ、Ⅲに分かれている。（Ⅰについては実際の表記はなく、筆者による補足である。）

29　『イーヴェンのサガ』ではクレチアン・ド・トロワの作品とは姉妹の立場が逆転している。クレチアンの作品では、姉の方が妹の相続分まで横取りして父の遺産を独り占めしようとし、ゴーヴァン（Gauvain。サガのヴァルヴェンに対応）がこの姉の方を支援するのに対し、妹が自分の分を守ろうとし、イヴァンがこの妹の方を支援する。しかし、イヴァン／イーヴェンとゴーヴァン／ヴァルヴェンのそれぞれが支援する相手の正当性の有無については、クレチアン作品とサガ作品の間で変わりはない。

第二章
第Ⅰバラッド『ヨアチマン王』の
３ヴァージョン

2. 第Ⅰバラッド『ヨアチマン王』（*Jákimann kongur*）

　フェロー語のバラッド・サイクル『ヘリントの息子ウィヴィント』を構成す
る各サブ・バラッドと各々の物語については前章に記したが、ここで再度、本
章で扱う第Ⅰバラッド『ヨアチマン王』（*Jákimann kongur*）の物語について
確認したい。第Ⅰバラッド『ヨアチマン王』の物語は次のとおりである。

2. 1. 第Ⅰバラッド『ヨアチマン王』の物語
　フン国の王で醜悪な風貌のヨアチマン（Jákimann）は、無理矢理にでもハ
シュタン（Hartan）王の妹を妻にもらいたいと考える。臣下から否定的な意
見を言われても意に介さず、ヨアチマンは船でハシュタン王のもとへ赴き、ハ
シュタン王に面会し、王妹への求婚の意志を伝える。王妹はヨアチマンを拒
絶。それを知ったヘリント（Herint。在住国名は記されず）もハシュタン王の
妹を妻にもらいたいと思い、船でハシュタン王のもとへ赴き、ハシュタン王に
面会。ヨアチマンとヘリントが戦うこととなり、ヨアチマンはヘリントに斃さ
れ、ヘリントはハシュタン王の妹と結ばれる。

2. 2. 『ヨアチマン王』の３ヴァージョン間の異同をめぐる先行研究での指摘
　バラッド・サイクル『ヘリントの息子ウィヴィント』を構成する５つのサ
ブ・バラッドの１つ目、すなわち第Ⅰバラッドである『ヨアチマン王』は、同

31

じ題材を扱ったノルウェー語バラッド作品は少なくとも現存はせず、本サブ・バラッドについては、フェロー語作品の3ヴァージョン間のみの比較を行いたい。

　まず、この第Ⅰバラッドに関する3ヴァージョン間の異同としては、先行研究では以下の二点が指摘されている。一点目は Liestøl（1915）、および Driscoll（2011）による指摘で、二点目の指摘は Liestøl（1915）のみによる[1]:

1. C ヴァージョンでは醜悪な風貌の求婚者ヨアチマンを見たハシュタン王の妹は、兄王に対し、ヘリントに連絡し、彼に救援に来てもらえるよう手配を依頼するが、この記述があるのは C ヴァージョンのみで、AB 両ヴァージョンでは、

(1) Hatta frætti Herint / suður í síni lond, / Hartans systir í ríkinum / hon er so biðlavond.

　　ヘリントはこれ（ヨアチマンがハシュタン王の王妹に求婚し、彼女から拒絶されたこと）を南方の自国で耳にした。かの国のハシュタン王の妹は大層求婚者を撥ねつける質（たち）だということを。（A、Ⅰ、第33スタンザ、201頁。B ヴァージョンでも第21スタンザ（220頁）において同様の記述）

という経緯で、ヘリント自らもハシュタン王の妹を求めて求婚の旅に出る。（Liestøl 1915: 166; Driscoll 2011: 175）

2. 第Ⅰバラッド『ヨアチマン王』のクライマックスにおいて、ヘリントとヨアチマンの一騎打ちがなかなか決着がつかなかった折、AB 両ヴァージョンでは、ハシュタン王の妹は国中の教会の鐘を鳴らさせる。恐らくはこれは、異教徒のヨアチマンに精神的負担を与えようとの意図でなされたものと思われるが[2]、この、ハシュタン王の妹が国中の教会の鐘を鳴らさせるという要素は、C ヴァージョンには見られない。（Liestøl 1915: 166）

以上が、第Ⅰバラッド『ヨアチマン王』の3ヴァージョン間の異同として先行研究で指摘されている点であるが、第Ⅰバラッドには他にも3ヴァージョン間で相違のある箇所がいくつも見受けられる。それらの中には、3ヴァージョンがそれぞれ異なる形を取っている箇所や、Aヴァージョンだけが他の2ヴァージョンとは異なる箇所、およびBヴァージョンのみが他の2ヴァージョンとは異なるという箇所も見られるが、結論から先に言えば、Cヴァージョンのみが他の2ヴァージョンとは大きく異なるという箇所が目立つ傾向が見られる。

　以下、第Ⅰバラッド『ヨアチマン王』の3ヴァージョンを比較した際に見られた、ヴァージョン間の主だった異同箇所について、物語上の順番に従って取り上げてゆきたい。

2.3. 第Ⅰバラッド『ヨアチマン王』の3ヴァージョン間に見られる異同
2.3.1. ヨアチマン王の求婚をめぐる王と小姓のやり取り

　第Ⅰバラッド『ヨアチマン王』の3ヴァージョン間の主だった異同箇所の一点目として取り上げるのは、第Ⅰバラッドの冒頭で、フン国の王ヨアチマンがハシュタン王の妹への求婚をめぐって臣下（小姓）とやり取りをする場面である。

　この場面の記述は全体を通して3ヴァージョンの間で細かく異なっているが、結論から先に言えば、AヴァージョンとCヴァージョンに、それぞれ他ヴァージョンとはやや異なる特徴的な面が確認できる。

　まず最初に、ヨアチマン王がハシュタン王の妹への求婚を決意する際の臣下とのやり取りであるが、まず、AヴァージョンとBヴァージョンのみを比較すると、AB両ヴァージョンの間で細かな相違が見られるのがわかる。Aヴァージョンでは、

(2) hann skal hava Hartans systur, / um enn hon ikki vil.
　　彼（ヨアチマン王）はハシュタンの妹を娶るという。たとえ、彼女にその

33

気がなかったとしてもである。(A、I、第2スタンザ3-4行、199頁)

との地の文での記述に続き、第3スタンザではヨアチマン王の体色の異様さが記されると[3]、次の第4スタンザでは、

(3) Svaraði ein av monnum hans, / rymur í brósti rennur: / »Aðrenn tú frúnna neyð[u]⁴ga festir, / sveitkast tú um enni.«
彼（ヨアチマン王）の臣下の一人が咳払いをして答えた、「あなた様がかのご婦人と無理矢理ご結婚なさるまでに、あなた様はお額周りに汗をおかきになることでしょう。」(A、I、第4スタンザ、199頁)

と、王の臣下の一人がヨアチマン王に対し、ヨアチマンによるハシュタン王の妹への求婚が難航するとの予測を告げる。すると、ヨアチマン王は、

(4) »Mær skal ikki blóðið dríva / av einum jallsins træli.«
「私は伯爵の奴隷の血が流れているのではない。」(A、I、第5スタンザ3-4行、199頁)

と言い、剣を抜いて小姓（先の引用（3）で王に求婚をめぐる否定的な予測を告げた臣下の一人と同一人物か？[5]）を真っ二つに斬り殺してしまう：

(5) Tað var reystur Jákimann kongur / sínum svørði brá, / hann kleiv henda valdra svein / sundur í lutir tvá.
勇猛なヨアチマン王は自らの剣を抜き、この選ばれた小姓を真っ二つに斬ってしまった。(A、I、第6スタンザ、199頁)

　一方、Bヴァージョンでは、Aヴァージョン同様に、

(6) hann skal hava Artans systur, / sjálv skal hon ikki ráða.

　　彼（ヨアチマン王）はアシュタン（ハシュタン)[6]の妹を娶るといい、彼女
　　自身には決めさせないという。(B、Ⅰ、第２スタンザ3-4行、219頁)

　　hann skal hava Artans systur, / antin hon vil ella ei.

　　彼はアシュタンの妹を娶るという。彼女にその気があろうとなかろうとで
　　ある。(B、Ⅰ、第３スタンザ3-4行、219頁)

と、地の文で記されると、Aヴァージョン同様に彼の臣下の一人[7]が、

(7) »Aðrenn tú frúnna neyðgiftur, / tá sveitkast tær um enni.«

　　「あなた様がかのご婦人と無理矢理ご結婚なさるまでに、あなた様はお額
　　周りに汗をおかきになることでしょう。」(B、Ⅰ、第４スタンザ3-4行、
　　219頁)

と、先の引用（3）のAヴァージョン第４スタンザにおけるヨアチマン王の臣
下の台詞と同じ言い回しを用いて、ヨアチマン王によるハシュタン王の妹への
求婚が難航するとの予測を告げるが、Bヴァージョンではこの臣下に関し、

(8) Svaraði ein av monnum hans, / sum hevði tænt hjá henni:

　　彼女のもとで仕えたことのある、彼の臣下の一人がこう答えた。(B、Ⅰ、
　　第４スタンザ1-2行、219頁)

との記述がある。この、「ヨアチマン王に、ハシュタン王の妹への求婚が難航
する予想を伝え、警告を発した臣下は、かつて彼女のもとで仕えたことのある
人物であった」という要素は、Aヴァージョンには見られない設定である[8]。
　そして、Bヴァージョンでは、ヨアチマンはこの臣下からの警告を受ける
と、

(9) Tá svaraði Jákimann kongur: / »Tegi tú, vándi drongur, / tá skal eg hana neyðgifta, / tá ið tú eftir fótum hongur!«

すると、ヨアチマン王は答えた、「黙れ、邪悪な坊主めが。そなたが逆さ吊りにされたら私は彼女と無理矢理にでも結婚するつもりだ。」(B、Ⅰ、第5スタンザ、219頁)

Tá svaraði Jákimann kongur: / »Tegi tú, vándi argur, / tá skal eg hana neyðgifta, / tá ið tú ert við lurkum bardur!«

すると、ヨアチマン王は答えた、「黙れ、邪悪な者めが。そなたが棒で打たれたら、私は彼女と無理矢理にでも結婚するつもりだ。」(B、Ⅰ、第6スタンザ、219頁)

と、ハシュタン王の妹との結婚に対して否定的見解を述べた小姓が何らかの身体的な懲罰を受ける状況を想定し（その懲罰をヨアチマン自らが命じる旨が明確に記されているわけではない）、その懲罰が実行されたら無理矢理にでも彼女を娶るとの意向を語るが、Aヴァージョンとは異なり、ヨアチマンは問題の小姓を殺しはしない。

　Bヴァージョンではこの次の第7スタンザから、ヨアチマン王は求婚の旅に出向くための船の準備に入ってしまうが（219頁）、Aヴァージョンでは、先に記したハシュタン王の妹との結婚をめぐるヨアチマン王と小姓のやり取り、および小姓の殺害の記述の後に、物語内容の上ではこのヨアチマン王と小姓のやり取りに先行する出来事ではないかと思われる対話の場面がある。その対話とは、ヨアチマン王が臣下達に、自分が娶るにふさわしい相手はどこにいるかと尋ね、臣下達からハシュタン王の妹を薦められ、ヨアチマン王が彼女への求婚の意志を固める、というものである:

(10) Jákimann kongur situr í hásæti, / talar við sínar dreingir: / »Hvar vita

tit mín javnlíka, / tað havi eg hugsað leingi?«

ヨアチマン王は玉座に座っていたが、臣下の強者達にこう話した、「長い
こと考えてきたのだが、私と釣り合う者はどこにいるか、そなたらは知っ
ていないかね。」（A、Ⅰ、第7スタンザ、199頁）

Jákimann kongur situr í hásæti, / talar við sínar menn: / »Hvar vita tit
mín javnlíka, / tað havi eg hugsað enn?«

ヨアチマン王は玉座に座っていたが、臣下の者達にこう話した、「なおも
考えていたのだが、私と釣り合う者はどこにいるか、そなたらは知って
いないかね。」（A、Ⅰ、第8スタンザ、199頁）

Sveinar svara sínum halla; /»Hví spyrið tær so, / best manst tú vita við
sjálvum tær, / hvar tín stár hugur á?«

小姓達は彼らの主人にこう答えた、「なぜそのようなことをお尋ねになる
のでしょう。あなた様がお考えのことは、ご自身がいちばんよくご存じ
ではありませんか。」（A、Ⅰ、第9スタンザ、199頁。なお、このスタン
ザの末尾には括弧閉じ（«）が付されているが、次の第10スタンザ以降
も小姓達の発言と思われる内容が続いている）

Best manst tú vita við sjálvum tær, / hvar tín stár hugur á, / hoyrt
havi eg gitið, Hartan kong, / væna systur ár.

あなた様がお考えのことは、ご自身がいちばんよくご存じではありませ
んか。ハシュタン王に麗しい妹君がいらっしゃるとのお話を伺っており
ます。（A、Ⅰ、第10スタンザ、199頁）

Hartan kongur systur eigur, / hava hana menn við orði, / henni er stólur
av gulli gjørdur / framman for kongsins borði.

ハシュタン王には妹君がおられ、彼女は人々の間で話題になっているの

ですが、王のテーブルの前には、彼女のために金で作られた椅子がある
とのことでございます。（Ａ、Ⅰ、第11スタンザ、199頁）

Hon ber ikki bleika brá / undir sínum gula hári, / heldur enn tann
fagrasta summarsól, / ið fagurt skín um várið.
彼女の金色の髪の下に見られるのは明るい色の瞼などではなく、春のあ
いだ美しく輝く最高に美しい夏のような太陽なのでございます。（Ａ、Ⅰ、
第12スタンザ、200頁）

Hartan kongur systur eigur, / væna og so vísa, / kannst tú hana til ektar
fá, / hon kann títt lív væl prísa.«
ハシュタン王には麗しく聡明な妹君がおられ、もしあなた様が彼女とご
結婚なされば、彼女はあなた様のご生涯を大層栄えあるものにしてくだ
さいましょう。」（Ａ、Ⅰ、第13スタンザ、200頁）

»Er hon so von og tekkilig, / sum tær sigið frá, / hagar skal eg streingja
/ mínum bønarorðum á.
「彼女がもし、そなたらが言うように麗しく愛らしいのなら、私は彼女に
求婚することにしよう。（Ａ、Ⅰ、第14スタンザ、200頁）

Hagar skal eg streingja / mínum bønarorðum á, / biðja systur Hartan
kong, / tað stendst hvat av ið má.
私は彼女に求婚することにしよう。どのような結果になろうと、ハシュ
タン王に妹との結婚を願い出る。（Ａ、Ⅰ、第15スタンザ、200頁）

この、ヨアチマン王が自らの妃候補について臣下達に尋ね、彼らからハシュタ
ン王の妹を薦められ、彼女への求婚を決意するという一連の経緯については、
Ａヴァージョンにしか記されていない。そして、この対話の場面の後、Ａ

ヴァージョンでは次の第16スタンザにおいて、ヨアチマン王が求婚の旅に出るべく船の準備をさせる様子が描かれる（200頁）。

　ここまで、ヨアチマン王がハシュタン王の妹への求婚の旅に出るまでの部分について、AB両ヴァージョン間で比較を行った結果、以下の異同が明らかとなった：

1. AB両ヴァージョンとも、ヨアチマンが、自分は無理矢理にでもハシュタン王の妹を娶る意向であるのを表明すると、一人の臣下からその求婚が難航するとの予想を聞かされる。Bヴァージョンでは、その臣下はかつてハシュタン王の妹に仕えたことがあるという設定であるが、この設定はAヴァージョンには見られない。

2. Aヴァージョンでは、ハシュタン王の妹への求婚について臣下から否定的な意見を言われたヨアチマン王は、「私は伯爵の奴隷の血が流れているのではない」と言ってその臣下（と同一人物だと思われる小姓）を斬り殺すが、一方のBヴァージョンでは、ヨアチマン王は、問題の臣下が身体的な懲罰を受けることを想定し（王自らそれを指示するとの記述はない）、それが実行されたら無理矢理にでもハシュタン王の妹を娶るという意向を明らかにし、臣下（小姓）を殺しはしない。

3. Aヴァージョンでは、このハシュタン王の妹への求婚をめぐるヨアチマンと臣下とのやり取りの後に、物語内容上はそれに先行する出来事だと思われる、ヨアチマン王が求婚相手をハシュタン王の妹に決めるまでの経緯を記した部分があるが、これはBヴァージョンには見られない。

　そこで次に、この、ヨアチマン王がハシュタン王の妹への求婚の旅に出るまでをめぐるCヴァージョンの記述について考えてみたい。Cヴァージョンでは、AB両ヴァージョンと同様に、

(11) Jákimann kongur í Húnalandi / svør for gyltan eyð: / »Hann skal Artans systur festa, / antin hon vil ella ei.«

フン国のヨアチマン王は金(きん)の財宝に懸けてこう誓った、「彼[9]はアシュタン（ハシュタン）の妹を娶る。彼女がその気だろうがそうでなかろうが関係ない。」（C、I、第1スタンザ、229頁）

Jákimann kongur í Húnalondum / svór for gyltan vág: / »Hann skal Artans systur festa, / sjálv skal hon ikki ráða.«

フン国のヨアチマン王は海湾ほどの量もある金(きん)に懸けてこう誓った、「彼[10]はアシュタンの妹を娶る。彼女自身には決めさせない。」（C、I、第2スタンザ、230頁）

と、ヨアチマン王が、自分がハシュタン王の妹を娶るつもりであることを語ると、それを受けて小姓の一人[11]はこの段階で、

(12) Svaraði ein sveinunum, / reyðargull bar á hond: / »Tú fært ikki Artans systur, / tí hon er biðlavond.«

一人の小姓がこう答えたが、彼の手には純金[12]が輝いていた、「あなた様はアシュタン王の妹君をお連れになることはできますまい。彼女は求婚者を撥ねつける質(たち)だからでございます。」（C、I、第3スタンザ、230頁）

と意見を述べ、次のスタンザでは、

(13) Svaraði ein av sveinunum, / sum tænað hevði henni: / »Tú fært ikki Artans systur, / um enn eg jumfrú kenni.«

小姓の一人で、彼女に仕えたことのある者がこう答えた、「あなた様はアシュタン王の妹君をお連れになることはできますまい、私は乙女（アシュ

タン王の妹）を存じ上げておりますが。」（C、Ⅰ、第4スタンザ、230頁）

と、かつてハシュタン王の妹に仕えたことがあるというヨアチマン王の小姓の一人（直前のスタンザでハシュタン王の妹について、彼女が「求婚者を撥ねつける（biðlavond）」女性である旨を伝えた小姓と同一人物とも解釈できる）がヨアチマン王に、ハシュタン王の妹との結婚は望み薄であることを伝える。この、ヨアチマン王にハシュタン王の妹との結婚が望み薄であることを伝える小姓が、かつて彼女に仕えたことがある人物であるという設定は、先に挙げたBヴァージョンとも共通する要素（Aヴァージョンには見られない）である。しかし、ここで一つ注意したいのは、Cヴァージョンではその前の第3スタンザにおいて、この、かつてハシュタン王の妹に仕えたことがある小姓と同一人物とも取れるヨアチマン王の小姓の一人が、彼女について、biðlavond（求婚者を撥ねつける）という語彙を用いてその性格を語っている点である。他のヴァージョンでは、ここでヨアチマン王の小姓（臣下）が、ヨアチマン王によるハシュタン王の妹への求婚について意見を述べる際の台詞において、このbiðlavondという語彙は用いられていない。AB両ヴァージョンではいずれも、このbiðlavondという語彙が登場するのは、この第Ⅰバラッドのもっと後方の箇所である。

　と言うのも、AB両ヴァージョンではヨアチマンはこの後、ハシュタン王のもとへ赴き、王妹への求婚の意志を告げるも、ヨアチマンの姿を目の当たりにした王妹から求婚を拒絶される。するとそれを受けて、

(14) Hatta frætti Herint / suður í síni lond, / Hartans systir í ríkinum / hon er so biðlavond.
　　 ヘリントはこれを南方の自国で耳にした。かの国のハシュタン王の妹は大層求婚者を撥ねつける質だということを。（A、Ⅰ、第33スタンザ、201頁）

(15) Hetta frætti Herint / suður yvir lond, / frúgvin er í ríkinum / hon er
so biðlavond.

　ヘリントはこれを南方の自国で耳にした。かの国の例の婦人は大層求婚
者を撥ねつける質（たち）だということを。（B、Ⅰ、第21スタンザ、220頁）

　と、後にハシュタン王の妹と結ばれ、本バラッド・サイクルの主人公ウィヴィ
ントの父となるヘリントが、ハシュタン王の妹が求婚者を撥ねつける
（biðlavond）女性であることを耳にした、との地の文での記述があり、AB両
ヴァージョンとも、それぞれこの次のスタンザで、ヘリントがハシュタン王の
妹への求婚の旅に出るべく旅の準備を始める様が描かれる（Aヴァージョン
201頁、Bヴァージョン220頁）。この biðlavond という語彙は、第1バラッド
の AB両ヴァージョンではこの箇所でしか用いられていない。ところがC
ヴァージョンでは、上記の引用（12）で記したように、第Ⅰバラッド冒頭で、
ハシュタン王の妹を娶るつもりのヨアチマン王に対し、それが望み薄であるこ
とを小姓の一人が伝える際に、この biðlavond という語彙が登場しているので
ある。これはCヴァージョンのみに見られる点である。また、Cヴァージョ
ンでは第Ⅰバラッドにおいて、この語彙はこの箇所でしか登場しない（なお、
ヘリントがハシュタン王の妹のもとへと求婚の旅に向かう場面のCヴァージョ
ンの描写については後述する）。

　なお、Cヴァージョンでは、この小姓の「アシュタン（ハシュタン）王の妹
は求婚者を撥ねつける質（たち）（biðlavond）である」との発言を受け、ヨアチマン
王は、

(16) Svaraði reystur Jákimann kongur, / so tók hann uppá: / »Hagar strein
gi eg eiti mítt, / tað stendur mær hugur á.

　勇敢なヨアチマン王は答え、こう話した、「私は誓いを立てる。私の考え
はこうだ。（C、Ⅰ、第5スタンザ、230頁）

Hana skal eg streingja / mínum bønarorðum á, / at biðja vønu Artans systur, / tað stendur hvat av ið má.«

私は麗しきアシュタン（ハシュタン）の妹に求婚の申し出をする。その結果、どうなろうとだ。」（C、Ⅰ、第6スタンザ、230頁）

と言い、次の第7スタンザでは求婚の旅に出るべく船の準備を始める（230頁）。

　以上が、ヨアチマン王がハシュタン王の妹への求婚の意志を語り、それに対して小姓が否定的な見解を述べ、それにもかかわらず、ヨアチマン王が求婚の旅に出るに至る一連の過程をめぐるCヴァージョンの記述の特徴である。

　先に、この間の記述についてAヴァージョンとBヴァージョンのみの比較を行い、明らかになった両ヴァージョン間の異同について3点にまとめたが、これにCヴァージョンの内容との比較も加えると、この間の3ヴァージョン間の内容の相違は以下のようにまとめられよう：

1. ABC各ヴァージョンとも、ヨアチマンが、自分は無理矢理にでもハシュタン王の妹を娶る意向であるのを表明すると、一人の臣下（Cヴァージョンでは小姓）からその求婚が難航するとの予想を聞かされる。BC両ヴァージョンでは、その臣下（小姓）はかつてハシュタン王の妹に仕えたことがあるとの設定であるが、この設定はAヴァージョンには見られない。

2. 小姓がヨアチマン王に、ハシュタン王の妹への求婚を断念するよう助言する際、彼女の性格についてbiðlavond（求婚者を撥ねつける）という語彙を用いて語るのはCヴァージョンのみである。

3. Aヴァージョンでは、ハシュタン王の妹への求婚について臣下から否定的な意見を言われたヨアチマン王は、「私は伯爵の奴隷の血が流れているのではない」と言ってその臣下（と同一人物だと思われる小姓）を斬り殺すが、B

ヴァージョンでは、問題の臣下が身体的な懲罰を受けることを想定し（王自ら
それを指示するとの記述はない）、それが実行されたら無理にでもハシュタン
王の妹を娶るという意向を明らかにし、臣下（小姓）を殺しはせず、また、C
ヴァージョンではヨアチマン王はただ、小姓の意見に反する自らの求婚の意志
を通す決意を表明する形で小姓に言い返すのみで、Bヴァージョン同様、小姓
を殺しはせず、小姓が何らかの懲罰を受ける状況を想定することもない。

4. Aヴァージョンでは、このハシュタン王の妹への求婚をめぐるヨアチマン
と臣下とのやり取りの後に、物語内容上はそれに先行する出来事だと思われ
る、ヨアチマン王が求婚相手をハシュタン王の妹に決めるまでの経緯を記した
部分があるが、これはBC両ヴァージョンとも見られない。

　このように、第Iバラッド冒頭において、ヨアチマン王が、ハシュタン王の
妹への求婚をめぐって小姓（臣下）とやり取りする場面については、3ヴァー
ジョン間で細かな相違が見られるが、その中でもAヴァージョンとCヴァー
ジョンに、それぞれ他ヴァージョンとはやや異なる特徴が見受けられると言え
よう。

2.3.2. 求婚の旅の準備、およびハシュタン王の国への到着の場面

　次に取り上げるのは、ヨアチマン王がハシュタン王の妹への求婚の旅に出る
べく船の準備をし、航行を経てハシュタン王の国に到着するまでの経緯である
が、この間をめぐる3ヴァージョンの描写については、AC両ヴァージョンに
は見られるものの、Bヴァージョンには見られないという記述（ただし、AC
両ヴァージョンの間で一定の差異が存在する）、およびBC両ヴァージョンに
は見られるものの、Aヴァージョンには見られないという記述が存在する。

　まず、AC両ヴァージョンには見られるものの、Bヴァージョンには見られ
ない記述であるが、Aヴァージョンでは、ヨアチマン王の一行が船でハシュ
タン王の国に到着してから、以下のように、船を浜辺から動かして船倉にしま
う記述がある：

(17) Gingu teir frá strondum niðan, / ríkir menn og reystir, / lunnar brustu, og jørðin skalv, / teir settu knørr í neystið.

彼ら権勢を誇る豪胆な者達は浜辺を後にした。船を動かす木材[13]は壊れ、地面は揺れ、彼らは船を船倉に入れた。（A ヴァージョン、Ⅰ、第21スタンザ、200頁）

このスタンザの2行目から4行目にかけてはB ヴァージョンにはなく、B ヴァージョンでは、ヨアチマン王の一行が船でハシュタン王の国に到着し、浜辺を後にする場面は以下のように記されている：

(18) Ganga teir frá strondum niðan, / í hørðum vóru klæddir, / reyðargullhjálmar á høvdi bóru, / teir vóru fyri ongum ræddir.

彼らは浜辺を後にした。彼らの装い（武装）は堅固であった。純金の兜を頭に被っており、彼らは誰をも恐れてはいなかった。（B ヴァージョン、Ⅰ、第12スタンザ、219頁）

このスタンザの1行目は引用 (17) に記した A ヴァージョン第21スタンザの1行目とほぼ同じ内容であるが、2-4行目にかけての記述は A ヴァージョンの該当箇所にはない[14]。

　一方、C ヴァージョンでは上記の引用 (17) の A ヴァージョン第21スタンザと類似した表現が見られるが、それはヨアチマン王の一行がハシュタン王の国に到着してからの場面ではなく、彼らがヨアチマン王の国で出発の準備をしている場面におけるものである。そこでは、ヨアチマンが自分の船の準備をさせ、船のロープはすべて金箔が施されたものにし[15]、船には食料とワインが積み込まれ、それは15冬[16]も食糧不足にならないほどの量であったことが記され、さらに船のいくつかの部位の状態が説明されたところで（この間の、船ないしは船旅の準備をめぐる記述に関しては後述する）、

（19）Ganga teir til strandar oman, / ríkir menn og reystir, / lunnar brustu, og jørðin skalv, / tá ið knørr varð tikið úr neysti.

彼ら権勢を誇る豪胆な者達は浜辺に降りていった。船が船倉から出されるとき、船を動かす木材は壊れ、地面は揺れた。（C ヴァージョン、Ⅰ、第 13 スタンザ、230 頁）

と、先の引用（17）の A ヴァージョン第 21 スタンザの記述と極めて類似した表現が見られるが、ここでは砂浜「を後にする」のではなく、砂浜「へ行く」形に、そして、「船倉へ」動かすのではなく「船倉から」動かす形になっている。AB 両ヴァージョンではいずれも、ヨアチマン王がハシュタン王の国へと出航する前の場面にはこのような記述はない [17]。

　一方、ヨアチマン王が船旅の準備をさせている場面では、BC 両ヴァージョンには見られるものの A ヴァージョンには見られない記述が存在する。ヨアチマン王がハシュタン王のもとへ求婚の旅に向かうべく船の準備をさせているところで、BC 両ヴァージョンには、船に食料やワイン、ビールが積み込まれた旨が記され、C ヴァージョンでは、15 冬の間航行を続けても食糧不足にならないほどであったとの記述がある：

（20）So letur hann Jákimann kongur / byggja skipin sín, / bæði letur hann í tey laða / virtur og so vín.

こうしてヨアチマン王は自分の船の準備をさせ、彼は船に食料とワインをともに積み込ませた。（B、Ⅰ、第 7 スタンザ、219 頁）

So letur hann Jákimann kongur / byggja skipini stór, / bæði letur hann á tey laða / virtur og so bjór.

こうしてヨアチマン王は大型船の準備をさせ、彼は船に食料とビールをともに積み込ませた。（B、Ⅰ、第 8 スタンザ、219 頁）

(21) So letur reysti Jákimann kongur / búgva skipin sín, / bæði letur hann
á tey laða / virtur og so vín.
こうして勇者ヨアチマン王は自分の船の準備をさせ、船に食料とワイン
をともに積み込ませた。(C、Ⅰ、第8スタンザ、230頁)

So letur reyst Jákimann kongur / búgva skipini stór, / bæði letur hann
á tey laða / virtur og so bjór.
こうして勇者ヨアチマン王は大型船の準備をさせ、食料とビールをとも
に積み込ませた。(C、Ⅰ、第9スタンザ、230頁)

Bæði letur hann *á tey laða* / virtur og so bjór, / tó hann siglir í fimtan
vetrar, / fattast hann ikki fóður.
彼は船に食料とビールをともに積み込ませた。たとえ15冬[18]の間航行を
続けたとしても、食料が不足することはないのである。(C、Ⅰ、第10ス
タンザ、230頁)

しかし、船の準備の際に食料と飲み物が船に積み込まれたとの記述や、その量
が15冬の間航行を続けても食糧不足にならないほどであったとの記述はA
ヴァージョンには見られない。

　ここまで、ヨアチマン王の求婚の旅の準備、および一行がハシュタン王の国
に到着した場面について3ヴァージョン間の異同を確認してきたが、その結果、
明らかとなったヴァージョン間の異同は以下のようにまとめられよう：

1. ヨアチマン一行の船を動かす際、このために用いる木材が壊れ、地面が揺れ
たことや、船を船倉へ入れた（船倉から出した）との記述がAC両ヴァージョ
ンには見られるが、Bヴァージョンには見られない。また、この記述が見られ
るAC両ヴァージョンの間でも、この記述の物語上の位置が異なっている。A

ヴァージョンでは、ヨアチマン達がハシュタン王の国へ到着した後のところに
この記述が存在するため、「船を浜辺から動かし、船倉の中へと入れた」とい
う形を取るが、C ヴァージョンではこの記述がヨアチマンが求婚の旅に出よう
としている場面にあらわれるため、「船を船倉から出し、浜辺へと動かした」
という形になっている。

2. ヨアチマン王の求婚の旅の準備の場面で、BC 両ヴァージョンでは船に食料
やワイン、ビールが積み込まれた旨が記され、さらに C ヴァージョンでは、
それが 15 冬の間航行を続けても食糧不足にならないほどの量であった旨が記
されるものの、こうした記述は A ヴァージョンには見られない。

　このように、ヨアチマン王の求婚の旅の準備、および一行がハシュタン王の
国に到着した場面については、3 ヴァージョンの間で、ここに記したような異
同が見られたが、ハシュタン王のもとへ到着したヨアチマンがこの後、ハシュ
タン王や王妹と面会するも、王妹からは拒絶され、彼女が求婚者を撥ねつける
人物だと知ったヘリントが [19] 旅に出てハシュタン王のもとへ到着するまでの
一連の経緯については、AB 両ヴァージョンの間にも一定の相違はあるものの、
C ヴァージョンだけが、様々な点で AB 両ヴァージョンとは大きく異なってい
る。以下、この間の記述の 3 ヴァージョン間の異同について考察したい。
　　2.3.3.　ヨアチマン王に対するハシュタン王および王妹の反応
　2.3.3.1.　AB 両ヴァージョンの場合
　最初に、AB 両ヴァージョンの方から先にまとめて取り上げたい。まず、A
ヴァージョンであるが、ハシュタン王のもとへ到着したヨアチマン王は、ハ
シュタン王の御前で王妹への求婚を申し出ると、ヨアチマン王は王妹を広間へ
連れてくるよう命じ、彼女自身に答えさせようとする：

(22)　»Heintið mína systur í hallina inn / hon sjálv for seg at svara!«
　　　「我が妹を広間へ連れてくるのだ。彼女自らが自分のために答えるのだ。」

48

（A、Ⅰ、第26スタンザ3-4行、200頁）

　これを受けての王妹の反応であるが、Aヴァージョンではハシュタン王の
指示で王妹が呼んで来られ、彼女がヨアチマン王の姿を目の当たりにすると、
彼女は第28スタンザから第32スタンザにかけて、ヨアチマン王の風貌の醜悪
さについて、顔の個々の部位の有様を一つ一つ述べ、兄王に「（このような人
物に娶わせることで）私に苦しみをもたらさないでほしい」と要求する：

(23)　»Hartan, kenni eg handa mann, / eyka mær ei tann sprongd, / svartur
er hann og sámleitur / at sova hjá mær í song.
お兄様、このお方でございますが、私に苦しみを引き起こさないでいた
だきとうございます。この方は寝床で私の傍に横になるおつもりかも知
れませんが、この方のお体は真っ黒ではありませんか。（A、Ⅰ、第28
スタンザ、200頁）

Kjaftur hans er ógvuligur, / nasarnar eru langar, / so eru hansara
kjálkabein, / sum fjórðingsvegur at ganga.
この方の顎は幅広く、鼻は長く、顎骨は一海里もあるほどではありませ
んか。（A、Ⅰ、第29スタンザ、200頁）

Eyguni eru sum tjarnir tvær, / ennið tað er fatt, / nasarnar víðar sum
neystadyr, / sum sigi eg alt satt.
目は二つの池のようで、額はほとんどなく、鼻の穴は船倉の扉のように
広いではありませんか。すべて本当のことを申し上げているのでござい
ますよ。（A、Ⅰ、第30スタンザ、200頁）

Skeggið er sum sótið svart, / hongur niður á bringju, / neglirnar rætt
sum bukkahorn, / alin fram av fingrum.

49

顎鬚は煤のごとく真っ黒で胸に付くまでに伸びていて、爪は指からまさに牡鹿の角のように生え出ています。(A、Ⅰ、第31スタンザ、200頁)

Kamparnir rætt sum faks so strítt, / hongur niður á belti, / brýrnar eru sum hamrar tveir, / tonn sum í villini gelti.«
頬髯は馬の鬣（たてがみ）のように固く、ベルトにまで達していて、眉は二つの小槌のようで、歯は野生の猪のようでございます。(A、Ⅰ、第32スタンザ、201頁)

このようにヨアチマンがハシュタン王の妹から拒絶されたところで、次の第33スタンザでは、先にも少し触れたが、

(24) Hatta frætti Herint / suður í síni lond, / Hartans systir í ríkinum / hon er so biðlavond.
ヘリントはこれを南方の自国で耳にした。かの国のハシュタン王の妹は大層求婚者を撥ねつける質（たち）だということを。(A、Ⅰ、第33スタンザ、201頁)

と、最終的にはハシュタン王の妹を娶ることになるヘリントが、彼女が求婚者を撥ねつける（biðlavond）女性であるのを知ったことが記され、次の第34スタンザではヘリントが彼女に求婚するべく旅の準備を始めるところが描かれる（201頁）。
　次に、この間の経緯をめぐるBヴァージョンの描写であるが、Bヴァージョンでは、まずヨアチマンがハシュタン王の御前で王妹への求婚を申し出ると、ハシュタン王は、先の引用（22）に記したAヴァージョンにおけるハシュタン王の対応と同様、「我が妹を広間へ連れてくるのだ。自らが自分のために答えるのだ」(heintið mín[a] systur í hallina inn, / sjálv fyri seg at svara!（B、Ⅰ、第15スタンザ2-4行、219頁)) と応じ、妹を広間へ連れて来させ、彼女

自らに答えさせようとするが、ハシュタン王の指示で王妹が呼ばれると、

(25) Frúgvin gekk í hallina inn, / og fylgismoyggjar allar, / tá ið hon sá
tann ljóta mann, / hon mátti í ovit falla.
かの婦人（王妹）は広間に入って来た。侍女達もみな一緒であった。彼
女はかの醜い男（ヨアチマン）の姿を見ると、気を失って倒れ込んだ。
（B、Ⅰ、第17スタンザ、220頁）

Frúgvin gekk í hallina inn, / fylgismoyggjarnar við, / tá ið hon sá tann
ljóta mann, / hon seig í ovit niður.
かの婦人は広間に入って来た。侍女達を連れて来ていた。彼女はかの醜
い男の姿を見ると、気を失ってくずおれた。（B、Ⅰ、第18スタンザ、
220頁）

これを受けてヨアチマンは、

(26) »Takk havi tann ríka frú, / tú vart mær so kær, / ástin hevur gripið
teg, / at óvit gekk at tær.«
「かの高貴なお方（王妹）は感謝されてしかるべきだ。あなた様（王妹）
は私にとって大層愛しい存在になった。あなた様が気を失われるくらい
に、愛はあなた様を強く捉えたのだ」（B、Ⅰ、第19スタンザ、220頁）

と、王妹への自らの愛を告白するともに、王妹が気を失ったのは、彼女が自分
を目の当たりにした際に自分に対して抱いた愛のせいだとする解釈を述べる。
すると、ハシュタン王の妹は、

(27) »Hvat skal mær tann ljóti mann? / elv mær ikki harm! / Svartur ert tú
og samlittur / at sova á mínum arm. «

「この醜い男は私に何がしたいというのでしょう。私に困惑をもたらさないでください。あなた様は私の腕の中で寝ようとお考えのようですが、あなた様は真っ黒ではありませんか。」（B、Ⅰ、第20スタンザ、220頁）

と言って、ヨアチマン王を拒絶する。Aヴァージョンのように、王妹がヨアチマンの醜い風貌について、顔の諸部位を一つ一つ取り上げて述べる台詞はなく、このスタンザの1行目で「この醜い男（tann ljóti mann）」と言った後、彼女がヨアチマンの外見について具体的な指摘をするのは彼の体色だけであるが、その一方で、王妹がヨアチマンの姿を見て気を失うという要素はAヴァージョンには見られないもので、彼女がヨアチマンの姿を見て気を失うことで、ヨアチマンの風貌の醜悪さの度合、および彼女がそれに抱いた嫌悪感の大きさが示されていると言えよう。また、Bヴァージョンでは王妹は侍女達全員を連れて登場するが、これもAヴァージョンとは異なり、また、王妹が気を失ったのを受けて、ヨアチマンが王妹への愛や、王妹が気を失ったことに関する自らの解釈を述べる引用（26）の台詞（第19スタンザ）もAヴァージョンにはない。Aヴァージョンでは、

(28) Frúgvin varð bæði studd og leidd, / inn í hallina gekk,
    かの婦人（王妹）は付き添われ、案内されて広間の中へとやってきた。
    （A、Ⅰ、第27スタンザ1-2行、200頁）

とあるものの、彼女と一緒にやってきたのが侍女達全員とは記されておらず（そもそも彼女につき添ってきたのが誰であるかが明示されておらず）、また、広間に現れたハシュタン王の妹の姿を見たヨアチマン王についてはただ、

(29) Jákimann sat í hásæti, / hann ymsar litir fekk.
    ヨアチマンは玉座に座っており、様々に顔色を変えた。（A、Ⅰ、第27スタンザ3-4行、200頁）

と地の文で記されるだけである。なお、Bヴァージョンでは先の引用（27）の、王妹がヨアチマンを拒絶する発言を行う第20スタンザの次の第21スタンザで、

(30) Hetta frætti Herint / suður yvir lond, / frúgvin er í ríkinum / hon er so biðlavond.
ヘリントはこれを南方の自国で耳にした。かの国の例の婦人は大層求婚者を撥ねつける質（たち）だということを。（B、Ⅰ、第21スタンザ、220頁）

と、最終的には王妹を娶ることになるヘリントが、ハシュタン王の妹が求婚者を撥ねつける女性であるのを知ったことが記され、第22スタンザではヘリントは彼女への求婚の旅に出る準備を始める（220頁）。この第21・22スタンザの内容はAヴァージョンと共通する要素である。

　ここまで、ヨアチマン王がハシュタン王のもとへ到着してから、ハシュタン王および王妹と対面し、王妹から拒絶され、彼女が求婚者を撥ねつける女性であるのを知ったヘリントが求婚の旅の準備を始めるまでの部分について、AB両ヴァージョンを比較してきたが、ここで明らかとなった両ヴァージョン間の異同は以下のようにまとめられよう：

1. 王妹が連れて来られる際、Aヴァージョンではただ、「付き添われ、案内されて」来たとしか記されていないが、Bヴァージョンでは侍女達をみな連れてやって来る。そして、ヨアチマンの姿を目の当たりにすると、Aヴァージョンでは王妹は、彼の醜悪な風貌について、顔の部位を一つ一つ取り上げて、彼に対する拒絶の意志を表すのに対し、Bヴァージョンではそれは見られないものの、ヨアチマンの姿を目にした王妹は、気を失って倒れてしまう。これはAヴァージョンにはない。

2. B ヴァージョンでは、王妹が気を失って倒れたのを受け、ヨアチマンは、王妹に対する自らの愛と、王妹が気を失って倒れたのは、彼女が自分（ヨアチマン）への愛に捉えられたからだとする独自の見解を語るが、これは A ヴァージョンにはない。B ヴァージョンでは、このヨアチマンの発言を受け、王妹は、はっきりと彼を拒絶する意志を表明する。

　そこで次に、この間の C ヴァージョンの内容について確認してゆきたい。結論から先に言えば、この、ヨアチマン王がハシュタン王のもとへ到着してから、ヘリントがハシュタン王の国へ出発するまでの部分については、C ヴァージョンの内容は AB 両ヴァージョンとは大幅に異なっている。

　2.3.3.2.　C ヴァージョンの場合

　まず、C ヴァージョンではヨアチマン王がハシュタン王の国に上陸すると、彼に対し、城市のものと思われる扉が閂で施錠されてしまう：

(31) Jákimann kongur í Húnalondum / honum er lokur læst.

　　フン国のヨアチマン王に対し、（扉は）閂が掛けられた。(C、I、第 17
　　スタンザ 1-2 行、230 頁)

　そして、彼が、跨った馬の鞍から 18 エル [20] もの背丈があった (hann er átjan alin høgur / upp frá saðil á hesti. (C、I、第 17 スタンザ 3-4 行、230 頁)) ことが記されると、次の第 18 スタンザから第 24 スタンザにかけて、ヨアチマン王の顔の個々の部位の醜悪な様が地の文で記されるが (230-1 頁)、この地の文での記述は、A ヴァージョンにおいて、ヨアチマン王の姿を目の当たりにしたハシュタン王の妹が、ヨアチマン王の顔の個々の部位の醜悪さについて述べる台詞とほぼ同じ内容である [21]。

　そして、このヨアチマン王の顔の個々の部位をめぐる記述の後、ヨアチマン王は浜辺から連れの臣下達ともどもハシュタン王の宮殿へと急いだことが記されるが [22]、AB 両ヴァージョンのように、ヨアチマン王がハシュタン王に謁見

し、王の御前で妹への求婚を申し出る台詞はCヴァージョンにはなく、同様
にAB両ヴァージョンに見られた、「我が妹を広間へと連れてくるのだ。(彼
女)自らが自分のために答えるのだ」というハシュタン王の台詞もCヴァー
ジョンには存在しない。ヨアチマンが臣下ともどもハシュタン王のもとへ急い
だ旨が記されると[23]、次の二つのスタンザで、

(32) Allir veggir sviktaðu, / tá ið hann gekk á tún, / allar hurðar klovnaðu,
/ áðrenn hann fekk rúm.
彼(ヨアチマン)が中庭に入ると壁がみな崩れ、彼が腰を下ろす前に扉
はみな壊れた。(C、Ⅰ、第26スタンザ、231頁)

Allir veggir sviktaðu, / tá ið hann stuttist við, / allir beinkir brotnaðu, /
tá ið hann settist niður.
彼(ヨアチマン)がもたれかかると壁がみな崩れ、彼が座るとベンチは
みな壊れた。(C、Ⅰ、第27スタンザ、231頁)

という、Cヴァージョンにしか存在しない描写があり、それを受けて、

(33) Artan hugsar við sjálvum sær: / »Slíkt eru trøllalæti.«
アシュタン(ハシュタン)は考えた、「このようなのは怪物の立てる音
だ。」(C、Ⅰ、第28スタンザ3-4行、231頁)

とのハシュタン王の反応が記される。
　ヨアチマンとハシュタン王の対面や、ヨアチマンによる求婚の申し出、およ
び、ハシュタン王の妹が呼んで来られる場面はいずれもなく、この引用(33)
のハシュタン王の反応が記された第28スタンザの直後のスタンザにおいて、
王妹がヨアチマン王に嫌悪感を覚え、最初に彼を見た時に気を失ったことが記
される:

(34) Tað var væna Artans systir, / varð seg so illa við, / fyrst hon kongin
við eigum sá, / hon fell í óvit niður.
麗しきアシュタン（ハシュタン）の妹は大層嫌悪感を抱いた。初めてか
の王（ヨアチマン）を目の当たりにしたとき、彼女は意識を失って倒れ
込んだ。(C、Ⅰ、第29スタンザ、231頁)

このスタンザで、王妹がヨアチマンの姿を見た場面については、3行目に við
eigum sá（直訳すれば「目で見た」）と記されているが、直接面と向かい合っ
て対面したとは記されていない（そもそもハシュタン王がヨアチマンと対面し
たとの記述もない）。それに続いて、第30スタンザから第33スタンザにかけ
て、以下のように王妹が兄であるハシュタン王に、ヨアチマンを拒絶する意志
を伝える台詞が記されるが、そこでは、

(35) »Artan, gift meg ei við hesum manni, / ger mær ei tann vanda, / kemur
hondin at klappa mær, / tað kann ikki beinið halda!
「お兄様、私をこの男に娶わせないでいただきとうございます。私にその
ような苦しみをお与えにならないでいただきとうございます。もし、彼
の手で軽く叩かれでもしたら、私の骨は持ちこたえられません。(C、Ⅰ、
第30スタンザ、231頁)

Artan, gift meg ei við hesum manni, / ger mær ei tað valdið, / strýkur
hann mær við sínari hond, / lív kann eg ikki halda!
お兄様、私をこの男に娶わせないでいただきとうございます。私にその
ような扱いをなさらないでいただきとうございます。もし、彼の手で撫
でられでもしたら、私の命は持ちこたえられません。(C、Ⅰ、第31スタ
ンザ、231頁)

Gift meg ei við hesum manni, / ger mær ei tað valdið, / strýkur hann
mær við sínari hond, / lív kann eg ikki halda!
私をこの男に娶わせないでいただきとうございます。私にそのような扱
いをなさらないでいただきとうございます。もし、彼の手で撫でられで
もしたら、私の命は持ちこたえられません。(C、Ⅰ、第32スタンザ、
231頁)

Kemur hondin at klappa mær, / tað kann ikki beinið halda!
もし、彼の手で軽く叩かれでもしたら、私の骨は持ちこたえられません。
(C、Ⅰ、第33スタンザ1-2行、231頁)

とあるように、ここで一貫して述べられているのは、ヨアチマン王の体の大き
さゆえに彼女にもたらされる身体面での害、ないしは彼女自らの体力面の事情
であり、それに続いて王妹は、ヨアチマン（による求婚）から自分の身を守っ
てもらうべく、ヘリントを呼びにやるよう兄王に頼む：

(36) send boð eftir Herint Ívintsson, / so er hans lív í vanda!«
　　 ウィヴィントの息子ヘリントを呼びにやってください。そうすれば、彼
　　 （ヨアチマン）の命は危機に晒されます。」(C、Ⅰ、第33スタンザ3-4行、
　　 231頁)

このようにハシュタン王の妹が、救援のためにヘリントを呼びにやるよう兄王
に頼む記述があるのはCヴァージョンのみであり、ヘリントの父の名が、後
の自らの息子の名と同じウィヴィントと記されているのもCヴァージョンの
みである（AB両ヴァージョンではヘリントの父の名前をめぐる記述はない）。
そして、この、ヘリントを呼びにやってほしいとの王妹の頼みに対するハシュ
タン王の台詞は記されていないが、直後に、

(37) Út varð loystur gangarin / undir hallarvegg, / hann var skrýddur við skarlak / niður á hóvarskegg.

馬が王宮の壁際まで出してこられた。その馬は球節まで真紅の布で飾られていた。(C、I、第34スタンザ、231頁)

Út varð loystur gangarin / ið sendisvein skuldi á ríða, / hann var skrýddur við skarlak / niður á miðal síðu.

伝令の小姓が乗ってゆくことになる馬が出してこられた。その馬は側面の中ほどまで真紅の布で飾られていた。(C、I、第35スタンザ、231頁)

Hann var skrýddur við skarlak / niður á miðal síðu, / forgyltur var saðilin, / ið sendisvein skuldi á ríða.

その馬は側面の中ほどまで真紅の布で飾られていた。伝令の小姓が跨ってゆく鞍は飾り付けがなされていた (C、I、第36スタンザ、231頁)

と、伝令の小姓が乗る馬の準備がなされ、その小姓がヘリントのもとへ着くと[24]、小姓はハシュタン王からヘリントに伝言だと告げて、王からの手紙を渡す:

(38) Tað var ið hann sendisvein, / stedaðist hann for borð: / »Hoyr tað, Herint Ívintsson, / Artan hevur sent tær boð!

かの伝令の小姓はテーブルの前にやってきた、「お聞きください、ウィヴィントの息子ヘリントよ、アシュタン（ハシュタン）王からあなた様にご伝言でございます。(C、I、第38スタンザ、231頁)

Hoyr tað, Herint Ívintsson, / lurta nú eftir mær, / her hevur tú tey brævini, / sum Artan sendi tær!«

ウィヴィントの息子ヘリントよ、私が申し上げますのをお聞きいただきとうございます。こちらがアシュタン王があなた様にお出しになったお

手紙でございます。(C、Ⅰ、第39スタンザ、231頁)

小姓がヘリントに渡した手紙の具体的な内容は記されていないが、

(39) So varð Herint Ívintsson, / glaður við tað orð, / hann klæddist í skjold
og harniskju / so sítt bitra svørð.
ウィヴィントの息子ヘリントはその話を聞いて喜んだ。彼は盾と甲冑を
身に纏い、鋭い剣を帯びた。(C、Ⅰ、第40スタンザ、231頁)

とあるように、小姓から話を聞いて喜んだヘリントは出発の準備を始める[25]。
　このように、ヨアチマン王がハシュタン王のもとへ到着してから、ハシュタ
ン王や王妹側とのやり取りを経て、ヘリントが求婚の旅に向かうまでの経緯を
めぐる記述は、Cヴァージョンのみが他の2ヴァージョンとは大きく異なるこ
とがわかる。確かに、Aヴァージョンにおいて、ヨアチマン王を目の当たり
にしたハシュタン王の妹が、ヨアチマン王の醜さに関して、彼の顔の個々の部
位の様を述べる台詞とほぼ同じ内容が、Cヴァージョンの地の文でも記される
(この内容はBヴァージョンでは地の文でも登場人物の台詞の形でも記されな
い)という点では、AヴァージョンとCヴァージョンに共通性が見られ、ま
た、ヨアチマンの姿を見たハシュタン王の妹が気を失うという要素は、A
ヴァージョンにはなく、BヴァージョンとCヴァージョンのみに共通して見
られる点であるが、この、ヨアチマン王がハシュタン王のもとに到着してか
ら、ヘリントがハシュタン王のもとへ旅立つまでの一連の経緯を全体として見
れば、CヴァージョンだけがAB両ヴァージョンとは大きく異なっている。
　なぜなら、ヨアチマン王がハシュタン王のもとへ到着し、臣下達ともども浜
辺から王宮へと向かった後の部分に関し、ヨアチマンがハシュタン王に謁見
し、王妹への求婚の意志を告げ、ハシュタン王が妹を連れてくるよう指示し、
王妹が連れてこられ、ヨアチマンの姿を見た妹が拒絶の意志を語るというプロ
セスは、AB両ヴァージョンのみに共通して見られるもので、Cヴァージョン

ではヨアチマンとハシュタン王との対面は描かれず、したがって、ヨアチマン
がハシュタン王に求婚の申し出をする場面も、ハシュタン王が妹を呼びにやる
場面もない。一方、ヨアチマン王が座るとベンチが壊れたりする様や、それを
受けてのハシュタン王による、「このようなのは怪物の立てる音だ」との発言
はＣヴァージョンにしか見られない。ハシュタン王の妹がヨアチマン王を拒
絶するのはＣヴァージョンのみならず、ＡＢ両ヴァージョンにも共通して見ら
れる点であるが、その拒絶の理由として、風貌の醜さを挙げるのではなく、彼
に撫でられたり軽く叩かれたりした際に自分の体が持ちこたえられないとい
う、自らの体力面の事情を挙げるのはＣヴァージョンのみで（勿論、ヨアチ
マンの体が大きすぎることは、彼の外見の醜悪さを構成する一要素になってい
るとの見方もできようが）[26]、また王妹が、救援のためにヘリントを呼びにや
るよう兄王に懇願するというのもＣヴァージョンのみである。また、Ｃヴァー
ジョンではヘリントの名前について、Herint Ívintsson（ウィヴィントの息子
ヘリント）と記されるが、このようにヘリントの父の名（しかも、その息子と
なる人物と同じウィヴィントという名前）が明かされているのはＣヴァージョ
ンのみである。さらに、この王妹の要請を受けてヘリントのもとへ派遣された
伝令の小姓は、馬で[27]ヘリントのもとへと向かい、この小姓から話を聞き、
ハシュタン王からの手紙まで渡されたヘリントは、ハシュタン王のもとへ向か
う準備をする[28]。

　このように、ヨアチマンがハシュタン王のもとへ到着してから、ハシュタン
王の御前での王妹への求婚の申し出（Ｃヴァージョンにはない）を経て、ヘリ
ントがハシュタン王のもとへ旅立つまでの経緯については、Ｃヴァージョンだ
けがＡＢ両ヴァージョンの内容とは大幅に異なっている。確かに、既述のよう
に、ＡＢ両ヴァージョンの間にも一定の相違は見られたが、Ｃヴァージョンを
ＡＢ両ヴァージョンと比較すれば、Ｃヴァージョンだけが、ＡＢ両ヴァージョ
ン間の異同とは比べ物にならないほどに、ＡＢ両ヴァージョンの内容とは大き
な相違が見られると言えよう。

2.3.4. ヘリントによる求婚の申し出

既述のように、AB両ヴァージョンではヘリントは、ハシュタン王の妹が求婚者を撥ねつける女性だと知り、彼女への求婚の旅に出るのに対し、Cヴァージョンではヨアチマン王を撃退してもらいたいとの、ハシュタン王の妹からの要請を受け、ヘリントのもとへ伝令の小姓が送られ、小姓はヘリントにハシュタン王からの伝言だと言って、王からの手紙を渡し、それを受けてヘリントはハシュタン王のもとへと向かうことになる。しかし、ヘリントがハシュタン王のもとへ向かってからの、王との対面や王妹への求婚の申し出、それに対する王や王妹の反応を描いた部分に関しても、結論から先に言えば、Cヴァージョンのみ、AB両ヴァージョンとは異なる特徴が見受けられる。そこで、この部分についても、まずAB両ヴァージョンのケースについて考察し、その次にCヴァージョンのケースについて取り上げ、AB両ヴァージョンのケースとの相違を明らかにしたい。

2.3.4.1. AB両ヴァージョンの場合

ハシュタン王の妹が求婚者を撥ねつける質（たち）の女性であることを耳にしたヘリントは、彼女に求婚するべくハシュタン王のもとへと旅に出るが、AB両ヴァージョンではヘリントはヨアチマンと同様に船旅でハシュタン王のもとへと向かい、王に謁見する。

Aヴァージョンでは、ヘリントがヨアチマンと同様に、ハシュタン王の御前で王妹への求婚を申し出ると、ハシュタン王は、

(40) »Heinta mína systur í hallina inn / hon sjálv for seg at svara!«
「我が妹を広間へ連れてくるのだ。彼女自らが自分のために答えるのだ。」
（Aヴァージョン、Ⅰ、第45スタンザ3-4行、201頁）

と、ヨアチマンの時と同じ台詞で王妹を呼んでくるよう指示する。そして、王妹が呼んで来られ、ヘリントの姿を見ると、彼女はヘリントとの結婚を望む：

（41）Frúgvin varð bæði studd og leidd, / inn í hallina gekk, / fyrst hon Herint
við eygum sá, / hon vilja til hann fekk.
かの婦人は広間へと付き添われ、導かれてやってきた。彼女は一目ヘリ
ントの姿を目の当たりにすると、彼との結婚を望んだ。（A、Ⅰ、第46
スタンザ、201頁）

そして、彼女は改めて、

（42）»Eg havi ikki Jákimann kong, / hann er so leitt eitt trøll,
「私はヨアチマン王は嫌でございます。彼はかくも醜い怪物ではありませ
んか。（A、Ⅰ、第47スタンザ1-2行、201頁）

Tjúkkur er hann og dravlorkutur, / náir ei inn um dyr.«
彼は太っていて不器用で、扉から入ることもできやしないじゃありませ
んか[29]。」（A、Ⅰ、第48スタンザ3-4行、201頁）

と言って、ヨアチマンを拒絶する。するとその後に、ヨアチマンのものと思わ
れる以下の台詞が続く。

（43）»Tað ser eg á tær Herint, / at tú manst ognast vív, / kom á hólm og
berst við meg / eina so lítla tíð!
「ヘリントよ、そなたは婦人を娶るつもりのようだな。平原へやって来て、
しばしの間、私を相手に決闘をすることだ。（A、Ⅰ、第49スタンザ、
201頁）

Tað ser eg á tær Herint, / at tú manst ognast sprund, / kom á hólm og
berst mót mær / eina so lítla stund!«
ヘリントよ、そなたは婦人を娶るつもりのようだな。平原へやって来て、

しばしの間、私と決闘をすることだ。」(A、Ⅰ、第50スタンザ、201頁)

この中で台詞の主は、ヘリントが婦人（ハシュタン王の妹）との結婚を望んでいるのを確認した上で、ヘリントに自分と一騎打ちを行うことを求めている。実際、この第Ⅰバラッドでは、この後でヨアチマンとヘリントの決闘が行われることから、この台詞の主はヨアチマンと思われ、ヨアチマンは言わば自らの恋敵となったヘリントに対し、ハシュタン王の妹との結婚をめぐって自分と決闘を行うことを求めているのだと考えられよう。

その後、ハシュタン王の宮殿では人々は酒とともに過ごしたが、ヨアチマンはハシュタン王の妹に会うことができなかった旨が記される：

(44) Drukku teir í Hartans høll / fult í dagar tvá, / ikki fekk hann Jákimann kongur / Hartans systur at sjá.
ハシュタン王の宮殿では丸二日間酒が飲まれたが、ヨアチマン王はハシュタン王の妹に会うことはできなかった。(A、Ⅰ、第51スタンザ、201頁)
(その後、第52、57スタンザでも同様の記述、ともに202頁)

この、「ヨアチマン王はハシュタン王の妹に会うことができなかった」というのがハシュタン王の命で取られた措置であるのかどうかを示す記述はない。ただ、ヘリントの求婚の申し出に対するハシュタン王の対応については、Aヴァージョンではヨアチマン王の来訪時と同様に、「我が妹を広間へ連れてくるのだ。彼女自らが自分のために答えるのだ（先の引用 (40)）」と返答した以外には、自らの妹の結婚をめぐるハシュタン王の態度や言動を示す記述はない。

ここまで、ヘリントがハシュタン王のもとへ向かい、王に謁見してからのAヴァージョンの内容を確認してきたが、一方、Bヴァージョンではヘリントが、ハシュタン王のもとへ到着し、王に謁見し、王妹への求婚を申し出ると、ハシュタン王は妹を呼びにやることはなく（王が妹を呼びにやる台詞は記され

ず）、

(45) »Honum vil eg edilingi / mína systur geva, / ið ríður á hólm við
Jákimann kong / og skiljur so moyggi við trega.«
「戦闘の場でヨアチマン王に馬で立ち向かい、乙女（ハシュタン王の妹）
から悲しみを取り除く、かの貴人に我が妹を与えよう。」（B、I、第30
スタンザ、220頁）

と、妹の結婚相手に関し、「ヨアチマン王と決闘して彼を下し、妹をヨアチマ
ン王から解放した者」という王自らの望みを明確に前面に出す。そして、この
たびは王が、妹を呼んで来させて彼女自身に答えさせるよう指示する台詞はな
い[30]。
　Aヴァージョンでは、ヨアチマンとヘリントのいずれの求婚の折にもハシュ
タン王はただ、「我が妹を広間へ連れてくるのだ。彼女自らが自分のために答
えるのだ」と指示するのみで、自らの意向をはっきりと語ることはなかったの
に対し、Bヴァージョンでは、ヨアチマン王による求婚の折には、Aヴァージ
ョンと同様、「我が妹を広間へ連れてくるのだ。彼女自らが自分のために答
えるのだ」との台詞で、妹を連れてきて彼女自身に答えさせるよう指示を出し
ていたが、このたびのヘリントの求婚の折には、妹を連れてきて彼女自身に答
えさせる形は取らず、「戦闘の場でヨアチマン王に馬で立ち向かい、乙女（ハ
シュタン王の妹）から悲しみを取り除く、かの貴人に我が妹を与えよう」と、
ハシュタン王自らがヨアチマンを拒絶するのに加え、妹の結婚相手の候補者
を、「ヨアチマンを決闘で下した者」と指定するところまで、明確に妹の結婚
相手をめぐる意向を表明する。そして、妹の結婚相手の決定にあたり、妹自身
の意向が反映される形にはならない（少なくとも、ヘリントとの結婚に関し、
王妹の意向が確かめられたり、王妹が何らかの意見を述べたりする場面の記述
はない）。このように、妹の結婚相手をめぐるハシュタン王の態度に関しては、
Aヴァージョンと比べ、Bヴァージョンでは（少なくともヘリントが王妹への

求婚に訪れた段階では）王が積極的に自分の意向を通そうとする形に描かれているのがわかる。

　なお、Aヴァージョンでは、ヘリントによる求婚時にもハシュタン王の妹が呼んで来られ、王妹が自らの意見を表明した後で、ヨアチマンと思われる人物がヘリントに対し、ハシュタン王の妹との結婚をめぐって自分と決闘するよう求める台詞が続いたが、Bヴァージョンではこの箇所ではヨアチマン王（と思しき人物）の発言はなく、引用（45）の、ハシュタン王が自らの妹の結婚相手について意見を表明する台詞（第30スタンザ）の後の第31スタンザでは、先の引用（44）のAヴァージョンの記述と同様、城市では人々は酒とともに過ごしたが、ヨアチマンはハシュタン王の妹に会うことができなかった旨が記される：

(46) Drekka teir í glæstriborg / fult í dagar tríggjar, / ikki fekk hann
　　 Jákimann kongur / Artans systur at síggja.
　　 壮麗な城市では人々は丸三日間酒とともに過ごしたが、ヨアチマン王はアシュタン（ハシュタン）王の妹に会うことができなかった。(B、Ⅰ、31スタンザ、220頁。その後、第37、40スタンザでも同様の記述（ともに221頁）。このスタンザの後半部分と同様の記述は、第32スタンザ1-2行（220頁）および第38スタンザ1-2行（221頁）にも存在)

　ここまで、ヘリントがハシュタン王のもとへ向かってからの、王との対面やヘリントによる王妹への求婚の申し出、それに対する王や王妹の反応を描いた部分に関し、AヴァージョンとBヴァージョンの内容を確認してきたが、両ヴァージョンを比較した結果、確認できた異同は以下のようにまとめられよう：

1. ハシュタン王のもとへ到着したヘリントが、王の御前で王妹への求婚を申し出ると、Aヴァージョンでは、王は妹を呼んで来させて彼女自身に答えさせ

ようとし、呼んで来られた妹はヘリントとの結婚を望み、改めてヨアチマンを拒絶する。一方、Bヴァージョンでは、王はヘリントから王妹への求婚の申し出を受けると、妹を呼んで来させて彼女自身に答えさせる形は取らず、王自らが、決闘でヨアチマンを下した者に妹を娶らせるとの意向を明確に表明し、妹の結婚相手に関し、妹自身の意向が反映される形にはならない（少なくとも、ヘリントとの結婚に関し、王妹の意向が確かめられたり、王妹が何らかの意見を述べたりする場面の記述はない）。

2. Aヴァージョンでは、ヘリントがハシュタン王の御前で王妹への求婚を申し出たのを受け、その場へ呼んで来られた王妹が自らの意見を表明した後、ヨアチマンと思われる人物がヘリントに自分との決闘を求める台詞が存在するが、Bヴァージョンではヨアチマン（と思しき者）はこの場面には登場せず、したがって彼の台詞も存在しない。

　このように、ヘリントがハシュタン王のもとへ向かってからの、王との対面や、ヘリントによる王妹への求婚の申し出、それに対する王や王妹（Aヴァージョンのみ）の反応を描いた部分に関しては、AB両ヴァージョンの間では一定の相違が見られたが、そこで次に、この間の部分をめぐるCヴァージョンの記述を確認してゆきたい。結論から先に言えば、この部分のCヴァージョンの記述にも、AB両ヴァージョンと比べ、大幅な相違が見受けられる。
　2. 3. 4. 2.　Cヴァージョンの場合
　Cヴァージョンではヘリントがハシュタン王の国に向かい、国に到着する場面に関しては、

(47) So reið Herint Ívintsson / yvir dalar og fjøll, / áðrenn dagur at kvøldi kom, / tá var hann á Artans høll.
　　かくしてウィヴィントの息子ヘリントは馬で山谷を越え、夕方になる前にアシュタン（ハシュタン）王の宮殿に到着した。（C、I、第44スタン

ザ、232頁）

とある。このように、Cヴァージョンではヘリントは陸路を馬でハシュタン王の国へと向かっているが、ヘリントのみならず、先にハシュタン王のもとから王妹の要請を受けてヘリントのもとへと遣わされた伝令の小姓も、馬で陸路をヘリントのもとへと向かっている（C、Ⅰ、第37スタンザ、231頁）。すなわち、Cヴァージョンでは、ハシュタン王の国とヘリントの居住地は陸路での移動が可能な位置関係にあったということである。

　一方、AB両ヴァージョンでは、ヘリントはいずれも船で自分の居住地からハシュタン王の国へと向かっている。この点はAB両ヴァージョンに共通しており、先にAB両ヴァージョン間の相違を扱ったところでは取り上げなかったが、AB両ヴァージョンではそれぞれヘリントが、ハシュタン王の妹が求婚者を撥ねつける質（たち）の女性であることを知ると（A、Ⅰ、第33スタンザ、201頁／B、Ⅰ、第21スタンザ、220頁）、その次のスタンザ以降、以下のように、彼が求婚の旅に出るための船の準備から、彼が航海を経てハシュタン王の国へ到着するまでが描かれる：

(48) So læt ungi Herint / síni skipin gera, / allar læt hann streingirnar / av reyðargulli vera.
かくして若きヘリントは彼の船の準備をさせた。ロープはすべて金糸で編まれたものにした。（A、Ⅰ、第34スタンザ、201頁）

Bræddir vóru brandar, / skorin var hvør stokk, / stavn og stýri av reyðargulli, / so var segl í topp.
船の衝角[31]にはタールが塗られ、舷側はどこも切り整えられ、船首と舵は純金製で、帆は上限にまで張られた。（A、Ⅰ、第35スタンザ、201頁）

Vindur hann upp síni silkisegl, / gull við vovin rand, / strykar ei á

67

bunkan niður / fyrr enn við Hartans land.

彼は金糸で縁取りをされた絹製の帆を掲げ、ハシュタン王の国に着くまで、それを甲板に降ろすことはなかった。（A、I、第36スタンザ、201頁）

Higar ið tann snekkjan / kendi fagurt land, / læt hann síni akker falla / á so hvítan sand.

かの船からきれいな陸地が見えると、彼（ヘリント）は大層白い砂の上に錨を降ろさせた。（A、I、第37スタンザ、201頁）

Læt hann síni akker falla / á so hvítan sand, / fyrstur steig ungi Herint / sínum fótum á land.

彼（ヘリント）は大層白い砂の上に錨を降ろさせ、かの若きヘリントが最初に陸に降り立った。（A、I、第38スタンザ、201頁）

(49) Herint letur snekkjur smíða, / so er greint fyri mær, / reyðar ringar av reyðargulli / í húnborini var.

ヘリントは船を作らせ——このように私は聞いているのだが——帆の揚げ索[32]が通るマストの穴には赤々と光る純金製の輪が嵌められていたとのことである。（B、I、第22スタンザ、220頁）

Vindur hann upp síni silkisegl, / gull við reyðan brand, / strykar ei á bunkan niður / fyrr enn við Artans land.

彼は絹製の帆を掲げ、船の赤々と光る衝角は、金箔が施されたものであった。彼はアシュタン（ハシュタン）王の国に着くまで、帆を甲板に降ろすことはなかった。（B、I、第23スタンザ、220頁）

Higar ið teirra snekkjan / kendi fagurt land, / kasta sínum akkerum /

á so hvítan sand.

彼らの船からきれいな陸地が見えると、彼（ヘリント）は大層白い砂の
上に錨を投げ落とした。（B、Ⅰ、第24スタンザ、220頁）

Kasta sínum akkerum / á so hvítan sand, / fyrstur steig hann Herint /
sínum fótum á land.

彼は大層白い砂の上に錨を降ろさせ、かのヘリントが最初に陸に降り立っ
た。（B、Ⅰ、第25スタンザ、220頁）

このように、AB両ヴァージョンでは、ヘリントが海路で居住地からハシュタ
ン王のもとへと向かったことが、一部のスタンザを除き、両ヴァージョン間で
ほぼ同様の言い回しであらわされている[33]。すなわち、AB両ヴァージョンで
は、ヘリントの居住地とハシュタン王の国との間は、船旅でなければ移動でき
ないか、あるいは陸路よりも船旅の方がより効率的な移動が可能な位置関係に
あったということになる。一方、Cヴァージョンだけは、先の引用（47）のよ
うに、馬でヘリントが自らの居住地からハシュタン王のもとへと向かっている
のであり、この点でもCヴァージョンのみがAB両ヴァージョンとは異なっ
ている。
　そして、Cヴァージョンでは、先の引用（47）に記した第44スタンザで、
ヘリントが馬を走らせた末、ハシュタン王の国へ到着したことが記されると、
その次の第45スタンザでは地の文で、

(50) Drukku teir í glasstovuborg / fullar mánar tvá, / ikki fekk hann
Jákimann kongur / Artans systur at sjá.
壮麗な城市では丸二か月間酒が飲まれたが、ヨアチマン王はアシュタン
（ハシュタン）王の妹に会うことはできなかった。（C、Ⅰ、45スタンザ、
232頁）

と記される。これと同様の記述はABいずれのヴァージョンにも見られたが、AB両ヴァージョンではいずれも先述のように、ヘリントがハシュタン王の国へ到着し、王との対面や王妹への求婚の申し出、およびそれに対する王や王妹（Aヴァージョンのみ）の反応が記された後に、引用（50）と同様の記述が続く形となっている。しかし、Cヴァージョンでは既述のように、引用（47）の第44スタンザで、ヘリントが馬を走らせた末、ハシュタン王の国へ到着したことが記されると、次のスタンザは引用（50）であり、AB両ヴァージョンには見られたヘリントのハシュタン王との対面や王妹への求婚の申し出、およびそれに対する王の対応などは、引用（50）の後にも一切描かれていない。

　確かに、Cヴァージョンでは、ヘリントがハシュタン王のもとへ向かうことになる経緯がAB両ヴァージョンとは異なっている。AB両ヴァージョンではヘリントは、ハシュタン王の妹が求婚者を撥ねつける質（たち）の女性であることを知ると、誰から頼まれたわけでもなく、ハシュタン王のもとへ向かう準備をし、船でハシュタン王の国へ向かい、王に謁見すると、王妹への求婚を申し出る。一方、Cヴァージョンではヘリントは、ハシュタン王の妹から、彼女をヨアチマンによる求婚から救ってくれる人間として名指しで挙げられた人物で、ヘリントは、彼女の要請を受けて遣わされた伝令の小姓から話を聞き、ハシュタン王からの手紙ももらった上で出発するという形で、事実上ハシュタン王の名前で頼まれて王のもとを訪れているのである。しかし、ヘリントがハシュタン王の国に到着した際の描写については、Cヴァージョンではヘリントがハシュタン王に到着の挨拶をする場面すら存在しない。

　このように、ヨアチマン王による求婚が拒絶された後にハシュタン王のもとを訪れた、ヘリントによる王妹への求婚をめぐる記述についても、Cヴァージョンだけが、AB両ヴァージョンとは（AB両ヴァージョンの間にも一定の相違はあったものの）、大きな相違があることがわかる。

2.3.5. クライマックスのヘリントとヨアチマン王の決闘

　その後、ハシュタン王の国では、既述のように、ヨアチマンはハシュタン王の妹に会えない状態が続く中、ヘリントがヨアチマンに決闘を行うよう繰り返

し誘った末に、二人が決闘するに至るが、この間の記述については、3ヴァージョン間で大きな違いはない。そして、この第Ⅰバラッドのクライマックスと言える、ヘリントとヨアチマン王の決闘が行われるが、この決闘の場面において、Aヴァージョンだけは、ヨアチマン王（の体？）から二匹の蛇が這い出してきて、この蛇同士が取っ組み合いを始めるというくだりがある：

(51) ormar skriðu av Jákimann kongi, / hvør mót øðrum leika.
　　　ヨアチマン王からは複数の蛇が這い出してきて、互いに取っ組み合いを始めた。（A、Ⅰ、第71スタンザ3-4行、202頁）

この要素はAヴァージョンにしか見られない。

　そして、決闘の終盤、これは既述のように先行研究（Liestøl 1915）で指摘されている点であるが、ヘリントとヨアチマン王の戦いがなかなか決着がつかなかった折、AB両ヴァージョンではハシュタン王の妹は、恐らくはヨアチマンに精神的負担を与えようとの意図からか、国中の教会の鐘を鳴らさせるが、これはCヴァージョンには見られない（Liestøl 1915: 166）。

　そして、最後はABCいずれのヴァージョンでも、ヘリントはヨアチマンの体を真っ二つに斬って決闘での勝利を手にする。いずれのヴァージョンでも、それぞれ決闘後にヘリントが、ヨアチマンとの戦いを総括するとともに、自らがこの時点でハシュタン王の妹を娶ることの正当性を認識する：

(52) »Eg havi staðið í tunga stríð, / so sára havi eg meg møtt, / nú skal eg festa tað væna vív, / so dýrt havi eg hana keypt.
　　　「これはしんどい戦いで、持ちこたえるのは大層骨の折れることであった。もう、かの麗しき婦人を娶ってよいだろう。彼女は大層高くついたものだ。（A、Ⅰ、第79スタンザ、203頁）

(53) »Eg havi verið í bardaginum, / har havi eg meg møtt, / skal eg nú festa

tað væna vív? / so dýrt havi eg tað keypt.«

「この戦いの中にあって、私は持ちこたえることができた。もう、かの麗しき婦人を娶ってよいだろうか。彼女は大層高くついたものだ。」(B、Ⅰ、第51スタンザ、221頁)

(54) Herint hugsar við sjálvum sær, / »Nú er av tað versta, / nú skal fara til Artans heim / Artans systur at festa.«

ヘリントは一人で考えた、「ようやく難事が済んだ。さあ、アシュタン（ハシュタン）王の妹を娶るべく、王の居城へ行こう。」(C、Ⅰ、第67スタンザ、233頁)

ここでのヘリント台詞（独白）で用いられる言い回しは、AB両ヴァージョンは非常に類似しているのに対し、Cはやや異なっている。

その後の記述であるが、AC両ヴァージョンではともに、

(55) Drukkið varð teirra brúdleypið, / kátt var teirra lív, / gingu bæði í eina song, / Herint og hans vív.

彼ら（ヘリントとハシュタン王の妹）の婚礼の祝宴では酒が飲まれ、彼らは華やいだ気分であった。ヘリントと彼の妻は、一つ床に入った。(A、Ⅰ、第80スタンザ、203頁)

(56) Drukkið varð teirra brúdleypið, / gott var teirra lív, / bæði gingu í eina song, / Herint og hans vív.

彼ら（ヘリントとハシュタン王の妹）の婚礼の祝宴では酒が飲まれ、彼らは喜びに包まれていた。ヘリントと彼の妻は、一つ床に入った。(C、Ⅰ、第71スタンザ、233頁)

Gingu so bæði í eina song, / Herint og hans vív, /

ヘリントと彼の妻は、一つ床に入った。(C、Ⅰ、第72スタンザ、1-2行、
233頁)

とあるように、二人の婚礼の祝宴の様子や、二人が一つ床に入ったことが地の
文で記される。ただ、Aヴァージョンでは、ヘリントがヨアチマンとの戦い
を総括し、自分がこの時点でハシュタン王の妹を娶ることの正当性を認識する
引用(52)の第79スタンザの直後に、この、二人の婚礼の祝宴の様子や、二
人が一つ床に入ったことが記されるスタンザ(引用(55)の第80スタンザ)
が位置し、この第80スタンザをもって第Ⅰバラッドが終わっているのに対し、
Cヴァージョンでは、Aヴァージョンの第79スタンザに対応する引用(54)
の第67スタンザと、二人の結婚の祝宴の様が記された上記の引用(56)の第
71スタンザの間で3スタンザにわたり、二人の婚礼の祝宴が企画され、大勢の
賓客が来訪した様などが記されている:

(57) Tað var hann Herint Ívintsson, / tók sér frunna [at] festa, / snarliga
     læt til brúdleyps ætla / og læt ikki longur fresta.
     ウィヴィントの息子ヘリントは、かの乙女を娶った。すぐさま婚礼の祝
     宴が企画され、それを滞らせるものは何もなかった。(C、Ⅰ、第68スタ
     ンザ、233頁)

     Lótu tá til brúdleyps ætla / av so miklum meingi, / kom so mangur
     hovmaður til / sum fjøður á fuglaveingi.
     その折、大人数が参加する婚礼の祝宴が企画され、多くの宮廷人達が鳥
     の羽の羽毛のごとくやって来た。(C、Ⅰ、第69スタンザ、233頁)

     Lótu tá til brúdleyps ætla / tá var ei at tvørra, / átjan borgum boðið
     var, / og tólv hundrað á hvørji.
     その折、婚礼の祝宴が企画され、そこでは何ら欠けたる物はなかった。

十八もの城市に招待状が出され、各城市につき、二千人もが招待された。
（C、Ⅰ、第70スタンザ、233頁）

一方、Bヴァージョンでは、ヘリントがヨアチマンとの戦いを総括し、自らが
この時点でハシュタン王の妹を娶ることの正当性を認識した引用（53）の第
51スタンザでもって、第Ⅰバラッドが終わっている[34]。

2.4. 第Ⅰバラッドにおける3ヴァージョン間の異同についてのまとめ

　ここまで、フェロー語のバラッド・サイクル『ヘリントの息子ウィヴィン
ト』における第Ⅰバラッド『ヨアチマン王』についてABC3ヴァージョン間
の比較を行い、明らかになった異同箇所のうち、主だったものを取り上げてき
た。異同箇所によっては3ヴァージョンの記述がいずれも異なるケースも見ら
れたが、1つのヴァージョンのみが他の2ヴァージョンと内容を異にしている
箇所が多く確認できた。

　まず、Aヴァージョンについては、第Ⅰバラッドの冒頭から比較的間もな
いところで、ヨアチマン王が自らの妃の候補について小姓達に尋ねると、ハ
シュタン王の妹を薦められ、ヨアチマン王が彼女への求婚を決意するという一
連の経緯をめぐる記述があり、この経緯をめぐる記述はAヴァージョンにし
か見られないものであったが、逆に、ヨアチマンが求婚の旅に向かう準備をし
ている場面で、船に食料や飲み物が積み込まれたことを伝える記述や、ハシュ
タン王の妹がヨアチマンの姿を目の当たりにした際に気を失うという要素は、
BC両ヴァージョンには見られるものの、Aヴァージョンには見られないもの
であった。

　一方、Bヴァージョンについて言えば、AC両ヴァージョンにはともに見ら
れる、ヨアチマン王の顔の個々の部位についての細かな記述はBヴァージョ
ンにはなく[35]、また、Bヴァージョンは、本サブ・バラッドのクライマックス
にあたるヨアチマン王との決闘を終えたヘリントが、ヨアチマンとの戦いにつ
いて総括し、自分がハシュタン王の妹を娶る正当性について確認する台詞（な

74

しいは独白）でもって第Ⅰバラッドが終わっており、AC両ヴァージョンでは
その後に見られるヘリントとハシュタン王の妹の婚礼の祝宴をめぐる記述は、
Bヴァージョンには見られなかった。

　しかし、1つのヴァージョンのみが他の2ヴァージョンとは異なるという
ケースでは、Cヴァージョンに見られたAB両ヴァージョンとの相違が最も目
立つ形となったと言えよう。特に、ヨアチマン王がハシュタン王の国に到着し
てから、ヘリントが求婚の旅に出てハシュタン王に謁見するまでの経緯におい
ては、その傾向が強く見られたが、この部分のみならず、冒頭において、ヨア
チマンがハシュタン王の妹への求婚をめぐって小姓とやり取りする際の小姓の
台詞も、Cヴァージョンのみが他の2ヴァージョンとは大きく異なり、さらに、
これは先行研究でも指摘されていたが、クライマックスのヘリントとヨアチマ
ンの戦いの際に、ハシュタン王の妹が、ヨアチマンの精神面に打撃を与えよう
との意図からか、国中の教会の鐘を鳴らさせるというエピソードが、Cヴァー
ジョンのみ存在しない点なども含め、この第Ⅰバラッドに関しては、特にC
ヴァージョンがAB両ヴァージョンに対し、内容面での大きな相違が見られる
ことが明らかとなった。

　次章では、このフェロー語バラッド・サイクル『ヘリントの息子ウィヴィン
ト』の第Ⅱバラッド『クヴィチルスプラング』について、3ヴァージョンの内
容を比較し、ヴァージョン間の異同を明らかにしたい。なお、『クヴィチルス
プラング』については、同じ題材を扱った、『クヴィーヒェスプラック』と呼
ばれるノルウェー語のバラッド作品が伝承されている。そこで次章では、フェ
ロー語の『クヴィチルスプラング』の3ヴァージョンを比較し、異同を明らか
にするとともに、フェロー語作品の3ヴァージョン間のみならず、ノルウェー
語バラッド『クヴィーヒェスプラック』の該当箇所とも比較を行い、個々の異
同箇所に関し、フェロー語作品の個々のヴァージョン、およびノルウェー語作
品で伝えられる形が、この物語の伝承過程において占める位置を少しでも明ら
かにすることを目指したい。

注

1 　本書 13 頁、および第一章の註 21 を参照。本バラッド・サイクルに関し、ブランドゥルおよびウィヴィントの冒険を描いた『ウィヴィントのバラッド』がA ヴァージョンにしか存在しない点を除けば、先行研究でこの作品の 3 ヴァージョン間の異同を取り上げているのは Liestøl（1915）と Driscoll（2011）のみで、しかも大半が Liestøl（1915）による指摘である。

2 　A ヴァージョンには、Í hvørjari kirkjuni / letur hon klokkur ringja, / heiðin trýtur og illa frýntur, / kykur av harmi vil springa.「彼女はどの教会においても鐘を鳴らさせた。異教徒（ヨアチマン王）は疲弊し、気分を害し、生きながらにして悲しみのあまり息を引き取った」（A、I、第 75 スタンザ、203 頁）とあり、B ヴァージョンにも同様の記述が存在する（B、I、第 48 スタンザ、221 頁）。

3 　第 3 スタンザではヨアチマン王の体色について、høgrumegin er hann hvítur, / vinstru megin blá.「彼は右半身は白色で、左半身は青色であった（A、I、第 3 スタンザ 3-4 行、199 頁）」と記される。このヨアチマンの体色はヴァージョンによって相違が見られる。B ヴァージョンでは、høgrumegin er hann svartur, / vinstru megin blá.「彼は右半身は黒色で、左半身は青色であった（B、I、第 1 スタンザ 3-4 行、219 頁）」、C ヴァージョンでは、høgrumegin svartur er, / og vinstrumegin grá.「右半身は黒色で、左半身は灰色であった（C、I、第 22 スタンザ 3-4 行（第 23 スタンザ 1-2 行にて同じ内容が繰り返される）、231 頁）」と記されている。

4 　原文中の角括弧（［ ］）内は編者による補足と思われるが、テクストにはその旨の記載はない。

5 　「小姓」と訳した語は引用（5）の原文（第 6 スタンザ）の 3 行目に登場するsvein（199 頁。svein は sveinur が語尾変化した形）。一方、引用（3）でヨアチマン王に求婚をめぐる否定的な予測を告げた人物を「臣下の一人」としたのは、同じ第 4 スタンザの 1 行目に Svaraði ein av monnum hans,（彼の臣下の一人が答えた、199 頁）とあるのに基づくものである（下線は引用者による。以下同様。monnum は maður が語尾変化した形）。

6 　第一章でも記したが、本作ではヴァージョンによって登場人物名の表記が異

なるケースが見られる。本書では、原文からの引用個所を除いてはＡヴァージョンの表記に統一しているが、原文からの引用の和訳部分では、個々のヴァージョンで記された形の日本語表記を記し、この引用（6）のように、ＢヴァージョンおよびＣヴァージョンからの引用箇所において、登場する人物名の表記がＡヴァージョンの表記とは異なる場合は、各ヴァージョンの表記を記した後にＡヴァージョンの表記を括弧に入れて記す形とする（もっとも、この引用（6）のアシュタンのように、引用部分において、Ａヴァージョンとは異なる表記で記されている同じ人物の名前が連続して登場する場合、二度目以降は括弧に入れたＡヴァージョンの表記は省略する）。以下同様。

7　本文の引用（8）を参照。「臣下の一人は答えた」という部分（第4スタンザ1行目）はＡヴァージョンの記述と同じ表現である（註5参照）。

8　引用（8）の地の文の記述は引用（7）の臣下の台詞の直前に位置しており、このＢヴァージョンの第4スタンザの内容は、全体では、Svaraði ein av monnum hans, / sum hevði tænt hjá henni: »Aðrenn tú frúnna neyðgiftur, / tá sveitkast tær um enni. «「彼女のもとで仕えたことのある、彼の臣下の一人がこう答えた、『あなた様がかの婦人と無理矢理ご結婚なさるまでに、あなた様はお額周りに汗をおかきになることでしょう』」という形である（Ｂ、Ⅰ、第4スタンザ、219頁）。このＢヴァージョンの第4スタンザの4行分に対応するＡヴァージョンの内容は、本文の引用（3）に記したとおりであるが、Ａヴァージョンでは、引用（7）に記したＢヴァージョンの地の文の記述に該当する、引用（3）の前半部分は、Svaraði ein av monnum hans, / rymur í brósti rennur:「彼の臣下の一人が咳払いをしてこう答えた」となっている（Ａ、Ⅰ、第4スタンザ1-2行、199頁）。この1行目はSvaraði ein av monnum hans,「彼の臣下の一人がこう答えた」と、Ｂヴァージョンの第4スタンザ1行目と同じ記述であるが、2行目（Ｂヴァージョンでは sum hevði tænt hjá henni「彼女のもとで仕えていたところの」とある）では、「（彼の臣下の一人が）咳払いをした」（rymur í brósti rennur:）旨が記されている（199頁）。

9　この鍵括弧が付されたヨアチマン王の誓いの台詞部分の主語は Hann（彼）とあるが、これはこの台詞が発せられた状況と矛盾している。ヨアチマン王が、自らがアシュタン王（ハシュタン王）の妹を娶ることを誓っているのであ

るから、この台詞部分において「アシュタン王の妹を娶る」という行為の主語
は、台詞の話し手であるヨアチマン王自身を指すである Eg「私」であるべき
ところである。次の第2スタンザにおいても同様の矛盾が見られる。

10　註9を参照。なお、この第2スタンザの末尾における括弧閉じ（«）は引用
　　者による補足。

11　Cヴァージョンでは本文の引用（12）の冒頭に見られるように、ヨアチマン
　　王がハシュタン王の妹への求婚の意志を語った折に否定的な意見を述べる人物
　　が「小姓の一人」（ein sveinunum）と記されており、「臣下の一人」（ein av
　　monnum）と記されていた AB両ヴァージョン（A、第4スタンザ、1行、199
　　頁／B、第4スタンザ、1行、219頁）とは異なる。

12　原文では「純金」に当たる語は reyðargull。「彼（小姓）の手には純金が輝
　　いていた」とは、小姓が純金の指輪を嵌めていたとの意味か。

13　「船を動かす木材」は原文の lunnar を訳したもの。lunnar という形は複数
　　形で、単数形は lunnur。船を海から引き上げたり、船を進水させる際、船は
　　木材の上を走らせることになるが、lunnur とはその木材のこと。

14　ただ、Aヴァージョンでは引用（17）の第21スタンザの後には、

Mitt í miðjum grasagarði / aksla síni skinn, / og so búnir ganga teir / í høgar
hallir inn.
草の庭の真中で上着を羽織り、準備を整えて彼らは宮殿へと入っていった。
（A、I、第22スタンザ、200頁）

Og so búnir ganga teir / í høgar hallir inn, / sum Hartan kongur for borði
sat / við manna hundrað fimm.
準備を整えて彼らは宮殿へと入っていった。そこではハシュタン王は、テーブ
ルの前で500人の臣下の者達を従えて座っていた。（A、I、第23スタンザ、
200頁）

との記述がある。なお、Bヴァージョンでは引用（18）の第12スタンザの記
述の後には、

Jákimann gekk í grasagarði / og inn á hallargólv, / Artan kongur í hallini sat / við hundrað inni tólv.

ヨアチマンは草の庭へ、そして宮殿の中へと入って行った。アシュタン（ハシュタン）王は広間の中で一千人の者達を従えて座っていた（B、Ⅰ、第13スタンザ、219頁）。

との記述が続く。

15　この、「船のロープはすべて金箔が施されたものにし」たとの記述は、AC両ヴァージョンには存在するが（A、Ⅰ、第16スタンザ、3-4行／C、Ⅰ、第7スタンザ、3-4行）、Bヴァージョンには見られない。

16　この「15冬」という言い方については、詳しくはこの後の本章本文中の引用（21）、および本章の註18を参照。「冬」を意味するveturという語は、時を数える際に、しばしば「年」の意味で用いられているが、「15冬」という年数は長い年月を象徴する年数として用いられたものとの解釈もできよう。

17　なお、ヨアチマン王が自国からハシュタン王のもとへ向かう航海の様子は、いずれのヴァージョンでも、一部のスタンザを除き、ほぼ同じ言い回しを用いた地の文で表されている（A、Ⅰ、第16-20スタンザ／B、Ⅰ、第7-11スタンザ／C、Ⅰ、第7-16スタンザ）。具体的には、ヨアチマンが、金糸で縁取りをされた絹製の帆を掲げ、ハシュタンの国に着くまでそれを甲板に降ろすことはなく、船からきれいな陸地が見えると、彼は白い砂の上に錨を降ろさせ、ヨアチマンが最初に陸地に降り立つ、という経過をたどるが、この間の内容が、いずれのヴァージョンでもほとんど同じ言い回しで表されている。なお、後にヘリントがハシュタン王のもとへ向かう際の航海の描写においても、AB両ヴァージョンでは、ヨアチマンがハシュタン王のもとへ向かう際の航海の描写とほぼ同じ言い回しが用いられている。詳しくは本書67-69頁、および本章の註33を参照されたい。

18　原語での表記はfimtan vetrar。fimtanは15を意味し、vetrarは「冬」を意味する単語veturの語尾変化した形。先の註16でも記したように、veturという語は、時を数える際に、しばしば「年」の意味で用いられ、「15冬」とい

う表現は本バラッド・サイクル後半（BC両ヴァージョンのみ）にも登場するが、「15冬」という年数は長い年月を象徴する年数として用いられたものとの解釈もできよう（本書131-132頁、および第五章の註13を参照）。

19　詳しくは本文で後述するが、ヨアチマンがハシュタン王や王妹と直接対面し、その上で王妹から拒絶される形を取るのはAB両ヴァージョンのみである。また、AB両ヴァージョンでは、ヘリントは、ハシュタン王の妹が求婚者を撥ねつける質（たち）の人物だと知り、ハシュタン王のもとへと旅に出るが、Cヴァージョンでは、ヨアチマンの姿を目の当たりにした王妹は、ヘリントに来てもらい、ヨアチマンから救ってもらえるようにしてほしいと兄王に頼み、ハシュタン王の手紙を携えた使者がヘリントのもとへ送られ、それを受けてヘリントは旅の準備を始めることになる。

20　長さの尺度。原語（主格形）はalin。時代や地域により、1エルの長さは約45cm～115cmなどと異なる。

21　ここでヨアチマンの風貌について地の文で記される内容は、Aヴァージョンにおいてハシュタン王の妹がヨアチマン王の風貌について指摘する内容とほとんど同一である。ただ、指摘内容が述べられる順番が異なっていたり、ごく細かな相違が若干見られる程度である。なお、Cヴァージョンではこの部分の中で、ヨアチマンの体色について、「フン国のヨアチマン王は、物語の語るところによれば、右半身は黒色で、左半身は灰色であった（Jákimann kongur í Húnalondum, / sum søgur ganga frá, / høgrumegin svartur er, / og vinstrumegin grá.）（C、I、第22スタンザ、231頁）」との記述があるが、ヨアチマンの体色については、Aヴァージョンでは第3スタンザで（199頁）、Bヴァージョンでは第1スタンザで（219頁）記されている。ただし、それぞれCヴァージョンで記されたものとはやや色合いが異なっている。

22　Tað var reysti Jákimann kongur, / gekk frá strondum niðan, / skundaði sær at Artans høll / við alt sítt valdra lið. 勇猛なヨアチマン王は浜辺から上がってきて、彼が選んだ臣下達みなを連れてアシュタンの広間へと急いだ。（C、I、第25スタンザ、231頁）

23　第25スタンザ。註22参照。

24　Cヴァージョンでは、伝令の小姓が馬でヘリントのもとへと向かう場面につ

いて、第37スタンザで、So reið hann sendisvein / yfir dalar og fjøll, / áðrenn
dagur at kvøldi kom, / tá var hann á Herints høll.「こうして伝令の小姓は谷
を越え山を越えて馬を走らせるうちに、夕方になり、彼はヘリントの宮殿へと
到着した（231頁）」と記されている。つまり、ハシュタン王の宮廷とヘリン
トの居住地とは陸路だけで移動が可能なのであり、また、本文で後述するが、
伝令から話を聞き、ハシュタン王からの手紙をもらったヘリントがハシュタン
王のもとへと向かう際にも、陸路で馬を走らせて向かうことになる（第44ス
タンザ、232頁）。一方、こちらも詳しくは本文で後述するが、AB両ヴァー
ジョンではいずれも、ヘリントは船でハシュタン王のもとへと向かっており
（Aヴァージョン、第34-39スタンザ／Bヴァージョン、第22-25スタンザ）、
この点でもCヴァージョンのみが他の2ヴァージョンとは相違が見られる。

25　先の引用（24）および（30）の記述のように、AB両ヴァージョンではいず
れもヘリントは、ハシュタン王の妹が求婚者を撥ねつける女性である旨を耳に
し、彼女への求婚の旅に出るが、ヘリントがどのような経緯でハシュタン王の
妹が求婚者を撥ねつける女性である旨を耳にしたのかについては、ABいずれ
のヴァージョンにも記述がない。

26　なお、Aヴァージョンでは、後にヘリントがハシュタン王の妹に求婚する
べく王のもとを訪れた際、王妹はヘリントとの結婚を望むと同時に、改めてヨ
アチマン王を拒絶するが、その折、彼女はヨアチマン王について、「彼はかく
も醜い怪物ではありませんか（hann er so leitt eitt trøll）（A、Ⅰ、第47スタ
ンザ2行、201頁）」と述べるとともに、「彼は太っていて不器用で、扉から中
に入ることもできやしないじゃありませんか（Tjúkkur er hann og dravlorkutur,
/ náir ei inn um dyr.«）（A、Ⅰ、第48スタンザ3-4行、201頁）」と、ヨアチ
マンの体の大きさゆえに本人および周囲の人間の日常生活の場面でもたらされ
る不都合を、ヨアチマンを拒絶する理由として挙げている。

27　註24を参照。

28　註25でも記したように、AB両ヴァージョンではいずれもヘリントは、ハ
シュタン王の妹が求婚者を撥ねつける女性である旨を耳にし、彼女への求婚の
旅に出るが、ヘリントがどのような経緯でハシュタン王の妹が求婚者を撥ねつ
ける女性である旨を耳にしたのかについては、ABいずれのヴァージョンにも

記述がない。

29　註26を参照。

30　本文でも後述するが、この引用（45）の第30スタンザの次の第31スタンザ
では地の文で、「壮麗な城市では人々は丸三日間酒とともに過ごしたが、ヨア
チマン王はハシュタン王の妹に会うことができなかった（Drekka teir í
glæstriborg / fult í dagar tríggjar, / ikki fekk hann Jákimann kongur / Artans
systur at síggja.）」と記される（B、Ⅰ、第31スタンザ、220頁）。

31　敵艦を突き破るために艦首に取り付けられた鉄製の突起。

32　帆を上下させるロープのこと。

33　先にヨアチマン王が自国からハシュタン王のもとへ向かう際は、ABCいず
れのヴァージョンにおいてもヨアチマンは海路で移動しているが、その航海の
様はいずれのヴァージョンでも、一部のスタンザを除き、この引用（48）およ
び（49）と基本的には同じ言い回しを用いた地の文であらわされている（A、
Ⅰ、第16-20スタンザ、200頁／B、Ⅰ、第7-11スタンザ、219頁／C、Ⅰ、
第7-16スタンザ、230頁）。

34　なお、Cヴァージョンは、二人の婚礼の祝宴の様子や、二人が一つ床に入っ
たことが、引用（56）の第71スタンザおよび第72スタンザの前半（1-2行）
で記されると、第72スタンザの後半（3-4行）では、「その後、招待されてい
た者達がそれぞれ居住地へ帰った（síðan hvør, sum boðin var, / haðan heim
til sín.）（233頁）」ことが述べられるが、その後、第73スタンザの前半（1-2
行）で、「彼らの祝宴では喜びと楽しみに包まれていた中で人々が酒を楽しん
だ（Drukkið varð teirra brúdleypið, / bæði við gleði og gaman,）（233頁）」
旨が記されると、同スタンザ後半から第76スタンザにかけて、ヘリントとハ
シュタン王の妹の間に三人の息子が生まれたこと、そして各々の名前や長じて
からの活躍ぶりなどが簡潔に記される（233頁）。Aヴァージョンでは、ヘリ
ントとハシュタン王の妹の間に息子達が生まれたこと、および彼らの名につい
ては、第Ⅱバラッド冒頭の第1スタンザから第7スタンザにかけて記される。
一方、Bヴァージョンでは第Ⅰバラッドでは、ヘリントが、自分がハシュタン
王の妹を娶る正当性を確認する台詞までしか記されておらず、二人の婚礼の様
や二人の間に子供が生まれたことなどは第Ⅰバラッドでは記されておらず、第

82

Ⅱバラッドでは、冒頭の第１スタンザにおいて、「彼らの３人目の息子の名を
教えよう。私は彼に匹敵する者はほとんど知らない。彼は兄弟の中でいちばん
若く、その名はクヴィチル・スプレアチ（クヴィチルスプラング）という名で
ある（Nevndur er teirra triði sonur, / fáan eg veit hans maka, / hann er yngstur
av brøðrunum, / hann eitur kvikil spraki.）（222頁）」と、長男と次男につい
ては一切言及がなく、いきなり三男の名前だけが明かされて、第２スタンザで
は、すでに三男は冒険の行先に到着している（222頁）。なお、ヘリントとハ
シュタン王の間に生まれた息子達の名前については、Ａヴァージョンでは第
Ⅱバラッドの第５スタンザから第７スタンザにかけて、長男がウィヴィント
（Ívint）、次男がVíðferð（ヴィーフェール）、三男がクヴィチルスプラング
（Kvikilsprang）と名付けられたことが記されるが、Ｃヴァージョンの第Ⅰバ
ラッド末尾では、三男はクヴィチルスプロア（Kvikilsprá、クヴィチルスプラ
ングに対応するものと思われる）と名付けられているものの（第76スタンザ、
233頁）、ウィヴィント（Ívint）と名付けられたのは次男で（第75スタンザ、
233頁）、長男については、「彼の名は‘オウルヴイ’・フォウトゥルといった
（‘Ólvuj’ Fótur æt hann,）（第74スタンザ２行、233頁）」と記される。原文
の Ólvuj に引用符‘　’が付されており、このタイプの引用符は特にＣ
ヴァージョンでは付されている箇所が多いが（例えば、honum gav hon‘nuiv’
「彼に彼女は‘nuiv’を与えた」（C、Ⅲ－Ⅱ、第39スタンザ、237頁））、その
意味はテクストには記されていない。おそらく、テクストの編者が編纂時に、
フェロー語の具体的な単語として認識できなかった箇所にこのタイプの引用符
を付したものと考えられる。もっとも、本書で使用している『ヘリントの息子
ウィヴィント』のテクストでは、各スタンザの一行目の行頭は必ず大文字で始
まっており、二行目以降の行頭については、行頭の語が固有名詞でない限り、
行頭の語の頭文字は小文字のままとされているが、Ólvuj はスタンザ二行目の
行頭でありながら、頭文字が大文字にされており、引用符付きでありながら
も、固有名詞として扱われていることが窺える。しかし、引用符が付けられて
いるのは、編者がこの Ólvuj という語について、一つの固有名詞として捉える
以外の解釈の可能性をも想定しているからだと思われる。

35　本文で述べたように、Ａヴァージョンではヨアチマン王の姿を目の当たり

にしたハシュタン王の妹が、その台詞の中で、ヨアチマン王の顔の個々の部位の醜さを一つ一つ取り上げており（本書49-50頁）、Cヴァージョンでは、ヨアチマン王がハシュタン王の国に到着した折に、Aヴァージョンではハシュタン王の妹の台詞として記されていたヨアチマン王の顔の個々の部位をめぐる記述が地の文で記される（本書54頁、および本章の註21を参照）。

第三章
第Ⅱバラッド
『クヴィチルスプラング』の
３ヴァージョンとノルウェー語バラッド
『クヴィーヒェスプラック』

3. 第Ⅱバラッド『クヴィチルスプラング』（*Kvikilsprang*）

　本章では、フェロー語バラッド・サイクル『ヘリントの息子ウィヴィント』
の第Ⅱバラッド『クヴィチルスプラング』について、３ヴァージョンの内容を
比較し、ヴァージョン間の異同を明らかにしたい。なお、『クヴィチルスプラ
ング』については、同じ題材を扱った、『クヴィーヒェスプラック』と呼ばれ
るノルウェー語のバラッド作品が伝承されている。

　本章では、あくまでフェロー語作品『クヴィチルスプラング』の方を中心的
に扱い、フェロー語の『クヴィチルスプラング』の３ヴァージョンを比較し、
異同を明らかにするとともに、同じ題材を扱ったノルウェー語バラッド『ク
ヴィーヒェスプラック』とも比較を行い、フェロー語作品の個々のヴァージョ
ン、およびノルウェー語作品で伝えられる形が、この物語の伝承過程において
占める位置を少しでも明らかにすることを目指したい。

　なお、ここで、再度、本章で扱う第Ⅱバラッド『クヴィチルスプラング』の
物語について確認しておきたい。第Ⅱバラッド『クヴィチルスプラング』の物
語は次のとおりである。

3.1. 第Ⅱバラッド『クヴィチルスプラング』の物語

　ヘリントとハシュタン王の妹の間には三人の息子が生まれ、それぞれウィヴィント（Ívint）、ヴィーフェール（Víðferð）、クヴィチルスプラング（Kvikilsprang）と名付けられる。三男のクヴィチルスプラングはジシュトラント（Girtland。ギリシャのことか？）へ行くが、捕らわれの身になる。ジシュトラント王の娘ロウスィンレイ（Rósinreyð）は父王に、クヴィチルスプラングを自分に与えるよう懇願するが、父王は拒否。ロウスィンレイはウィヴィントに救援に来てもらうべく彼に使いを送る。事情を知ったウィヴィントはジシュトラントへ向かい、クヴィチルスプラングを救出。翌日、二人はジシュトラント王やその軍勢と戦い、ウィヴィントはジシュトラント王を斃す。クヴィチルスプラングはロウスィンレイと結ばれ、ジシュトラントの王位に就く。

3.2. 『クヴィチルスプラング』の3ヴァージョン間の異同をめぐる
　　　先行研究での指摘

　フェロー語のバラッド・サイクル『ヘリントの息子ウィヴィント』の第Ⅱバラッド『クヴィチルスプラング』の3ヴァージョン間の異同については、先行研究では以下の点が指摘されている。いずれも Liestøl（1915）によるものである[1]:

1. 捕らわれの身になったクヴィチルスプラングの救出のためジシュトラントからウィヴィントのもとへ向かう伝令（AB両ヴァージョンではロウスィンレイの指示を受けた小姓。Cヴァージョンではクヴィチルスプラングの使い）は、AB両ヴァージョンでは海を渡り、海上では悪天候に遭遇する様が描かれ、また、伝令から連絡を受けたウィヴィントや関係者達も同様に船で海路をジシュトラントへ赴く[2]。一方、Cヴァージョンでは、まずクヴィチルスプラングからウィヴィントのもとへと使わされた使いに関しては、

(1) Fimur var hann á fótunum, / sum boðini skuldi bera,

86

知らせを伝える者は足が速かった。(C、Ⅱ、第13スタンザ1-2行、234
頁)

と記され、この使いが陸路でウィヴィントのもとへ向かっていることが窺え
る。また、この使いから連絡を受けたウィヴィントと彼の臣下の者達も、馬で
陸路をジシュトラントへと赴く。(Liestøl 1915: 166)

2. この第Ⅱバラッドのクライマックスで、クヴィチルスプラングやウィヴィン
トらがジシュトラント側の戦士達と戦った結果、ジシュトラント側で王の他に
生き残った戦士の数は、Aヴァージョンでは12人であるが、Cでは3人であ
る。Bヴァージョンではこの点に関する記述はない。(Liestøl 1915: 166, 174)

3. 上記のクライマックスでの戦いの末、Bヴァージョンではジシュトラント王
が、クヴィチルスプラングに娘と国の半分を差し出し、Bヴァージョンではこ
こで第Ⅱバラッド『クヴィチルスプラング』が終わっている。(Liestøl 1915:
166-167)

以上が、バラッド・サイクル『ヘリントの息子ウィヴィント』の第Ⅱバラッド
『クヴィチルスプラング』の３ヴァージョン間の異同として、Liestøl (1915)
が取り上げているものである。しかし、『クヴィチルスプラング』の３ヴァー
ジョンの間には、他にも異同箇所は存在し、またLiestøl (1915) によって、
この『クヴィチルスプラング』の３ヴァージョン間の異同として取り上げられ
ている箇所のうち、フェロー語作品の３ヴァージョン間の比較と同時に、それ
ら３ヴァージョンとノルウェー語バラッドとの比較まで行われているのは、上
記の３点のうち、2点目と3点目のみで[3]、1点目についてはフェロー語作品の
３ヴァージョン間の異同しか指摘されていない。
　そこで以下、本章では、フェロー語のバラッド・サイクル『ヘリントの息子
ウィヴィント』の第Ⅱバラッド『クヴィチルスプラング』について、３ヴァー

ジョン間の比較を行い、明らかとなった異同箇所については、『クヴィチルスプラング』と同じ題材を扱ったノルウェー語バラッド『クヴィーヒェスプラック』における該当箇所とも比較を行い、個々の異同箇所に関し、フェロー語作品の個々のヴァージョン、およびノルウェー語作品で伝えられる形が、この物語の伝承過程において占める位置を少しでも明らかにすることを目指したい。また、フェロー語の『クヴィチルスプラング』ではどのヴァージョンにも見られず、ノルウェー語の『クヴィーヒェスプラック』のみに見られる要素や特徴については、随時、本文または註で取り上げる形にしたい。

3.3. 第Ⅱバラッド『クヴィチルスプラング』の3ヴァージョン間に見られる異同とノルウェー語バラッド『クヴィーヒェスプラック』

3.3.1. クヴィチルスプラングによる求婚の台詞の有無

　まず、このフェロー語バラッド・サイクルの第Ⅱバラッド『クヴィチルスプラング』の3ヴァージョン間の異同の1点目として取り上げるのは、このサブ・バラッドの冒頭部分である。ヘリントとハシュタン王の妹との間に生まれた三兄弟の末子にあたるクヴィチルスプラングは、ジシュトラントへ赴くも現地で投獄されてしまうが、フェロー語作品の各ヴァージョンにおけるこの部分の記述に関しては、結論から先に言えば、Cヴァージョンの内容だけがAB両ヴァージョンとは大きく異なっている。そこで、この冒頭部分に関しては、まずAB両ヴァージョンの記述に見られる特徴をまとめて記した後、Cヴァージョンの特徴について述べ、その上で、ノルウェー語バラッド『クヴィーヒェスプラック』における該当箇所を取り上げ、フェロー語作品の3ヴァージョンの内容との比較を行う、という順序で考察を進めてゆきたい。

3.3.1.1. フェロー語バラッドAB両ヴァージョンの場合

　第Ⅱバラッドの冒頭部分では、ABいずれのヴァージョンでもクヴィチルスプラングがジシュトラントへと向かうことが記されるが、Aヴァージョンではクヴィチルスプラングがジシュトラントへ向かう理由として、

(2) Hann vildi það útinna,
　　彼はそれを成し遂げるつもりだった。（A、Ⅱ、第8スタンザ、2行、203
　　頁）

とあるものの、það「それ」が指し示すものは記されておらず、Bヴァージョ
ンではクヴィチルスプラングがジシュトラントへ赴く理由については一切記述
がない。そしてAヴァージョンでは先の引用（2）で記した内容を含む第8ス
タンザで、

(3) Kvikilsprang leyp á gangara sín, / hann vildi það útinna, / hann kom seg
　　til Girtlanda, / man meg rætt um minna.
　　クヴィチルスプラングは馬に飛び乗った。彼はそれを成し遂げるつもり
　　だった。彼はジシュトラントへやってきた。私の記憶が正しければ。（A、
　　Ⅱ、第8スタンザ、203頁）

と、「それ」を成し遂げるべく馬で旅立ったクヴィチルスプラングがジシュト
ラントへ到着した旨が記されると、次の第9スタンザでは、

(4) Hann setti seg hjá frúnni niður, / tungan mælir á ljóði, / bráðliga varð
　　hann av fótum kiptur, / nakkin small á gólvið.
　　彼（クヴィチルスプラング）はかの婦人[4]の傍らに腰を下ろし、その舌は
　　言葉を発した。すぐさま彼は引き倒され、床で後頭部を打った。（A、Ⅱ、
　　第9スタンザ、204頁）

とあり、その後、クヴィチルスプラングは身構えて、ジシュトラント側との戦
いになる。クヴィチルスプラングはジシュトラント側に多大な人的被害をもた
らすも、最終的には捕らえられ、牢獄に入れられる（第11-17スタンザ、204
頁）。

Bヴァージョンでは、この第Ⅱバラッドの第1スタンザにおいて、

(5) Nevndur er teirra triði sonur, / fáan eg veit hans maka, / hann er yngstur
av brøðrunum, / hann eitur Kvikil spraki.
彼らの3人目の息子の名を教えよう。私は彼に匹敵する者はほとんど知ら
ない。彼は兄弟の中でいちばん若く、クヴィチル・スプレアチ（クヴィチ
ルスプラング）という名である。(B、Ⅱ、第1スタンザ、222頁)

という記述があると[5]、次の第2スタンザでは、クヴィチルスプラングは既に
ジシュトラントに到着しており、先の引用（4）のAヴァージョン第9スタン
ザとそれほど違いのない、

(6) Hann setti seg niður hjá eini moyggj, / tungan rædur at ljóða, / snarliga
varð hann av sessi kiptur, / nakkin small á gólvið.
彼（クヴィチルスプラング）はある乙女[6]の傍に腰を下ろし、その舌から
はどんどん言葉が出てきた。すぐさま彼は席から引き下ろされ、床で後頭
部を打った。(B、Ⅱ、第2スタンザ、222頁)

という記述がある。同様にその後、彼は立ち上がって身構え、ジシュトラント
側との戦いになり、敵側の騎士達に多くの死者を出すも、この戦いの末、ク
ヴィチルスプラングは獄で捕らわれの身となる（第3-8スタンザ、222頁）。
ただ、Aヴァージョンでは、クヴィチルスプラングとジシュトラント側と
の戦いになった折、ジシュトラント王が（恐らくは広間の）扉に閂を掛けたた
め、誰も表に出ることができなくなった旨が地の文で記される：

(7) Kongurin sprakk úr hásæti, / lættan hevði hann fót, / setti stokkar fyri
dyr, / so eingin náddi út.
王は玉座から飛び上がった。彼は敏捷な足をしていた。王は扉の前に閂を

掛けたので、誰一人として表に出ることはできなくなった。(A、Ⅱ、第
12スタンザ、204頁)

だが、この記述はBヴァージョンには見られない。

しかし、このような細かな相違こそあれ、AB両ヴァージョンではいずれも、
クヴィチルスプラングがジシュトラントへ赴くにあたり、その明確な理由は記
されず、ジシュトラントに到着後、クヴィチルスプラングは王女と思しき女性
の傍らに腰を下ろし、引き倒されて戦いに発展し、ジシュトラント側に多くの
死者を出すも、最後には獄に捕らわれるという形で物語が進んでいる点は変わ
らない。

3.3.1.2. フェロー語Cヴァージョンの場合

しかし、Cヴァージョンでは、この間の記述はかなり異なっている。A
ヴァージョンでは第Ⅱバラッドの冒頭に記されていた、ヘリントとハシュタン
王の娘の間に三人の息子が生まれたこと、および各々の名前については、C
ヴァージョンでは先行する第Ⅰバラッドの末尾に記され[7]、第Ⅱバラッドの第
1スタンザでは、

(8) Kvikilbragd stígur á gangaran sín, / hann var av dreingjatali, / hann
  kom niður á Girtlandi / fram hjá einum sali.
  クヴィチルブラグドゥ（クヴィチルスプラング）は馬に飛び乗った。彼は
  勇士に数えられる人物であった。彼はジシュトラントへ到着し、王宮の傍
  へとやってきた。(C、Ⅱ、第1スタンザ、233頁)

とあるように、クヴィチルスプラングのごく簡単な人物評と、彼が馬に跨り、
ジシュトラントに到着したところまでが記される。

その後、第5-6スタンザでは、ジシュトラントに到着したクヴィチルスプラ
ングがジシュトラント王に挨拶し、王女への求婚の申し出をする場面が描かれ
る[8]：

(9) Kvikilbragd stendur á hallargólvi, / fyrr hevur verið siður, / hevur alt í einum orði, / heilsar og hann biður.

クヴィチルブラグドゥは広間の床に立った。かつてはこのようなしきたりであった。彼はすぐに口を開き、挨拶し、お願いをした。(C、Ⅱ、第5スタンザ、234頁)

Kvikilbragd stendur á hallargólvi, / ber fram kvøðju sína: / »Sit væl, reysti Girtlands kongur, / gev mær dóttur tína!«

クヴィチルブラグドゥは広間の床に立ち、挨拶をした。「権勢高きジシュトラント王よ、あなた様の娘を私に頂きとうございます。」(C、Ⅱ、第6スタンザ、234頁)

このように、Cヴァージョンではクヴィチルスプラングがジシュトラントに到着後、明確にジシュトラント王女への求婚の意志を王に伝える記述が存在する。AB両ヴァージョンでは先に確認したように、いずれもこのようにクヴィチルスプラングが直接ジシュトラント王に挨拶し、求婚の申し出をする場面はない。引用(4)および(6)に記したように、彼はジシュトラントへ到着すると、「かの婦人(Aヴァージョン)」または「ある乙女(Bヴァージョン)」の傍らに腰を下ろした旨が記されるが、「婦人」や「乙女」が具体的に誰であるかは明示されていない。そして、「その舌は言葉を発した」とは記されるものの、その具体的な言葉については明かされず、言葉を発した相手についても、具体的な記述はない。もっとも、Cヴァージョンでは、クヴィチルスプラングはジシュトラント王の前で、王女への求婚を申し出ており、また、本サブ・バラッドの末尾ではクヴィチルスプラングはジシュトラント王女と結ばれることから(AC両ヴァージョンのみ)、AB両ヴァージョンのこの箇所では、クヴィーヒスプラックは結婚への思いを抱いてジシュトラント王女の傍らに腰を下ろしたのであり、また、王女と思しき「婦人」／「乙女」の傍らに腰を下

ろした後に言葉を発したのであるから、彼が言葉を向けた相手はその「婦人」
／「乙女」すなわちジシュトラント王女と考えるのが自然であろうが、少なく
ともＣヴァージョンに見られたように、クヴィチルスプラングがジシュトラ
ント王に向かって挨拶したり、王女への求婚の申し出を述べたりする場面の記
述はない。

　そして、Ｃヴァージョンではクヴィチルスプラングが求婚の申し出をする
と、

(10)　Tóku teir unga Kvikilbragd / settu á grønan vøll,
　　　彼らは若きクヴィチルブラグドゥを連行し、緑の平原に座らせた。（Ｃ、
　　　Ⅱ、第７スタンザ、1-2行、234頁）

とあり、その後、戦闘が始まることになる。この点でもＡＢ両ヴァージョンと
は異なる。ＡＢ両ヴァージョンでは、引用（4）および（6）にあったように、
クヴィチルスプラングが王女と思しき女性の傍らに腰を下ろして話し出すと、
彼は引き倒されて後頭部を打つ。そして、彼が立ち上がると、広間の中で大規
模な戦闘が繰り広げられるも、クヴィチルスプラングは捕らわれの身となり、
獄に入れられる、という経過をたどる。（クヴィチルスプラングとジシュトラ
ント側との戦闘となり、クヴィチルスプラングが捕らわれの身になる点は
ＡＢＣいずれのヴァージョンでも変わらない。）

　ここまで、第Ⅱバラッド『クヴィチルスプラング』の冒頭から、クヴィチル
スプラングがジシュトラントで捕らわれの身になるまでの部分について、フェ
ロー語バラッド３ヴァージョンを比較し、その異同を明らかにすることを試み
てきたが、そこで次に、この『クヴィチルスプラング』と共通の題材を扱った
ノルウェー語バラッド『クヴィーヒェスプラック』の該当箇所の記述につい
て、ここで確認したフェロー語作品３ヴァージョンの記述との比較を行いた
い。

　3.3.1.3.　ノルウェー語バラッド『クヴィーヒェスプラック』の場合

結論から先に言えば、ノルウェー語バラッド『クヴィーヒェスプラック』の当該箇所の記述は、フェロー語作品の 3 ヴァージョンの中では、C ヴァージョンの記述との類似性が最も高いと言える。

と言うのは、フェロー語作品のクヴィチルスプラング（Kvikilsprang）に対応する人物は、ノルウェー語バラッド『クヴィーヒェスプラック』では、作品タイトルにもなっているクヴィーヒェスプラック（Kvikjesprakk）で、フェロー語作品においてクヴィチルスプラングが赴く先のジシュトラント（Girtland）に対応する場所は、ノルウェー語作品ではイルクロン（Girklond）であるが、ノルウェー語の『クヴィーヒェスプラック』では、クヴィーヒェスプラックはイルクロンに到着すると [9]、

(11) Og det var unge Kvikjesprakk, / sitt mål kunna han frambera: / «Hev du kje, kongje, dotteri ei, / som du lyster guten å gjeva?»
若きクヴィーヒェスプラックは彼の用件を伝えることができた、「王様、どなたか若い者にお与えになりたいとお思いのお嬢様はいらっしゃいますか。」（第 22 スタンザ、72 頁）[10]

とあるように、イルクロン王に直接挨拶をした上で、事実上、王女への求婚の申し出をする。この点では、先に確認したフェロー語バラッドの C ヴァージョンの該当箇所の記述と共通している。しかし、王から嘲笑されると [11]、クヴィーヒェスプラックはフェロー語バラッドの AB 両ヴァージョン同様、王女（と思しき女性）の傍に腰を下ろし、すぐに引き倒されて首筋を強打する [12]。この「王女の傍らに腰を下ろし、すぐに引き倒されて首筋あるいは後頭部を強打する」という要素は、フェロー語作品の C ヴァージョンにはなく、逆に AB 両ヴァージョンに共通して見られるものである [13]。

3.3.2. ジシュトラント王女ロウスィンレイ（Rósinreyð）の 父王への直訴の有無

　この箇所についても、まずフェロー語作品の３ヴァージョン間の比較を行い、その上で、ノルウェー語作品の該当箇所とも比較を行うという形を取りたい。

　まず、先述のように、ジシュトラントを訪れたクヴィチルスプラングが捕らわれの身になるのは、フェロー語作品のいずれのヴァージョンにも共通である。その後、AB両ヴァージョンでは、それを知ったジシュトラント王の娘ロウスィンレイ（Rósinreyð）が父王に対し、クヴィチルスプラングを解放し、自分に与えるよう直訴するが、認められず、ウィヴィントに救援に来てもらうべく、小姓を使って彼を呼びにやる。以下の引用（12）および（13）がこの部分のそれぞれのヴァージョンの記述である：

(12) »Ger tað fyri æruna tá, / gev mær riddaran henda!«
　　（ロウスィンレイの発言）「お父様の名誉のためでございます。私にこの騎士をいただきとうございます。」（A、Ⅱ、第20スタンザ3-4行、204頁）

　　»Ríð frá mær, tú vesælavætti, / eg vil teg ikki hoyra, / sámir ei mínum bitra brandi / at leika í kvinnudroyra.«
　　（父ジシュトラント王の発言）「立ち去れ、この惨めな者めが。わしはお前の言うことを聞くつもりはない。わしの鋭い剣にとって、女の血にまみれて戦うのは相応しくないのだ。」（A、Ⅱ、第21スタンザ、204頁）

　　（»・・・）sendi eg sterka Ívinti boð, / tá stendur títt lív í váða.（・・・«）
　　（ロウスィンレイの発言）（「……）私が剛きウィヴィントにお伝えすれば、お父様のお命は大変な危険に晒されますよ。（……」）（A、Ⅱ、第22スタンザ3-4行、204頁）

　　Frúgvin krevur sín brævasvein, / klæðir hann væl í skrúður: / »Eg havi teg so oftum roynt, / at tú hevur verið trúur.

娘（ロウスィンレイ）は彼女の伝令となる小姓に（ウィヴィントに伝言を伝えることを）命じ、彼に立派な衣装を着せた、「私は実際に、あなたが忠実であるのをたびたび見てきました。（A、Ⅱ、第24スタンザ、204頁）

Heilir allir mínir sveinar, / drekkið nú allir av minni, / ongan skalt tú tær søtan sova, / fyrr enn tú Ívint finnur!«
さあ私の小姓達皆さん、乾杯しましょう。ウィヴィントに会えるまでぐっすり眠れることはありませんからね。」（A、Ⅱ、第25スタンザ、204頁）

(13) »Ger tað fyri æru tína, / tú lat meg riddaran fá!«
（ロウスィンレイの発言）「お父様の名誉のためでございます。私にこの騎士をいただきとうございます。」（B、Ⅱ、第9スタンザ3-4行、222頁）

»Skríð frá mær, tú vesalvættur, / meg lystir ei á at hoyra, / sámir ei mínum bitra brandi / at røra við kvinnudroyra.«
（父ジシュトラント王の発言）「立ち去れ、この惨めな者めが。わしはお前の言うことを聞くつもりはない。わしの鋭い剣にとって、女の血に触れるのは相応しくないのだ。」（B、Ⅱ、第10スタンザ、222頁）

(»・・・) Sendi eg Ívinti sterka boð, / tá stendur títt lív í váða.«
（ロウスィンレイの発言）（「……」）私が剛きウィヴィントにお伝えすれば、お父様のお命は大変な危険にさらされますよ。」（B、Ⅱ、第12スタンザ3-4行、222頁）

Frúgvin tekur sín brævasvein, / hon klæðir hann væl í skrúður: / »Eg havi ikki annað spurt, / enn tú hevur verið mær trúur.
娘（ロウスィンレイ）は彼女の伝令となる小姓を捕まえ、彼に立派な衣

装を着せた。「あなたは私に忠実だったことしか聞いたことがありません。
（B、Ⅱ、第13スタンザ、222頁）

Heilir allir mínir menn, / tær drekkið nú heilir á sinni, / tær skuluð ong
an søtan sova, / fyrr enn tær Ívint finnið!«
さあ私の臣下の皆さん、皆で乾杯しましょう。ウィヴィントに会えるま
でぐっすり眠れることはありませんからね。」（B、Ⅱ、第14スタンザ、
222頁）

　しかし、Cヴァージョンでは、AB両ヴァージョンのようにジシュトラント
王の娘が、父王にクヴィチルスプラングを解放するよう要求する場面はなく、
また、彼女が小姓を使ってウィヴィントを呼びにやるとの記述もない。クヴィ
チルスプラングが獄に入れられ、彼の敵が大勢おり、彼の命が危険に晒されて
いることを示す一連の地の文での記述（C、Ⅱ、第10-12スタンザ、234頁）
の後、

(14) Fimur var hann á fótunum, / sum boðini skuldi bera, / hagar heim til
landanna, / sum Ívint mundi vera.
かの地からウィヴィントがいるであろう国へ伝言を伝える者は敏捷な者
であった。（C、Ⅱ、第13スタンザ、234頁）

Fimur var hann á fótunum, / sum boðini tá bar, / hagar heim til landanna,
/ sum Ívint fyri var.
その時、かの地からウィヴィントがいた国へ伝言を伝えた者は敏捷な者
であった。（C、Ⅱ、第14スタンザ、234頁）

という記述があり、次の第15スタンザでは、既にウィヴィントのもとに到着
していると思われる伝令がウィヴィントに対し、

(15) »Tín bróðir á Girtlandi, / er staddur í stórum vanda,（・・・«）

「あなた様の弟君がジシュトラントで大変な危機に陥っておられます
（……」）（C、Ⅱ、第 15 スタンザ 1-2 行、234頁）

と語る場面が記されており、この間の内容は C ヴァージョンのみが AB 両
ヴァージョンとは大きく異なっている。

　以上が、クヴィチルスプラングがジシュトラントで捕らわれの身になってか
ら、ウィヴィントのもとへ伝令（AB 両ヴァージョンではロウスィンレイの指
示を受けた小姓。C ヴァージョンではクヴィチルスプラングの使い）が送られ
るまでの部分に関する、フェロー語バラッド 3 ヴァージョン間の異同であるが、
この点については、ノルウェー語バラッドの該当箇所の記述はフェロー語作品
の C ヴァージョンと共通性が見られる。フェロー語作品のジシュトラント王
女ロウスィンレイ（Rósinreyð）に対応する人物は、ノルウェー語作品ではイ
ルクロン王女ローサムン（Rosamund）であるが、ノルウェー語バラッドでは、
ローサムンが父王に、捕らわれの身となったクヴィーヒェスプラックの解放を
要求することはなく、クヴィーヒェスプラックが自ら自分の小姓のもとへ行
き、

(16) «Høyre du det, min lisle smådreng: / du springe på gangaren raude, /
du bed han Iven, bro'er min, / han skundar å hevne min daude.»

聞くのだ、我が小姓よ、赤い馬に飛び乗るのだ。我が兄弟のイーヴェン
に頼み、私の死の仇を取りに来てもらうのだ。（第 39 スタンザ、75頁）

と、小姓にイーヴェン（Iven。ウィヴィント（Ívint）の対応人物）を呼んで
来てもらうよう頼む形になっている [14]。

3.3.3. 小姓とウィヴィントの移動手段の相違

ここで取り上げる箇所は、先行研究では、フェロー語バラッド３ヴァージョン間の異同に限っては、既に Liestøl（1915）によって指摘されており、捕らわれの身になったクヴィチルスプラングの救出のためジシュトラントからウィヴィントのもとへ向かう伝令（AB 両ヴァージョンではロウスィンレイの指示を受けた小姓。C ヴァージョンではクヴィチルスプラングの使い）は、AB 両ヴァージョンでは海を渡り、海上では悪天候に遭遇する様が描かれ、また、伝令から連絡を受けたウィヴィントや関係者達も同様に船で海路をジシュトラントへ赴くが、C ヴァージョンでは、まずクヴィチルスプラングからウィヴィントのもとへと遣わされた使いに関しては、

(17) Fimur var hann á fótunum, / sum boðini skuldi bera,

　　　知らせを伝える者は足が速かった。（C、Ⅱ、第 13 スタンザ 1-2 行、234 頁）

と記され、この使いが陸路でウィヴィントのもとへ向かっていることが窺え、この使いから連絡を受けたウィヴィントと彼の臣下の者達も、馬で陸路をジシュトラントへと赴く（Liestøl 1915: 166）。

　ただ、この箇所に関し、先行研究では、これらフェロー語バラッド３ヴァージョンの形とノルウェー語作品の該当箇所の記述との比較は行われていない。ノルウェー語バラッド『クヴィーヒェスプラック』における該当箇所は以下のとおりである：

(18) «Høyre du det, min lisle smådreng: / du springe på gangaren raude, / du bed han Iven, bro'er min, / han skundar å hevne min daude.»

　　　「聞くのだ、我が小姓よ、赤い馬に飛び乗るのだ。我が兄弟のクヴィーヒェスプラックに頼み、私の死の仇を取りに来てもらうのだ。」（第 39 スタンザ、75 頁）

Og det var Kvikjesprakks liten smådreng, / han ri'e så radt av garde:
そしてクヴィーヒェスプラックの小姓は馬で庭を駆けだした。（第40ス
タンザ1-2行、75頁）

Og det var Iven Erningsson / han kom seg riand i gård, / og det var
Girklandskongjen, / han ute fyr honom står.
そしてエルニングの息子イーヴェンは馬で庭へとやってきた。イルクロ
ン王は表に出て彼の前に立っていた。（第51スタンザ、76頁）

このように、ノルウェー語バラッドでは、クヴィーヒェスプラックがイルクロ
ンから遣わした小姓も、この小姓から連絡を受けてイルクロンへ向かうイー
ヴェンも、ともに陸路を馬で目的地へ向かっており、フェロー語バラッドC
ヴァージョンのケースと共通している。

3. 3. 4.　ジシュトラント王とその軍勢に対するウィヴィントと
####　　　　クヴィチルスプラングの戦い

　第Ⅱバラッド『クヴィチルスプラング』のクライマックスにおける、ジシュ
トラント王とその軍勢に対する、ウィヴィントとクヴィチルスプラングの戦い
に関しては、先行研究でもLiestøl（1915）において、フェロー語バラッド3
ヴァージョン間の相違が取り上げられている。

　この点をめぐるLiestøl（1915）の指摘は以下の二点にまとめられよう：

①クヴィチルスプラングやウィヴィントらがジシュトラント側の戦士達と戦っ
た結果、ジシュトラント側で王の他に生き残った戦士の数は、Aヴァージョ
ンでは12人であるが、Cでは3人である。Bヴァージョンではこの点に関す
る記述はない。（Liestøl 1915: 166）：

(19) Løgdu niður liðið alt, / sigst í hesum tátti, / Girtlands kongur við sveinar
tólv / stóðu eina eftir.

（ウィヴィントとクヴィチルスプラングは）軍勢を皆殺しにした。このように、このバラッドでは伝えられているが、ジシュトラント王とともに残されていたのは12人の小姓だけであった。（A、Ⅱ、第57スタンザ、206頁）

(20) eftir stóð hann kongurin / við sín triðja mann.
王とともに生き残っていたのは3人の家臣だけであった。（C、Ⅱ、第28スタンザ3-4行、235頁）

②Bヴァージョンではこの戦闘の末、以下の引用（21）のように、ジシュトラント王はクヴィチルスプラングに娘と国の半分を差し出し、Bヴァージョンではここで第Ⅱバラッド『クヴィチルスプラング』が終わっている（Liestøl 1915: 166-167）：

(21) »Eg gevi tær jumfrú Rósin moy / og hálvt mítt ríki til handa.«
「娘の乙女ロウスィン（ロウスィンレイ）とわしの国の半分はそなたのものだ。」（B、Ⅱ、第31スタンザ3-4行、223頁）

　以上が、第Ⅱバラッド『クヴィチルスプラング』のクライマックスにおける戦いをめぐり、Liestøl（1915）で指摘されたフェロー語作品3ヴァージョン間の相違点である。既述のように、Liestøl（1915）の指摘は、フェロー語バラッド3ヴァージョン間の異同のみをめぐるものであるが、フェロー語バラッド3ヴァージョン間に限ってみても、これらLiestøl（1915）で指摘された二つの点が含まれる第Ⅱバラッド『クヴィチルスプラング』のクライマックスについては、さらに先行研究では指摘されていない3ヴァージョン間の相違点が存在する。というのも、下記のように、Bヴァージョンでは、ここでジシュトラント王は「娘と国の半分を差し出す」ことで、「わしの身の安全を保証してくれたまえ」と命乞いをしているのであり、ジシュトラント王の最後の命乞いとい

う点に限っては、Cヴァージョンにも見られることだからである：

(22) »Mín kæri Kvikil spraki, / gev mær nú grið!«
「親愛なるクヴィチル・スプレアチ（クヴィチルスプラング）よ、ここで
わしの身の安全を保証してくれたまえ。」（B、II、第30スタンザ3-4行、
223頁）

»Eg gevi tær jumfrú Rósin moy / og hálvt mítt ríki til handa.«
「娘の乙女ロウスィンとわしの国の半分はそなたのものだ。」（B、II、第
31スタンザ3-4行、223頁）

(23) »Mín kæri Kvikilbragd, / gev mær grið! (・・・«)
「親愛なるクヴィチルブラグドゥ（クヴィチルスプラング）よ、わしの身
の安全を保証してくれたまえ。(……」)（C、II、第30スタンザ3-4行、
235頁）

Aヴァージョンでは、最後にジシュトラント王がこのように命乞いをすると
の記述はない。

　また、AヴァージョンとCヴァージョンでは、ジシュトラント王は最後に
殺されてしまう。Aヴァージョンではウィヴィントが殺し、Cヴァージョンで
はジシュトラント王が命乞いをした相手であるクヴィチルスプラングによって
殺される：

(24) Tað var Ívint Herintsson / sínum svørði brá, / hann kleiv reystan
Girtlands kong / sundur í lutir tvá.
ヘリントヘリントの息子ウィヴィントは彼の剣を抜き、豪胆なジシュト
ラント王を真っ二つに斬った。（A、II、第58スタンザ、206頁）

(25) Tað var ungi Kvikilbragd / sínum svørði brá, / miðjan kleyv hann
　　 Girtlands kong / sundur í lutir tvá.
　　 若きクヴィチルブラグドゥは彼の剣を抜き、ジシュトラント王を中央で
　　 真っ二つに斬った。(C、Ⅱ、第33スタンザ、235頁)

しかし、ジシュトラント王が最後に娘と自国の半分を差し出して命乞いをする
Bヴァージョンでは、ジシュトラント王が殺されるとの記述はない。先に引用
した、「娘の乙女ロウスィンとわしの国の半分はお前のものだ」という王の台詞
によって、第Ⅱバラッド『クヴィチルスプラング』が終わっている。

　以上がこの第Ⅱバラッドのクライマックスをめぐるフェロー語バラッド３
ヴァージョン間の異同であり、次にこの部分のノルウェー語バラッドにおける
該当箇所について考察を進めたいが、ウィヴィントがジシュトラントに到着し
てから、この第Ⅱバラッドの末尾に至るまでの内容は、フェロー語バラッドの
『クヴィチルスプラング』と、これと同じ題材を扱ったノルウェー語バラッド
『クヴィーヒェスプラック』との間で大幅に異なっている。この点については
既に Liestøl (1915) でも指摘されているが、フェロー語バラッドの方はどの
ヴァージョンにおいても、ウィヴィントがジシュトラントに到着後、まずク
ヴィチルスプラングを解放し、この２人が一緒にジシュトラント勢と戦って彼
らを打ち負かし、その上で最後に A ヴァージョンと C ヴァージョンではジ
シュトラント王が殺され、B ヴァージョンでは、ジシュトラント王が娘と国の
半分を差し出して命乞いをするところで終わっている。一方のノルウェー語バ
ラッドでは、イーヴェンがイルクロン到着後に早速イルクロン王を殺し、続い
て命乞いをした王の小姓も殺した後[15]、イーヴェンはクヴィーヒェスプラック
を解放し、その後、彼らはローサムン（フェロー語作品のロウスィンレイに対
応）を除き、イルクロンの人間を皆殺しにするという形になっており、王の殺
されるタイミングがフェロー語バラッドとは異なっているのである（Liestøl
1915: 174）。

　以下詳しく見てゆくが、ノルウェー語バラッドではイーヴェンがイルクロン

に到着してイルクロン王と会うと [16]、王はイーヴェンに、

(26) «Velkomen Iven Erningsson, / velkomen hit til min! / No hev eg sta'i den vårsdag lange / og blanda mjø' i vin.»

ようこそ、エルニングの息子イーヴェンよ、ようこそ、ここ、わしのもとへ。長い春の間ずっとかかって蜂蜜酒をワインに混ぜてきたのだ。(第52スタンザ、76頁)

と歓迎の挨拶をし、酒の話題を出すが、イーヴェンは、

(27) «Eg er inkje om din brune mjø', / eg er inkje om din vin, / men eg er komen til Girklondo / å sjå etter bro'eren min.

「私はそなたの茶色の蜂蜜酒やそなたのワインなど、どうでも良いのだ。私は自分の兄弟を探しにイルクロンへやって来たのだ。(第53スタンザ、76頁)

Han hev seti i myrkestoga / vel uti tjuge dagar, / hass gangaren spring i Girklondo, / der tore han ingjen taka. »

彼はもう20日も獄に入っていて、彼の馬がイルクロン内を走り回り、誰も手がつけられないというではないか [17]。」(第54スタンザ、77頁)

と応じると、

(28) Det var Iven Erningsson, / han let sitt sverdet brå: / han hoggje til Girklandskongjen, / hass hovud dreiv langt ifrå.

エルニングの息子イーヴェンは彼の剣を抜いた。彼はイルクロン王に斬りつけると、彼の頭部は遠くまで飛んだ。(第55スタンザ、77頁)

Det var kongjens liten smådreng, / hann fell'e på berre kne: / «Høyre du Iven Erningsson: / livet så gjeve du meg!»

王の小さな小姓はむき出しの膝をついた、「エルニングの息子イーヴェンよ、どうかお命だけはお助けを。」（第56スタンザ、77頁）

Det var Iven Erningsson, / sitt sverd ville han kje øyde: / han slo til honom med neven, / så heilen skvatt på heie.

エルニングの息子イーヴェンは自分の剣を傷めたくなかった。彼は小姓を拳で殴りつけ、脳味噌が地面に飛び散った。（第57スタンザ、77頁）

その後、イーヴェンはクヴィーヒェスプラックを解放し、彼らはローサムンを除き、イルクロンの人間を皆殺しにする：

(29) Dei drape ned i Girklondo / bade katt og hund, / der lived ingjen etter dei, / berre fruva Rosamund.

　　彼らはイルクロンでありとあらゆる者達を殺し，ローサムン嬢を除き，そこでは彼らの他に生き残っている者は誰もいなかった。（第67スタンザ、78頁）

　このように、フェロー語の『クヴィチルスプラング』とは異なり、ノルウェー語の『クヴィーヒェスプラック』では、イルクロン王はクヴィーヒェスプラックが解放される前にイーヴェンによって殺されてしまい、その際に王が命乞いをすることはない。命乞いをするのは王の小姓であるが、結局イーヴェンに殴り殺される。このノルウェー語版での小姓による命乞いと、フェロー語バラッドBC両ヴァージョンでの王の最後の命乞いの間に何らかの関わりがある可能性もあるが、断定的な事は言い難い。

3. 4. 第Ⅱバラッドにおける３ヴァージョン間の異同についてのまとめ

　ここまで、フェロー語のバラッド・サイクル『ヘリントの息子ウィヴィント』における第Ⅱバラッド『クヴィチルスプラング』について、ABC3ヴァージョン間で比較を行い、異同が見られた箇所のうち、特に主要なものについて、『クヴィチルスプラング』と同じ題材を扱ったノルウェー語バラッド『クヴィーヒェスプラック』の該当箇所とも比較を行ったが、その結果、フェロー語作品ではCヴァージョンのみがAB両ヴァージョンとは異なり、かつフェロー語Cヴァージョンとノルウェー語バラッドの内容が合致しているというケースが最も多く見られた。具体的には、以下の3点の異同箇所である：

1. フェロー語作品のCヴァージョンとノルウェー語作品では、クヴィチルスプラングがジシュトラントに到着すると、ジシュトラント王に挨拶し、王女への求婚の申し出をする様が描かれるが、フェロー語作品のAB両ヴァージョンでは、ジシュトラントへ到着したクヴィチルスプラングが、王に挨拶したり王女への求婚の申し出をする様を記した記述はない。

2. フェロー語作品のAB両ヴァージョンでは、クヴィチルスプラングが獄に入れられると、ジシュトラント王女が父王に、クヴィチルスプラングを解放するよう願い出て、却下されると救援を求めて自分の小姓をウィヴィントのもとへと遣わす。一方、フェロー語作品のCヴァージョンとノルウェー語バラッドでは、ジシュトラント王女／イルクロン王女がクヴィチルスプラング／クヴィーヒェスプラックの解放を父王に求める場面はなく、いずれにおいてもクヴィチルスプラング／クヴィーヒェスプラック自身が自らの小姓をウィヴィント／イーヴェンのもとへ遣る。

3. 2と関連して、救援のためにジシュトラント／イルクロンからウィヴィント／イーヴェンのもとへと向かう伝令（AB両ヴァージョンではロウスィンレイの指示を受けた小姓。Cヴァージョンではクヴィチルスプラングの使い）、お

よび、伝令から連絡を受けてジシュトラント／イルクロンへ向かうウィヴィント／イーヴェンの一行の移動手段は、フェロー語 AB 両ヴァージョンでは船（海路）であるが、フェロー語 C ヴァージョンおよびノルウェー語作品では馬（陸路）である。

　一方、ジシュトラントに到着したクヴィチルスプラングが、王女と思しき女性の傍らに腰を下ろすと引き倒され、後頭部ないしは首筋を強打するという点については、AB 両ヴァージョンとノルウェー語バラッドのみに共通して見られ、また、クライマックスでの、ウィヴィントとクヴィチルスプラングによるジシュトラント側との戦いの場面については、フェロー語作品とノルウェー語作品の間で大きな違いが見られ、フェロー語作品についてもヴァージョンごとに細かな相違が見られることがわかった。

　そこで次章では、バラッド・サイクル『ヘリントの息子ウィヴィント』の中で、A ヴァージョンにしか含まれない内容を扱った第Ⅲバラッドの『ウィヴィントのバラッド』（Ívints táttur）を取り上げたい。この第Ⅲバラッドは 1 ヴァージョンにしか含まれておらず、同じ題材を扱ったノルウェー語バラッドも遺されていないため、フェロー語の他ヴァージョンやノルウェー語作品との比較はできず、次章では、この第Ⅲバラッドの物語内容、および、このサブ・バラッドが A ヴァージョンのみに存在することで、A ヴァージョンの物語が作品受容者に与える印象にどのような影響がもたらされているかについて、ごく簡単に確認しておきたい。

注

1　本書 13 頁、および第一章の註 21 を参照。

2　ロウスィンレイの命を受けた伝令の小姓がジシュトラントから海路をウィヴィントのもとへと向かう場面は、A ヴァージョンでは第 26-37 スタンザにかけて（204-205 頁）、B ヴァージョンでは第 15-19 スタンザにかけて記され（222-223 頁）、伝令から連絡を受けたウィヴィントや関係者達が同様に海路を

ジュトラントへと向かう場面は、A ヴァージョンでは第45-48スタンザにか
け（205頁）、B ヴァージョンでは第24スタンザに記されている（223頁）。

3　Liestøl（1915）によってフェロー語作品の3ヴァージョン間の相違が指摘さ
れている箇所の2点目と3点目として挙げた点はいずれも、この第Ⅱバラッド
のクライマックスにあたるクヴィチルスプラングやウィヴィントとジシュトラ
ント側との戦いが繰り広げられた後の状況に関わるものである。本文で述べた
ように、ノルウェー語バラッドの『クヴィーヒェスプラック』は、基本的には
フェロー語作品の『クヴィチルスプラング』と同じ題材を扱った作品である。
しかし、フェロー語作品においてウィヴィントがクヴィチルスプラングを助け
るためにジシュトラントを訪れたところから、上記のクライマックスにあたる
戦いを経て、『クヴィチルスプラング』の末尾に至るまでの物語の成り行きに
ついては、フェロー語作品の3ヴァージョン間でも相違が見られることは、上
で触れた Liestøl（1915）の指摘（2点目と3点目）にもあるが、それ以上にノ
ルウェー語作品の該当部分の内容はフェロー語作品とは大きく異なっており、
この部分のフェロー語作品とノルウェー語作品の物語内容の相違も、Liestøl
（1915）において扱われている。

　　この、ウィヴィントがクヴィチルスプラングを助けるためにジシュトラント
を訪れたところから、『クヴィチルスプラング』の末尾に至るまでの部分につ
いては、フェロー語作品の3ヴァージョン間だけを取っても、まだ先行研究で
は未指摘のヴァージョン間の相違が見受けられ、これらの点は本章の本文で
扱っているが（本書101-103頁）、本文ではそれに続き、この部分におけるフェ
ロー語作品とノルウェー語作品の物語内容の相違についても触れているので
（本書103-105頁）、この点についてはそちらをご参照いただきたい。

4　本文でも後述するが、クヴィチルスプラングがその傍に腰を下ろしたところ
の「かの婦人（frúnni）」が具体的には誰であるかは、この箇所までの本サブ・
バラッドの記述からはわからず、その後に「その舌は言葉を発した」とある
が、その具体的な言葉については明かされず、言葉を発した相手についても、
具体的な記述はない。しかし、後述するように、本サブ・バラッドのCヴァー
ジョンでは、クヴィチルスプラングはジシュトラント王の前で、王女への求婚
を申し出ており、また、本サブ・バラッドの末尾ではクヴィチルスプラングは

ジュトラント王女と結ばれることから（AC両ヴァージョンのみ）、Aヴァージョンのこの箇所では、クヴィチルスプラングは結婚への思いを抱いてジュトラント王女の傍らに腰を下ろしたのであり、また、「かの婦人」の傍らに腰を下ろした後に言葉を発したのであるから、クヴィチルスプラングが言葉を向けた相手は、「かの婦人」すなわちジュトラント王女と考えるのが自然であろう。（なお、「かの婦人」と訳したfrúnniという語であるが、「婦人」にあたる語はfrúで、nniは定冠詞にあたる部分である。）

5　詳しくは第二章の註34を参照。AヴァージョンではⅡバラッドでクヴィチルスプラングがジュトラントへ向かう様子が記される前の第1スタンザから第7スタンザにかけて、ヘリントとハシュタン王の妹の間に三人の息子が生まれたことや、各々の名前が記され、三男のクヴィチルスプラングだけは、名前だけではなく、「彼は兄弟の中でいちばん年少であったが、彼に匹敵する者はほとんどいなかった（yngstur var hann av brøðralið, / men fáur var hansara maki.）（A、Ⅱ、第7スタンザ、3-4行、203頁）」と、その人物評も記される。一方、Cヴァージョンでは第Ⅰバラッドの末尾の第73スタンザの後半から第76スタンザにかけて、ヘリントとハシュタン王の妹の間に三人の息子が生まれたことや各々の名前、長じてからの活躍ぶりなどが簡潔に記されるが（233頁）、Bヴァージョンでは、第Ⅰバラッドの末尾では、ヘリントとハシュタン王の妹の間に子供が生まれたことやその名前をめぐる記述はなく、引用（5）にあるように、第Ⅱバラッド冒頭の第1スタンザの1行目において唐突に「彼らの3人目の息子」の名前が話題にされ、長男と次男については言及がない。

6　先の引用（4）のAヴァージョン第9スタンザの記述のケースと同様、クヴィチルスプラングがその傍に腰を下ろしたところの女性（Bヴァージョンでは「ある（一人の）乙女（eini moyggj）」と記されている）が具体的には誰であるかは明示されず、このスタンザに記されている、彼の舌から出てきた言葉や彼が言葉を発した相手についても具体的な記述はないが、引用（4）のAヴァージョンの第9スタンザ同様、Bヴァージョンのこの箇所でも、クヴィチルスプラングはジュトラント王女の傍に腰を降ろし、彼女に話しかけたものと考えるのが自然であろう（註4を参照）。

7　第二章の註34、および本章の註5を参照。

8　本章の本文では第1スタンザの内容について記した後、第2-4スタンザについては飛ばして第5-6スタンザについて述べる形としているが、実は、第1スタンザで、クヴィチルスプラングがジシュトラントへ到着したことが記されると、第2スタンザから第4スタンザにかけて以下のような描写が続く：

Allir veggir sviktaðu, / hvar hann gekk í tún, / allar hurðar klovnaðu, / áðrenn hann fekk rúm.
彼が中庭に入ると壁がみな崩れ、彼が腰を下ろす前に扉はみな壊れた。(C、Ⅱ、第2スタンザ、234頁)

Allir veggir sviktaðu, / hvar hann studdi seg við, / allir beinkir brotnaðu, / hvar hann setti seg niður.
彼がもたれかかったところは壁がみな崩れ、彼が座るとベンチはみな壊れた。(C、Ⅱ、第3スタンザ、234頁)

allir beinkir brotnaðu, / tá ið hann gekk í sæti, / Ívint talar til Ragnar tá: / »Slíkt eru trøllalæti.«
彼が腰を下ろすとベンチはみな壊れた。するとウィヴィントはラグヌルにこう話した、「このようなのは怪物の立てる音だ。」(C、Ⅱ、第4スタンザ、234頁)

この3スタンザの内容は、Cヴァージョンの第Ⅰバラッドにおいて、ヨアチマン王がハシュタン王のもとを訪れた時の地の文における記述とほぼ同様のものである。ヨアチマン王がハシュタン王のもとを訪れた際のこの記述は、まさにヨアチマン王の巨体がもたらす諸々の弊害をあらわすものでもあったが、この第Ⅱバラッドの冒頭では、この記述が、クヴィチルスプラングがジシュトラントに到着した直後のところに置かれている。その結果、この第2スタンザから第4スタンザにかけて登場する「彼 (hann)」はすべてクヴィチルスプラングのことになるが、クヴィチルスプラングはヘリントとハシュタン王の妹の間に生まれた息子達の一人で、本バラッド・サイクルの主人公ウィヴィントの兄弟であり、この第Ⅱバラッドのクライマックスでは、騎士として剣を用いてジ

シュトラント側の軍勢と死闘を繰り広げることになる。この第ⅡバラッドのC
ヴァージョンの内容を見る限り、クヴィチルスプラングがヨアチマンのような
巨体、もしくは醜い風貌をしていたとの記述は見られない。恐らくは騎士とし
て標準的な体形であったと思われ、クヴィチルスプラングが壁にもたれかかっ
たことでその壁が崩れたり、座ったことでベンチが壊れたりする理由は見当た
らない。また、第４スタンザでは、壁が崩れたりベンチが壊れたりした（ない
しは、その音がした）のを受けて、ウィヴィントがラグヌルという人物に「こ
のようなのは怪物の立てる音だ」と話した旨が記されるが、この第Ⅱバラッド
では後に、獄に入れられたクヴィチルスプラングが救援要請のために小姓を馬
でウィヴィントのもとへ遣るのであり、ウィヴィントはクヴィチルスプラング
がジシュトラントの王宮を訪れた際、この近辺にいたわけではない。また、仮
に壁やベンチが壊れて音がしたとしても、馬で行かなければならない場所にい
たはずのウィヴィントに、その壊れる音が聞こえたとは考えにくい。また、
ウィヴィントが話しかける相手のラグヌルという人物も、この箇所でしか登場
せず、その素性は不明である（ラグヌルという名前は第４スタンザの原文では
Ragnar とあるが、これは属格の語句と結びつく前置詞 til と結びついた属格形
であり、主格形は語尾が ur となった Ragnur と考えられる）。このように、C
ヴァージョンの第2-4スタンザの記述は明らかにその前後の部分と整合性を有
しないものと言えよう。

9　ノルウェー語の『クヴィーヒェスプラック』では、クヴィーヒェスプラック
がイルクロンへ赴くまでの経緯がフェロー語作品のケースとは異なっている。
『クヴィーヒェスプラック』では、第１スタンザで、エルニングの息子達が三
人いたことが記されるが（Tri så våre dei Erningssønin'、第１スタンザ１行、
69頁）、ユッランの王（Jullands kongjen）から、エルニングの息子達のうち、
求婚する意志のある者は誰がいるかと問われると（第２スタンザ、70頁）、若
きクヴィーヒェスプラック（unge Kvikjesprakk、第３スタンザ１行、70頁）
がすぐに、「私はかの裕福な乙女を我が物とするべく、イルクロンへ赴きたい
（«Eg vil meg til Girklondo / den rike jomfruva vinne.»）（第３スタンザ3-4
行、70頁）」と名乗り出る（クヴィーヒェスプラックを含むエルニングの息子
達はユッラン（Julland）と呼ばれる国に住んでいるということか）。すると、

クヴィーヒェスプラックは姉妹の女性（原文では Kvikjesprakks syster（ク
ヴィーヒェスプラックの syster）としか記されず。第4スタンザ1行、70頁。
syster は「姉」と「妹」のどちらも意味するが、この箇所に登場する syster
がクヴィーヒェスプラックの「姉」なのか「妹」なのかは判然としない）か
ら、クヴィーヒェスプラックが若く、騎士としての経験が浅く、イルクロンで
捕らわれの身になる恐れがあるのを理由に、イルクロン行きに反対されるが
（第4-5スタンザ、70頁）、クヴィーヒェスプラックはあくまで自らの意志を変
えず、小姓と一緒に馬でイルクロンへ向かう（第6-17スタンザ、70-72頁）。
ここに記したやり取りは、フェロー語作品ではどのヴァージョンにも見られな
い。なお、Landstad 版では、クヴィーヒスプラック（Kvikisprakk。Bø＝Solheim
版のクヴィーヒェスプラック（Kvikjesprakk）に対応）ら三兄弟（Landstad
版では、ヘルモーズの息子達（Hermoðsyninn）と記される（第1スタンザ、
146頁他））のもとへ、ユトランの王（Jutlands kongi）がやってきたと記され
るものの（第1スタンザ、146頁）、三兄弟の中で求婚の意志のある者は誰かい
るかと尋ねるのはユトランの王自身ではなく、その小姓であり（第2スタンザ、
146-7頁）、それを受けて、クヴィーヒスプラックは自ら名乗り出て、この件
をめぐる彼の姉妹の女性（Landstad 版でも原文では Kvikisprakks syster とし
か記されず。第4スタンザ1行、147頁）とのやり取りの後、小姓を連れて求
婚の旅に向かうことになるが、彼が最初からその地へ向かう意志を表明し、実
際に向かうことになる目的地はイルクロンではなく、ユトラン（Jutland）で
ある（第3スタンザ、147頁他）。すなわち、クヴィーヒスプラックは、彼ら三
兄弟のもとを訪れた王の小姓の本国へ求婚のために向かったことになる（と言
うことは、Landstad 版では、クヴィーヒスプラックら三兄弟が居住している
国は、ユトラン以外の国ということか）。
　また、フェロー語作品では、クヴィチルスプラングがジシュトラントへ向か
う場面では、どのヴァージョンにおいても彼が小姓を連れて行ったとの記述は
見られないが、本文で後述するように、C ヴァージョンでは、捕らわれの身に
なったクヴィチルスプラングがウィヴィントに救援に来てもらうべく、自らの
小姓をウィヴィントのもとへ行かせており、このことから、C ヴァージョンで
はクヴィチルスプラングが小姓を連れてジシュトラントを訪れていたことがわ

かる。

10 引用は原文のまま。特に断りがない限り、以下同様。本書では、フェロー語
作品からの引用の場合と同様、ノルウェー語バラッド２作品からの引用につい
ても、引用個所のスタンザ番号（スタンザの一部の行のみ引用の場合は引用し
た行番号も付記）と、使用したテクスト（第一章の註６および註７を参照）の
頁数を記す。

11 «Gud lat meg alli liva den dag / då eg skò få deg til måg!» わしがお前を親
族に加えなければならない日を迎えるようなことを神が決してお許しにならな
いように。（第23スタンザ3-4行、72頁）

12 Kvikjesprakk sette seg fruva næst /・・・/ han bleiv så snøgt or sesse
kipt / at nakkjen small i fjalar. クヴィーヒェスプラックは婦人の隣に腰を下
ろした。……すると彼はすぐに席から引き下ろされ、首筋を強打した。（第25
スタンザ1行・3-4行、73頁）

13 なお、フェロー語作品では、クヴィチルスプラングはジシュトラント側との
戦闘の末、いずれのヴァージョンでも獄で捕らわれの身となるが、それはノル
ウェー語作品でも変わらない。しかし、ノルウェー語作品ではクヴィーヒェス
プラックがイルクロン側との戦闘を経て獄に捕らわれるまでの経緯がフェロー
語作品とは大きく異なっている。

　ノルウェー語の『クヴィーヒェスプラック』では、クヴィーヒェスプラック
がイルクロンに到着後、王女への求婚の意志をイルクロン王に伝えると王から
嘲笑されるが、その後、王の小姓は獅子を放して獅子にクヴィーヒェスプラッ
クを殺させようとする。しかし、クヴィーヒェスプラックは両手で獅子の顎を
掴み、その間にクヴィーヒェスプラックの小姓が獅子を斬り殺す。すると今度
はイルクロン王の小姓はクヴィーヒェスプラックにある飲み物を飲ませ、ク
ヴィーヒェスプラックが眠り込んだところでクヴィーヒェスプラックは牢獄へ
と連れ込まれ、手枷、足枷がはめられる。このクヴィーヒェスプラックが牢獄
に入れられるまでの獅子と飲み物のエピソードはフェロー語の『クヴィチルス
プラング』ではどのヴァージョンにも見られない。

　この、クヴィーヒェスプラックがイルクロンへ到着してから獄に捕らわれる
までの経緯に関し、ここで記したフェロー語作品には見られない要素が存在す

る点については、既に Kölbing（1875）によって指摘されている（Kölbing 1875: 401）。ただし、Kölbing（1875）はフェロー語作品については B ヴァージョンしか念頭に置いておらず、Kölbing（1875）はあくまでフェロー語 B ヴァージョンとノルウェー語作品のみの比較を行う形となっている。さらに、Liestøl（1915）は、Kölbing（1875: 401）の指摘を引用した上で、Kölbing（1875: 401）では未指摘であった点を一点付け加えている（Liestøl 1915: 169-171）。それは、ノルウェー語作品ではフェロー語作品とは異なり、獄に入れられたクヴィーヒェスプラックのもとへ、イルクロン王女が飲食を持ってゆくという点である（Liestøl 1915: 171）。実際、このエピソードもフェロー語作品ではどのヴァージョンにも存在しない、それどころか、C ヴァージョンでは、ジシュトラントの者達は、「獄へは食事も飲み物も持って行かさなかった（hvørki læt til lagar føra / matin ella drekka.）（C、Ⅱ、第 10 スタンザ 3-4 行、234 頁）」という記述すらある。ただし、ここで Liestøl（1915）は、ノルウェー語作品の Landstad 版にはこの要素が見られない点も指摘している（Liestøl 1915: 171）。なお、Liestøl（1915）の当時には、ノルウェー語の『クヴィーヒェスプラック』については、まだ Bø = Solheim 版は刊行されておらず、Liestøl（1915）では、この「獄に入れられたクヴィーヒェスプラックのもとへ、イルクロン王女が飲食を持ってゆく」というエピソードについては、いくつもの手稿版に確認できる旨が記されているが、（Liestøl 1915: 171）、後に刊行されたこの作品の Bø = Solheim 版のテクストでは、救援のためにイルクロンに到着し、獄にまでやってきたイーヴェンに対してクヴィーヒェスプラックが語る台詞の中で、乙女のローサムンが自分のもとへ食事を持ってきてくれたことを伝えている（第 60 スタンザ、77 頁）。

14　この箇所については、フェロー語作品の B ヴァージョンとノルウェー語作品の間の相違に限っては、Kölbing（1875）においても触れられており、フェロー語作品 B ヴァージョンでは、ジシュトラント王女ロウスィンレイが父王に、クヴィチルスプラングを解放するよう直訴するも、認められないとウィヴィントを呼びにやるのに対し、ノルウェー語作品ではクヴィーヒェスプラック自らが自分の小姓をイーヴェンのもとへ遣わす旨が記されている Kölbing（1875: 401）。しかし、Kölbing（1875）ではこの箇所に関し、フェロー語作品

の３ヴァージョン間の比較はなされていない。

15　詳しくはこの後の本文で引用している箇所であるが、Landstad の版では、アイヴィン（Eivind。Bø = Solheim 版のイーヴェン（Iven）に対応）がユトラン（Jutland。Bø = Solheim 版のイルクロン（Girklond）に対応。また、本章の註9を参照）到着後、王に対し、クヴィーヒスプラック（Bø = Solheim 版のクヴィーヒスプラック）がもう 20 日間獄に入っていて、彼の馬がユトラン内を走り回って、誰も手がつけられない（との話を聞いている）旨を伝えると（Landstad 版では、この部分は、「アイヴィンがユトラン到着後に王から、クヴィーヒスプラックがもう 20 日間獄に入っており、彼の馬がユトラン内を走り回って、誰も手がつけられない旨を聞かされると」との解釈も可能。詳しくはこの後の註 17 を参照）、アイヴィンはユトラン王との一騎打ちの末、王を斃す。その後、アイヴィンに命乞いをした王の小姓を、自分の剣を傷めたくないアイヴィンが拳で殴り殺す点は Bø = Solheim の版と変わらない（Landstad (ed.) *Kvikkisprak Hermoðson*（第一章の註7を参照）、第 42-54 スタンザ、153-155 頁）。

16　ノルウェー語バラッドの Bø = Solheim 版では、この折、イーヴェンがイルクロンへやってきた様子をイルクロン王は窓から見る形になる（第 49 スタンザ）。しかし、Landstad 版では、クヴィーヒスプラックがやってきた時と同様、イーヴェンがイルクロンへやってきたのを窓から見るのが、イルクロン王女になっている（第 40 スタンザ）。フェロー語作品ではどのヴァージョンにおいても、ウィヴィントが、クヴィチルスプラングがジシュトラントで捕らわれの身になっているのを聞いて駆けつけるのを、ジシュトラント王であろうが王女であろうが、ジシュトラント側の人間が見て確認する様子は描かれていない。

17　イーヴェンの発言として記した、引用（27）における第 53・54 の 2 スタンザにわたる台詞であるが、実際、Bø=Solheim の版では、引用（27）に記したように、第 53 スタンザの台詞の冒頭部分には括弧（«）があるが、末尾部分には括弧閉じ（»）はなく、次の第 54 スタンザで記された台詞については、冒頭部分に括弧（«）がなく、末尾部分には括弧閉じ（»）が記されており、第 53・54 両スタンザの台詞が一人の人物による連続した発言として扱われている。

そして、第53スタンザには、「私は自分の兄弟を探しにイルクロンへやって来たのだ（men eg er komen til Girklondo / å sjå etter bro'eren min.）」とあり、明らかにイーヴェンの発言と解釈されることから、この版では、第53・54両スタンザにわたる台詞は、すべてイーヴェンの発言とされていることになる。

　このうち、第54スタンザの内容について言えば、確かに、イーヴェンは先に、クヴィーヒェスプラックの救援のために彼のもとを訪れた小姓から、

Han hev seti i myrkestoga / vel uti tjuge dagar, / hass gangaren spring i Girklondo, / der tore han ingjen taka.
彼はもう20日も獄に入っていて、彼の馬がイルクロン内を走り回り、誰も手がつけられないのでございます。（第44スタンザ、75頁）

と、第54スタンザの原文と全く同じ表現を用いた台詞で、クヴィーヒェスプラックが置かれた状況を知らされていることから、この版では、第54スタンザにおける台詞は、イーヴェンが、クヴィーヒェスプラック置かれた境遇について自ら聞き知った内容を挙げて抗議している発言と解釈されていることになる。

　ただ、この第54スタンザの台詞については、Liestøl（1915: 170）は異なった解釈を示している。Liestølは、『クヴィーヒェスプラック』の梗概を述べているところで、この部分について、Jutlandskongen stend ute for han og byd han velkomen; men Eivind bryr seg ikkje um det, berre spør etter broren. Kongen fortel daa at Kvikjesprakk sit i myrkestova, og at hesten hans spring laus i Jutland og ingen torer taka han.（ユトラン王は表に立っていて彼（イーヴェン）を歓迎する。しかし、アイヴィン（イーヴェン）はそのことには気を払わず、ただ、弟のことを尋ねる。王は、クヴィーヒェスプラックは獄におり、彼の馬がユトラン中を走り回って誰も手が付けられない旨を話す）と記しているのである（Liestøl 1915: 170）。この、Liestølの記述どおりの内容になるためには、上記の第53スタンザに記された台詞はイーヴェンの発言と解釈しなければならないが、第54スタンザの台詞はユトラン（イルクロン）王がアイヴィンに対し、クヴィーヒスプラックの現状を知らせている発言と解

釈しなければならなくなる。

　この Liestøl（1915）の段階では、本作の Bø=Solheim の版はまだ刊行され
ておらず、Liestøl は、既に刊行されていた Landstad 版の他、本作の手稿版も
何点か参照した旨を記しているが（Liestøl 1915: 171）、Landstad 版では、人
物の台詞部分の前後に括弧および括弧閉じを付すことによって、当該部分が人
物の台詞であることを示す、という形は採られておらず、問題の部分が人物の
台詞であることを示す手法としては、１スタンザの４行のうち、前半の２行が
地の文で、後半の２行が台詞であるといった場合に、台詞部分が始まる直前の
位置にあたる、２行目の地の文の末尾にコロン（：）を付すという形が採られ
ているのみである（例：第２スタンザ、146頁。また、この点は『エルニング
の息子イーヴェン』の Landstad 版も同様である：第１スタンザ（157頁）な
ど）。

　実際、Bø=Solheim の版の第53・54スタンザに記された台詞に対応する内
容は、Landstad 版ではそれぞれ第44・45スタンザで記されているが、

Eg er inki um din brune mjöð, / eg er inki um din vin, / men eg er meire
um broðir min / han sender fast boð etter meg.
私はそなたの茶色の蜂蜜酒やそなたのワインなど、どうでも良いのだ。私が
もっと気になっているのは自分の兄弟のことだ。彼は私宛にはっきりとした伝
言を送ってきたのだ。（第44スタンザ、153頁）

Kvikisprakk hev setið i myrkestoga / vel i tjúge dagar, / hans gangar
springe i Jutland / der tor en slet ingin taka.
クヴィーヒスプラックはもう20日間獄に入っていて、彼の馬がユトラン内を
走り回っており、まだ誰一人として手がつけることができないのだ。（第45ス
タンザ、153頁）

と記されており、いずれのスタンザについても Bø=Solheim の版の第53・54ス
タンザと同様、各スタンザの４行全体が人物の台詞に充てられている形で、そ
の内容が人物の台詞であることをあらわす記号等は一切付されていない。

Landstad 版でも、Bø=Solheim の版と同様、アイヴィン（イーヴェン）は先に、クヴィーヒスプラックの救援のために彼のもとを訪れた小姓から、

Kvikisprakk hev setið i myrkestoga / vel uti tjúge dagar, / hans gangar springe uti Jutland / der tor honom ingin taka.
彼はもう20日も獄に入っていて、彼の馬がユトラン中へと走り回り、誰も手がつけられないのでございます。（第36スタンザ、152頁）

と、第45スタンザの原文とほぼ同じ表現を用いた台詞で、クヴィーヒスプラックが置かれた状況を知らされているが、Liestøl は、Landstad 版の第44スタンザ（Bø=Solheim の版の第53スタンザ）に記された台詞はイーヴェンの発言と解釈している一方、第45スタンザ（Bø=Solheim の版の第54スタンザ）の台詞はユトラン（イルクロン）王がアイヴィンに対し、クヴィーヒスプラックの現状を知らせている発言と解釈していることになる（Liestøl 1915: 170）。

第四章
第Ⅲバラッド『ウィヴィントのバラッド』

4. 第Ⅲバラッド『ウィヴィントのバラッド』（*Ívints táttur*）

　この、フェロー語のバラッド・サイクル A ヴァージョンにおける第Ⅲバラッド『ウィヴィントのバラッド』で描かれる物語内容は、BC 両ヴァージョンには含まれておらず、同じ題材を扱ったノルウェー語バラッドも遺されていない。この、フェロー語サイクルの A ヴァージョンのみに含まれるエピソードを扱った『ウィヴィントのバラッド』は、このバラッド・サイクルに後から付け加えられたものと考えられているが（Liestøl 1915: 169）、本章では、この『ウィヴィントのバラッド』の物語内容、および、A ヴァージョンにはこの内容が含まれていることで、A ヴァージョンのバラッド・サイクル全体としての物語にどのような効果が生まれているかについて、簡単に確認しておきたい。

　なお、ここで、再度、本章で扱う第Ⅲバラッド『ウィヴィントのバラッド』の物語について確認しておきたい。『ウィヴィントのバラッド』の物語は次のとおりである。

4.1. 第Ⅲバラッド『ウィヴィントのバラッド』の梗概

　ウィヴィント（Ívint）の弟ブランドゥル（Brandur hin víðførli。第Ⅱバラッドではヴィーフェール（Víðferð）の名で紹介されたヘリントの次男と同一人物か？）が「異教徒の（heiðin）森」へと冒険に出かけ、一人の巨人を斃し、次にその息子も斃すが、毒が仕込まれていた泉に落ちて落命する。それを知っ

た兄のウィヴィントは、泉に毒を仕込んだと思しき者達（具体的にはその地域に住む巨人ら）に仇討ちをするべく、異教徒の森への冒険に出かけるが、森へ行く前に彼は、まずハシュタン王のもとへ赴き、事情を説明する。それからウィヴィントは異教徒の森へと向かい、ハシュタン王は三日間ウィヴィントに同行する。その後、一旦ウィヴィントは一人になる。巨人達はウィヴィントが近付いてくるのを目にする。レーイン（Regin）という名の巨人はウィヴィントに立ち向かうが、ウィヴィントに斃され、レーインの母は悲しむ。ウィヴィントは巨人の住処へと向かい、レーインの母を殺す。ウィヴィントは帰途に就くが、道中ハシュタン王と会い、王と別れてからの冒険の一部始終を話す。ハシュタンはウィヴィントに、一緒に宮廷へ戻るよう促す。

4.2. Aヴァージョンにおける第Ⅲバラッド『ウィヴィントのバラッド』の存在意義

この第Ⅲバラッドの『ウィヴィントのバラッド』がAヴァージョンにしか存在しない点は、バラッド・サイクル全体としての物語にも関わる大きな相違であるが、特に登場人物の人物像で、この『ウィヴィントのバラッド』が存在することによって大きな影響を受けるのは、主人公ウィヴィントのケースである。

この『ウィヴィントのバラッド』ではウィヴィントが主人公となり、彼がその武力を自分の兄弟であるブランドゥルの仇討ちのために用いる様が描かれている。第Ⅱバラッドの『クヴィチルスプラング』でも、ウィヴィントは捕らわれの身となった兄弟のクヴィチルスプラングを救出し、彼を拘禁していた敵を斃すという活躍を見せているが、第一章でも確認したように、作品後半ではウィヴィントは、後にゲァリアンの母となる未亡人に肉体関係を強要するといった問題を起こし、病床に伏して物語の表舞台から姿を消してからは、未亡人に生ませた息子ゲァリアンに物語の主人公の座を奪われ、さらに、バラッド・サイクルの末尾近くに位置する一騎打ちでは、息子ゲァリアンの敵となり、一騎打ちの後では、かつてゲァリアンを孕ませて捨てた未亡人（ゲァリア

ンの母）を娶るよう、ゲァリアンから命じられ、それに屈せざるを得なくなる
など、作中で好意的に扱われているとは言えないエピソードが続く。

　それだけに、Aヴァージョンではウィヴィントによるブランドゥルの仇討
ちの冒険をめぐるエピソードが存在することで、少なくとも結果的には、ウィ
ヴィントが主人公として活躍し、好意的に扱われているエピソードが増え、こ
のことは、ウィヴィントが作品受容者に与える印象が良くなることにつながっ
ていると言えるだろう。

　そこで次章では、バラッド・サイクル『ヘリントの息子ウィヴィント』の中
で、この第Ⅲバラッドの後に位置する第Ⅳバラッドの『ゲァリアンのバラッド
第一部』（Galians táttur fyrri）と第Ⅴバラッドの『ゲァリアンのバラッド　第
二部』（Galians táttur seinni）を取り上げたい。既述のように、この第Ⅳ・第
Ⅴの両サブ・バラッドからなる部分については、第Ⅱバラッド『クヴィチルス
プラング』と同様に、同じ題材を扱ったノルウェー語バラッドが存在する。
『エルニングの息子イーヴェン』（Iven Erningsson）と呼ばれる作品であり、
次章では、先の第Ⅱバラッド『クヴィチルスプラング』のケースと同様、まず
フェロー語作品のABC3ヴァージョン間で比較を行い、異同の見られた箇所
については、ノルウェー語バラッド『エルニングの息子イーヴェン』の該当箇
所とも比較を行いたい。なお、ここまでは一章につき一つのサブ・バラッドを
扱ってきたが、次章では第Ⅳ・第Ⅴという二つのサブ・バラッドをまとめて取
り上げたい。また、その理由は次章の中で述べさせていただきたい。

第五章　第Ⅳバラッド『ゲァリアンの バラッド 第一部』・第Ⅴバラッド 『ゲァリアンのバラッド 第二部』の ３ヴァージョン、およびノルウェー語 バラッド『エルニングの息子イーヴェン』

5. 第Ⅳバラッド『ゲァリアンのバラッド 第一部』 (*Galians táttur fyrri*)・第Ⅴバラッド 『ゲァリアンのバラッド 第二部』 (*Galians táttur seinni*)

　本章では、バラッド・サイクル『ヘリントの息子ウィヴィント』の後半に位置する、第Ⅳバラッド『ゲァリアンのバラッド 第一部』と第Ⅴバラッド『ゲァリアンのバラッド 第二部』を取り上げたい。

　なお、ここまでは各章ごとに一つのサブ・バラッドを扱ってきたが、ここでは第Ⅳバラッドと第Ⅴバラッドをまとめて取り上げたい。と言うのも、この第Ⅳバラッドと第Ⅴバラッドはともに『ゲァリアンのバラッド (*Galians táttur*)』と呼ばれているのに加え、本バラッド・サイクルの物語において、先行研究で指摘されているアーサー王物語のモチーフの痕跡の多くが、この第Ⅳ・第Ⅴバラッドに見られるものであり、また、この二つのサブ・バラッドで伝えられる部分については、この２バラッド分の内容と同じ題材を扱ったノルウェー語バラッド作品（『エルニングの息子イーヴェン』(*Iven Erningsson*)と呼ばれる）が存在し、さらに Liestøl (1915: 181-188) では、この二つのサブ・バラッドで伝えられる部分の物語については、アーサー王伝説に題材を取った、現存しないアイスランドのサガ作品（ただし、外国語作品の忠実な翻案ではな

123

くそれらの諸要素を用いて独自に創られた作品）に基づくものである可能性が指摘されているからである。

　そこで本章では、あくまでフェロー語作品の方を中心的に扱い、フェロー語のバラッド・サイクル『ヘリントの息子ウィヴィント』の第Ⅳバラッド『ゲァリアンのバラッド 第一部』と第Ⅴバラッド『ゲァリアンのバラッド 第二部』について、3ヴァージョン間の比較を行い、異同が明らかになった箇所については、このフェロー語作品の第Ⅳ・第Ⅴバラッドからなる部分と共通の題材を扱ったノルウェー語バラッド『エルニングの息子イーヴェン』の該当箇所とも比較を行い、個々の異同箇所に関し、フェロー語作品の個々のヴァージョン、およびノルウェー語作品で伝えられる形が、この物語の伝承過程において占める位置を少しでも明らかにすることを目指したい。（なお、本章では以下、煩雑さを避けるため、第Ⅳバラッド『ゲァリアンのバラッド 第一部』は『ゲァリアン 第一部』、第Ⅴバラッド『ゲァリアンのバラッド 第二部』は『ゲァリアン 第二部』と称する。）

5. 1. 第Ⅳバラッド『ゲァリアン 第一部』および第Ⅴバラッド 『ゲァリアン 第二部』の物語

Ⅳ.『ゲァリアン 第一部』（*Galians táttur fyrri*）（100スタンザ）

　ハシュタン王の城市を野生の鹿が走り回っているとの情報が王の宮廷に寄せられる。鹿狩りが行われ、ウィヴィントも参加する。鹿は捕まえられず、その晩、ウィヴィントはある裕福な未亡人の館で宿を取るが、未亡人の意に反して未亡人と肉体関係を持つ。未亡人は子どもを宿す。翌朝、王宮へ戻りたいと考えるウィヴィントは、「いつ帰って来るのか」との未亡人の問いには、「自分が帰って来ることを期待するな」と答え、ウィヴィントは出発する。裏切られたと思った未亡人は毒の入った飲み物をウィヴィントに飲ませ、ウィヴィントを長期間病床に置くことで復讐しようとする。ウィヴィントはハシュタン王の宮

廷に着く頃には発病しており、宮殿の上階の部屋で病床に伏す。九ヶ月後、未亡人は男児を出産。男児は母親のもとで育ち、武勇に優れた若者へと成長するが、ふとした機会に自分の父のことを耳にし、母から詳細を聞き出すと、「もしそなたが父に危害を加えたのであれば、すぐに死んでもらう」と、母に対し剣を抜いて身構えるが、母から、「自分の母親を殺すとは狂った（galin）人間だ」と言われると、男児は自分がゲァリアン（Galian）という名で呼ばれることを求める。ゲァリアンは母から父ウィヴィントの病を癒す飲み物を渡され、ハシュタン王の宮廷へ向かう。母からは、苦境に陥ったら母を思い出すように言われる。ウィヴィントとよく似た男が城市に向かっているとの情報がハシュタン王の宮廷にもたらされると、レイウル（Reyður）という名の騎士がその男に立ち向かうことになる。ハシュタン王の宮廷までやって来たゲァリアンは、レイウルと一騎打ちをすることになり、ゲァリアンはレイウルを斃す。宮殿でゲァリアンは病床のウィヴィントに面会し、母からもらってきた飲み物を飲ませると、ウィヴィントは快癒し、周囲は喜ぶ。

Ⅴ.『ゲァリアンのバラッド 第二部』（*Galians táttur seinni*）（60スタンザ）

　ハシュタン王は毎年クリスマスに、「北の入江（Botnar norður）」と呼ばれる場所に臣下を派遣する習慣があった。「お前はまだ若すぎる」とのハシュタン王の制止を振り切り、ゲァリアンは「北の入江」へ向かい、多くの怪物を捕らえる。彼はある巨人が多くの勇士達を捕らえているのを目にし、巨人を斃す。ゲァリアンが巨人の住む洞穴（ほらあな）へ行くと、ある美しい乙女が座っている。彼はその乙女を連れてゆく。ゲァリアンは龍が飛んでいるのを目にし、龍に向かってゆく。彼は一旦、馬もろとも龍に飲み込まれるが、剣で自らを解放する。ゲァリアンは大量の血にまみれ、地面に横たわるが、心の中で母に助けを求めると、母が飲み物を持って現れる。それを飲み、体力を取り戻したゲァリアンは、かの乙女を連れてハシュタン王のもとへ向かう。ウィヴィントとよく似た男が城市に向かっているとの情報がハシュタン王の宮廷にもたらされる

と、他ならぬウィヴィントがその男と戦うことになる。ゲァリアンが宮廷まで
やって来ると、その前には彼を息子ゲァリアンだとわからないウィヴィントが
おり、ウィヴィントはゲァリアンが連れてきた乙女をめぐり、ゲァリアンとの
一騎打ちを求める。ゲァリアンは相手が自らの父だとわかり、当初ゲァリアン
は本気を出さずに戦うが、ウィヴィントから「『北の入江』から怯えて帰って
来て、剣で切り付ける勇気がないのではないか」と言われ、ゲァリアンは本気
を出す。しかし、やがてゲァリアンは剣を鞘にしまい、「自分の父を殺そうと
するのは狂人だ」と言って自らの正体を明かす。両者とも武器を壊し、ゲァリ
アンは父ウィヴィントに、かつて自分を孕ませて程なく捨てた母と結婚するよ
う命じる。ウィヴィントはゲァリアンの母を娶り、ゲァリアンは「北の入江」
から連れてきた乙女と結ばれる。

以上が、フェロー語バラッド『ヘリントの息子ウィヴィント』の第Ⅳ・第Ⅴバ
ラッドの物語である。なお、既述のように、フェロー語の『ヘリントの息子ウィ
ヴィント』の第Ⅳ・第Ⅴ両バラッドで伝えられる部分については、この2バラッ
ド分の内容と同じ題材を扱ったノルウェー語バラッドの『エルニングの息子
イーヴェン』が存在し、第一章でも記したように、ノルウェー語バラッド『エ
ルニングの息子イーヴェン』では、フェロー語作品『ヘリントの息子ウィヴィ
ント』の第Ⅳバラッドに該当する内容は、ほぼ完全な形で伝えられているが、
その後に続く、フェロー語の第Ⅴバラッドに該当する部分に関しては、ガリテ
（Galite。フェロー語作品のゲァリアン（Galian）に該当）の「怪物の入江
（Trollebotn）」への冒険（ゲァリアンの「北の入江（Botnar norður）」への冒
険に該当するものと思われる）をめぐるエピソードが7スタンザほどの断片の
み伝えられ、その後は、フェロー語作品第Ⅴバラッドのクライマックスにおけ
るゲァリアンとウィヴィント（ノルウェー語作品ではガリテとイーヴェン）の
一騎打ちを描いた部分が遺されている形である。なお、フェロー語の『ヘリン
トの息子ウィヴィント』の第Ⅳ・第Ⅴバラッドでは、アーサー王のことと思わ
れるハシュタン王が登場するが、ノルウェー語の『エルニングの息子イーヴェ

ン』ではハシュタン王は登場せず、代わりに名前は記されないデンマーク王が
該当する役割を果たしている。

5. 2.『ゲァリアン 第一部』、および『ゲァリアン 第二部』の
　　　３ヴァージョン間の相違をめぐる先行研究での指摘

　この第Ⅳバラッド『ゲァリアン 第一部』と第Ⅴバラッド『ゲァリアン 第二部』
のフェロー語３ヴァージョン間の相違に関しては、先行研究では第Ⅳバラッド
『ゲァリアン 第一部』に関わる指摘はないが、第Ⅴバラッド『ゲァリアン 第
二部』に関しては、Liestøl（1915）によって以下の三点が指摘されており、一
点目についてはノルウェー語バラッドの該当箇所との比較まで行われている：

1.『ゲァリアン 第二部』の冒頭、AB 両ヴァージョンでは、ハシュタン（Hartan）
王が毎年クリスマスの夜に、臣下を一人「北の入江」へ行かせる習慣があった
ことが地の文で記されると [1]、ゲァリアンが自ら「北の入江」行きを希望する [2]。
C ヴァージョンでもハシュタン王の上記の習慣をめぐる記述はあるが [3]、ゲァ
リアンが「北の入江」行きを申し出る [4] 直前に、「北の入江」の巨人から、客
となる人間をハシュタン王のもとから連れて行くとの知らせが届いたことが、
地の文で記される [5]。この点について、『ゲァリアン 第一部』および『同 第二部』
にあたる内容が扱われている、ノルウェー語バラッド『エルニングの息子イー
ヴェン』の該当箇所では、王の習慣に関する記述はないが（ノルウェー語作品
ではアーサー王は登場せず、名前の登場しないデンマーク王が代役を果たして
いる）、小姓がやって来て、巨人が税を要求していることを告げると [6]、ガリ
テ（Galite。フェロー語作品のゲァリアン（Galian）に該当）は自らが「怪物
の入江」（Trollebotn。フェロー語作品の「北の入江」（Botnar norður）に該当）
へ赴いて怪物を斃すと表明する [7]。この点で、Liestøl は、AB 両ヴァージョン
と比べ、C ヴァージョンが最もノルウェー語の『エルニングの息子イーヴェン』
と内容が近く、AB 両ヴァージョンとノルウェー語作品の中間形態と言えると
指摘している [8]。

2.『ゲァリアン 第二部』で、ゲァリアンが殺した巨人の母について、A ヴァージョンでは「邪悪な母親のドゥーン」（vánda móðir Dun）、C ヴァージョンでは「怪物女、母親のドゥーン」（flagda, móðir Dun）とあるが、B ヴァージョンでは「麗しき巨人の母」（fagra risans móðir）と、fagra（「麗しい」の意。形容詞 fagur が語尾変化した形）との形容がなされている[9]。

3. ゲァリアンが巨人の住む洞穴（ほらあな）へ行くと、そこにはある美しい乙女がいるが、ゲァリアンがその広間へ向かう際、C ヴァージョンには、

(1) »Tó skal eg í hellið inn, / antin har eru folk ella troll.«
「そこに人間がいようと怪物がいようと私は洞穴の中へ行く。」（C、Ⅲ-Ⅲ[10]、第 93 スタンザ 3-4 行、240 頁）

とのゲァリアンの台詞（独白）がある[11]。

以上がフェロー語バラッド・サイクル『ヘリントの息子ウィヴィント』の 3 ヴァージョン間の異同として Liestøl（1915）が取り上げている箇所のうち、『ゲァリアン 第二部』に関わるものである。しかし、『ゲァリアン 第二部』の 3 ヴァージョン間には他にも異同箇所は見られ、Liestøl（1915）が指摘している箇所のない『ゲァリアン 第一部』においても 3 ヴァージョン間の異同は見受けられる。また、Liestøl（1915）は、このフェロー語作品の第Ⅳ・第Ⅴ両バラッドで伝えられる部分におけるフェロー語作品 3 ヴァージョン間の相違に関しては、上記の『ゲァリアン 第二部』に見られるヴァージョン間の異同箇所の 1 として挙げた点を除き、題材の共通するノルウェー語作品との比較までは行っていない。

　そこで、以下ではフェロー語バラッド・サイクル『ヘリントの息子ウィヴィント』の第Ⅳバラッド『ゲァリアン 第一部』、および第Ⅴバラッド『ゲァリア

ン 第二部』の内容について、第Ⅱバラッド『クヴィチルスプラング』のケースと同様に、フェロー語作品の３ヴァージョン間の比較を行い、同時に個々の異同箇所については、同じ題材を扱ったノルウェー語バラッド『エルニングの息子イーヴェン』の該当箇所との比較も行いたい。

5.3.『ゲァリアン 第一部』および『ゲァリアン 第二部』の ３ヴァージョン間に見られる異同と ノルウェー語バラッド『エルニングの息子イーヴェン』

5.3.1. 鹿狩りの際に指示を与える人物

まず一点目として取り上げるのは、第Ⅳバラッド『ゲァリアン 第一部』の冒頭の場面であるが、ハシュタン王の城市を一頭の野生の鹿が走り回っていることが王の宮廷に伝えられると、BC 両ヴァージョンではハシュタン王がそれに応じ[12]、

(2) »Tær skuluð hindina við hondum taka, / ikki við hundum beita.«
「そなたらはその鹿を手で捕まえるのだ。決して犬に噛ませるのではないぞ。」（B、Ⅲ、第４スタンザ3-4行、223頁）

(3) »Vær skulum hindina við hondum taka / ei við mongum bondum.«
「我々はその鹿を手で捕まえるのだ。決して何本も紐を使ったりしてはいかんぞ。」（C、Ⅲ－Ⅰ、第６スタンザ3-4行、236頁）

と注意を与えるが、A ヴァージョンではこの箇所は、

(4) Svaraði Ívint Herintsson, / við alskyns mekt og prýði: / »Vit skulu hind á hondum taka, / og ikki við vargum ríva.«
あらゆる力と誉れを持つヘリントの息子ウィヴィントは答えた、「我々はその鹿を手で捕まえるのだ。決して狼に噛ませたりするのではないぞ。」

（A、Ⅳ、第6スタンザ、211頁）

と、鹿を捕まえる際の注意を与えるのがウィヴィントになっている。この相違によって、A ヴァージョンでは他ヴァージョンに比べ、ウィヴィントがより責任ある立場にあるとの印象を与えよう。

　一方、ノルウェー語バラッドの『エルニングの息子イーヴェン』のケースであるが、第一章でも述べたように、現存の版で伝えられるノルウェー語バラッド『エルニングの息子イーヴェン』の内容は、フェロー語バラッド A ヴァージョンの第Ⅳバラッドの物語が描かれた後、ガリテ（Galite。フェロー語バラッドのゲァリアン（Galian）に対応）による「怪物の入江」（Trollebotn）への冒険（フェロー語作品でのゲァリアンによる「北の入江」（Botnar norður）への冒険に該当すると思われる）をめぐるエピソードが7スタンザほどの断片のみ伝えられ、その後、フェロー語第Ⅴバラッドのクライマックスにおけるゲァリアンとウィヴィントの一騎打ちに対応するガリテとイーヴェンの一騎打ちを描いた部分が存在するというものである。

　しかし、ここで取り上げた、鹿狩りの際の注意を与える人物をめぐる相違については、ノルウェー語バラッド『エルニングの息子イーヴェン』では、フェロー語作品で野生の鹿の存在が宮廷に伝えられ、鹿狩りが行われる場面に該当する部分は記されておらず、夜になってイーヴェンが、供の者達にその日の宿について話すところから描写が始まっているため、フェロー語作品で特定の人物が鹿狩りの際の注意を与える場面に該当する箇所はない。

5.3.2. 未亡人がウィヴィントに復讐する際の飲み物の使用の有無

　次は、先に取り上げた場面に続いて鹿狩りが行われた後に描かれるエピソードに関わる点である。フェロー語作品 A ヴァージョンの第Ⅳバラッドでは、バラッド冒頭で鹿狩りが行われたその日の晩、ウィヴィントはある未亡人のもとで彼女と一夜を共にし、翌朝、彼は未亡人の意に反して彼女のもとを旅立つが、その際、AB 両ヴァージョンでは以下の引用（5）、（6）のように、いずれも未亡人はウィヴィントに飲み物を飲むように言い、それを飲んだウィヴィン

トはハシュタン王の宮廷へ戻った後、病床に伏すことになる：

(5) bar so inn fyri Ívint sterka / bað hann drekka til sín.

（未亡人は）剛きウィヴィントのもとへ（飲み物を）持って行き、彼に飲むよう求めた。（A、Ⅳ、第34スタンザ 3-4行、212頁）

Tá ið Ívint Herintsson / drukkið hevði á, / allur hansara fagri litur / burt úr kinnum brá.

ヘリントの息子ウィヴィントはそれを飲むと、彼の頬からは美しい色が皆消えてしまった。（A、Ⅳ、第35スタンザ、212頁）

(6) Hon bar honum reglur tvær / alt fyri uttan ekka: / »Hoyr tað, Ívint Herintsson, / tú skalt av báðum drekka!«

彼女は何の憂慮もなく彼のもとへと二本の瓶を持って行った。「さあ、ヘリントの息子ウィヴィントよ、両方を飲むのです。」（B、Ⅲ、第27スタンザ、225頁）

Hann drakk av teim reglum tveimum, / tað var mikil villa, / tá ið hann kom á borgararm, / tá tók hans hold at spilla.

彼（ウィヴィント）はその二本の瓶から飲んだ。それは大きな誤りであった。彼が城の翼面に着くと、彼の皮膚は朽ち始めた。（B、Ⅲ、第29スタンザ、225頁）

Bヴァージョンでは以下の引用（7）のように、飲み物を渡す際、未亡人は不満と呪いの言葉を口にする：

(7) »Ívint, tú tókst við neyðum meg, / tað gekk mær við sprongd, / fyri tað ligg tú fimtan vetur / sjúkur á tíni song!

131

「ウィヴィント、そなたは無理やり私を抱きましたね。大層な苦しみでご
ざいました。そのためにそなたには15冬[13]の間、病床に伏せっていても
らいましょう。(B、Ⅲ、第24スタンザ、224頁)

Ívint, tú tókst við neyðum meg, / tungt mundi sorgin falla, / fyri tað ligg
tú fimtan vetur / aldur og ævi alla!
ウィヴィント、そなたは無理やり私を抱きましたね。大層悲しいことでし
た。そのためにそなたには15冬の間、ずっと伏せっていてもらいましょう。
(B、Ⅲ、第25スタンザ、225頁)

Ívint, tú tókst við neyðum meg, / tá gekk mær ímóti, / eingin komi tann
lekjarin, / sum tær kann ráða bót.«
ウィヴィント、そなたは無理やり私を抱きましたね。嫌なことでございま
した。そなたを救うことのできる医者は誰も来ませんよ。」(B、Ⅲ、第26
スタンザ、225頁)

しかし、Cヴァージョンではこの場面で飲み物は登場せず、未亡人から、

(8) Ívint, tú tókst *neyðuga[14] meg, / tá gekk mær við sprongd, / harfyri
skalt tú sjúkur liggja / fimtan vetur á song.
「[15]ウィヴィント、そなたは無理やり私を抱きましたね。大層な苦しみで
ございました。そのために、そなたには15冬の間、病床に伏せっていて
もらいましょう。(C、Ⅲ‐Ⅰ、第20スタンザ、236頁)

Ívint, tú tókst *neyðuga meg, / tá gekk mær við møði, / harfyri skalt tú
sjúkur liggja / eingin skal teg grøða.
ウィヴィント、そなたは無理やり私を抱きましたね。うんざりする思いで
したよ。そのためにそなたには、病床に伏せっていてもらいましょう。誰

もそなたを治せませんよ。(C、Ⅲ-Ⅰ、第21スタンザ、236頁)

Ívint, tú tókst neyð[u]¹⁶ga meg, / segði tann liljan snjalla, / Harfyri skalt
tú sjúkur liggja / aldur og ævir allar.«
ウィヴィント、そなたは無理やり私を抱きましたね」とかの抜け目ない女
は言った、「そのためにそなたには、ずっと病床に伏せっていてもらいま
しょう。」¹⁷(C、Ⅲ-Ⅰ、第22スタンザ、237頁)

と不満と呪いの言葉をかけられると次のスタンザで、

(9) Ívint reið fram allan dag, / slíkt var mikil villa, / tá ið hann kom í Artans
høll, / tá tók hans háls at spila.
ウィヴィントは終日馬を進めたが、そのようなことは大きな誤りであった。
彼はアシュタンの宮廷にやって来ると、彼の首は朽ち始めた。(C、Ⅲ-Ⅰ、
第23スタンザ、237頁)

とあり、この場面では飲み物は登場せず、未亡人の呪いの言葉が(あるいはそ
れに加えて、ウィヴィントが未亡人から呪いの言葉をかけられた状態で終日馬
を進めるという、体力を消耗する行動を取ったことも?)彼の病をもたらした
ことになる。
　以上がフェロー語バラッド3ヴァージョン間の相違であるが、ノルウェー語
バラッドでは未亡人はイーヴェンに、

(10) «Nå skò du Iven minnast det / at du meg tok med valde: / liggje skò
du i femten år / sjuk'e i sterke halde.
「さあイーヴェン、そなたは私を無理やり我がものとしたことをよく覚え
ておいてもらいましょう。15年間¹⁸病で大いに苦痛を味わってもらいま
す。(第12スタンザ、101頁)

No skò du Iven minnast det / at du meg naudige tok: / no skò du liggje i femten åri / sjuk'e i sterke sott.

さあイーヴェン、そなたは私を強引に我がものとしたことをよく覚えておいてもらいましょう。これから15年間重い病気でいてもらいます。(第13スタンザ、101頁)

Du skò liggje i femten åri / sjuk'e i sterke sott, / alli skò den lækjaren koma / som deg kan vinne bot.»

そなたには15年間重い病気でいてもらいます。決してそなたを治せる医者が来ることはありません。」(第14スタンザ、101頁)

と、呪いの言葉を発するものの、この場に毒性の飲み物は登場しない。この点についてはフェロー語のCヴァージョンと同様である。

5.3.3. 未亡人が男児を養育する過程

次に取り上げるのは、フェロー語作品の第Ⅳバラッド『ゲァリアン 第一部』において、ウィヴィントと一夜を共にして身籠った未亡人が、自ら出産した男児(後にゲァリアンと名乗る)を養育する過程の記述であるが、この部分については、フェロー語作品ではAヴァージョンの記述だけに、BC両ヴァージョンにはない特徴が見受けられる。と言うのも、未亡人の出産後[19]、BC両ヴァージョンでは、

(11) síðan bað hon presti bera, / Svein biður hon hann kalla.
　　それから彼女は(男児を)僧のもとへと連れて行くよう頼み、彼(男児)をスヴァイン[20]と名付けるよう頼んだ。(B、Ⅲ、第36スタンザ3-4行、225頁)

(12) síðan var hann presti borin, / hon kallaði hann dreingin djarvan.

それから、彼（男児）は僧のもとへと連れて行かれ、彼女は彼（男児）
を豪胆な戦士と呼んだ。（C、Ⅲ－Ⅱ、第34スタンザ3-4行、237頁）

と、男児が僧のもとへ連れて行かれ、母である未亡人が、男児が特定の名をつ
けられることを望む（あるいは特定の呼び方をする）ことを示す記述があり、

(13) meiri læt hon røkta hann / enn alt sítt gull í skrín.
　　 彼女は箱の中のすべての金よりも彼の面倒をよく見させた。（B、Ⅲ、第
　　 38スタンザ3-4行、225頁）

(14) meiri læt hon røkta hann / enn alt sítt gull í skrín.
　　 彼女は箱の中のすべての金よりも彼の面倒をよく見させた。（C、Ⅲ－Ⅱ、
　　 第35スタンザ3-4行、237頁）

と、未亡人による男児の養育姿勢をめぐる記述があり、その後、

(15) Hann veks upp hjá síni móður,
　　 彼は彼の母のもとで育ち、（B、Ⅲ、第40スタンザ1行、225頁）

(16) Hann vóks upp hjá síni móður,
　　 彼は彼の母のもとで育ち、（C、Ⅲ－Ⅱ、第39スタンザ1行、237頁）

と、男児が未亡人のもとで育ったことを示す記述が続くが、Ａヴァージョン
ではBC両ヴァージョンとは異なり、男児が生誕後に僧のもとへ連れて行かれ
たとの記述はなく、

(17) sjálv gav hon honum eiti gott, / og kallaði hann riddaran snjalla.
　　 彼女は自ら彼に善き名を与え、彼を有能な騎士と呼んだ。（A、Ⅳ、第44

スタンザ3-4行、212頁)

と、母である未亡人が自ら男児に特定の名を与えた（彼女が与えた具体的な名
は明示されない）とあり、この後、BC両ヴァージョンには存在した、「彼女
は箱の中のすべての金よりも彼（男児）の面倒をよく見させた」との記述はな
く、引用（17）の直後に、

(18) Hann veks upp hjá síni móður / innan for hallargátta,
　　彼は彼の母のもとで、屋内で育ち、(A、Ⅳ、第45スタンザ1-2行、213頁)

とあり、ここではBC両ヴァージョンで共通して述べられている、「彼（男児）
は彼の母のもとで育」ったという点に、「屋内で（innan for hallargátta）」と
いう条件が加えられている。そしてさらに（18）の引用の直後に、

(19) tað segði mær so mangur maður, / hon duldi hann, alt hon mátti.
　　多くの人が私に語ってくれたところでは、彼女はできる限り彼を隠した
　　とのことだ。(A、Ⅳ、第45スタンザ3-4行、213頁)

とある。この引用（19）の内容はBC両ヴァージョンにはない。これら引用の
(18)、(19) からは、Aヴァージョンでは未亡人が男児を育てる際に、彼を外
界と触れさせないよう気を使っている点が記されているのがわかる。これは
BC両ヴァージョンには見られない記述である。
　なお、この未亡人が男児を養育する過程については、ノルウェー語バラッド
では、未亡人による男児の出産[21]の直後に、

(20) Så lét ho til kyrkja bera, / sæle sonen sin, / ho kalla han Junkar
　　riddarson / etter sæle fa'eren sin.
　　それから彼女は彼女の愛息を教会へと連れて行かせ、彼女の愛父にちな

んで彼を騎士の息子ユンカーと名付けた。（第 26 スタンザ、103 頁）

と、先の引用（11）のフェロー語 B ヴァージョンに最も近い、「母が男児を僧
のもとへと連れて行かせ、彼女が男児に特定の名を付けた(フェロー語 B ヴァー
ジョンでは「付けるよう頼んだ」)」という内容が記されている他は、引用（13）・
（14）および（19）におけるフェロー語各ヴァージョンの記述に該当する、未
亡人による男児の養育姿勢の描写はなく、また、引用（15）・（16）の「彼（男
児）は彼の母のもとで育」ったとの BC 両ヴァージョンの地の文での記述、あ
るいはそれに「屋内で」との要素が加わった A ヴァージョンだけに見られる
記述のいずれについても、ノルウェー語作品では該当する箇所は見られない [22]。

5.3.4. ウィヴィントとゲァリアンとの一騎打ち

ここまで、フェロー語作品の第Ⅳバラッド『ゲァリアン 第一部』において、
3 ヴァージョン間で異同が見られた箇所のうち、主だったものについて、物語
上の順番に取り上げてきたが、以下では第Ⅴバラッド『ゲァリアン 第二部』
の中で、3 ヴァージョン間で相違が見られる箇所について、同様に主だったも
のを物語上の順番に取り上げてゆきたい。なお、この第Ⅴバラッド『ゲァリア
ン 第二部』において 3 ヴァージョン間で異同が見られる箇所については、本
章の 5.2. で記したように、既に三つの点が Liestøl（1915）によって指摘され
ており、その中でも、第Ⅴバラッド冒頭でゲァリアンが「北の入江」行きを希
望する箇所については、フェロー語作品では AB 両ヴァージョンと比べ、C
ヴァージョンが最もノルウェー語の『エルニングの息子イーヴェン』と内容が
近く、AB 両ヴァージョンとノルウェー語作品の中間形態と言えるとの指摘が
なされているが（Liestøl 1915: 184-186）、Liestøl（1915）が指摘している他の
二点については、いずれもノルウェー語バラッドでは該当する部分が遺されて
おらず、ノルウェー語作品のケースと比較を行うことはできない。

そこで、次に本章で取り上げるのは、第Ⅴバラッドのクライマックスとも言
えるゲァリアンとウィヴィントとの一騎打ちの場面である。ゲァリアンは「北
の入江」での冒険を終えると、巨人の住処から連れてきた乙女を伴ってハシュ

タン王の宮廷への帰途につくが、宮廷までやって来ると、その場で実父のウィヴィントから二人の間で決闘を行うことを求められ、ゲァリアン・ウィヴィント父子による一騎打ちが行われる。しかし、この場面の成り行きについては、結論から先に言えば、A ヴァージョンのみに BC 両ヴァージョンとの大きな相違が認められる。

　と言うのも、二人による一騎打ちが行われる際、A ヴァージョンではウィヴィントは目の前にいるのが息子のゲァリアンだとは分からず、ゲァリアンに対し、彼が「北の入江」から連れてきた乙女をめぐって戦うことを要求する[23]。しかし、BC 両ヴァージョンでは、それぞれウィヴィントがゲァリアンに対し、自分との一騎打ちを求める際、

(21)　»Hoyr tað, Galian riddarin, / vær skulum um moynna stríða.«
　　　「おい、騎士のゲァリアンよ、我々はその乙女をめぐって一騎打ちをするのだ。」（B、Ⅲ、第 105 スタンザ、229頁）

(22)　»Hoyr tað, Galiant, kempan reyst, / vit skulu ímóti stríða.«
　　　「おい、ゲァリアント、勇敢な戦士よ、我々は一騎打ちをするのだ。」（C、Ⅲ－Ⅲ、第 109 スタンザ 3-4行、241頁）

と、目の前の相手に「ゲァリアン（Galian）／ ゲァリアント（Galiant）」と呼びかけており、ウィヴィントが相手を自分の息子だと認識した上で自分と一騎打ちをするよう求めていることになる[24]。A ヴァージョンでは一騎打ちの前に、ウィヴィントによるそのような呼びかけはなく、ウィヴィントはあくまで目の前の騎士が息子のゲァリアンとはわからない状態で、ゲァリアンに自分との一騎打ちを求める形となっている。

　もっとも、実際に一騎打ちが行われた後には、

(23)　»Gud fyriláti tær, sonur mín, / hví duldi tú teg so leingi?«

138

「神がそなたをお赦しくださるよう、我が息子よ。なぜそんなに長いこと
黙っていたのだ。」（A、Ⅳ、第 48 スタンザ 3-4 行、218 頁）

(24) »Gud fyrigevi tær, sonur mín, / tú duldi teg so leingi.«
「神がそなたをお赦しくださるよう、我が息子よ、そんなに長いこと黙っ
ていて。」（B、Ⅲ、第 110 スタンザ 3-4 行、229 頁）

(25) »Gud forláti tær, sonur mín, / tú duldi teg so leingi.«
「神がそなたをお赦しくださるよう、我が息子よ、そんなに長いこと黙っ
ていて。」（C、Ⅲ－Ⅲ、第 116 スタンザ 3-4 行、241 頁）

と、ウィヴィントが相手をゲリアンだと知らずに一騎打ちを求めた A ヴァー
ジョンのみならず、相手に「ゲリアン／ゲリアント」と呼びかけた上で一
騎打ちを求めた BC 両ヴァージョンにおいても、ウィヴィントがゲリアンに
対し、ゲリアンが早く正体を明かさなかったことを責める発言があり、BC
両ヴァージョンにおいては先に、ウィヴィントが相手に「ゲリアン／ゲリ
アント」と呼びかけて一騎打ちを求めたことと矛盾する。しかし、少なくとも
ウィヴィントがゲリアンに一騎打ちを求める場面に限って言えば、A ヴァー
ジョンでは BC 両ヴァージョンのように、ウィヴィントが相手を息子と認識し
た上で一騎打ちを求めるのではなく、あくまで相手を息子だと知らずに自分と
の一騎打ちを求めた形になっている。
　そこで次に、ノルウェー語バラッドのケースであるが、ノルウェー語バラッ
ドでは既述のように、現存する版では、フェロー語バラッド A ヴァージョン
の第Ⅳバラッドの内容が描かれた後、ガリテ（Galite。フェロー語バラッドの
ゲリアン（Galian）に対応）による「怪物の入江」（Trollebotn）への冒険（フェ
ロー語作品でのゲリアンによる「北の入江」（Botnar norður）への冒険に該
当すると思われる）をめぐるエピソードが 7 スタンザほどの断片のみ伝えられ、
その後、ガリテとイーヴェンの一騎打ち（フェロー語作品第Ⅴバラッドのクラ

イマックスにおけるゲァリアンとウィヴィントの一騎打ちに対応する）を描いた部分が存在する形となっている。

　ノルウェー語バラッド『エルニングの息子イーヴェン』では、ガリテの「怪物の入江」への冒険（既述のようにフェロー語バラッドにおけるゲァリアンの「北の入江」への冒険に該当すると思われる）をめぐるエピソードを断片的にのみ伝える第7章と第8章の後、第9章の最初のスタンザでは唐突に、

(26) Det var Iven Erningsson, / då voks honom hugjen meire: / «Eg vil meg på leikvollen, / den avringskjempa røyne.»
　　するとエルニングの息子イーヴェンはより強い思いが沸き起こってきた。「戦場でかの勇士相手に自分を試すのだ。」（第79スタンザ、110頁）

との記述があり、その後、戦闘が始まる。恐らく本来は引用（26）の第79スタンザの前に、一人の騎士がやってきたことが伝えられる箇所があり、第79スタンザでのイーヴェンの発言はそれを受けてのものだと思われる。そしてイーヴェンは、目の前の相手が自分の息子であることが判明すると、

(27) Det var Iven Erningsson, / då tok han sin son i fang: / «Eg takkar Krist av Himmerik / at eg deg hera fann!»
　　するとエルニングの息子イーヴェンは彼の息子を抱きしめた。「ここでお前に会えたことを天のキリストに感謝する。」（第83スタンザ、111頁）

とあり、ここまでのところでイーヴェンが目の前の相手に「ガリテ」と、息子の名前で呼びかける箇所はなく、相手を自分の息子と認識していることを示す記述もない。しかし、ノルウェー語の『エルニングの息子イーヴェン』は、特にフェロー語作品の第Vバラッドに該当した内容を扱った部分では、物語がごく断片的にしか伝えられておらず、ノルウェー語バラッドでも、元々はイーヴェンが相手に「ガリテ」と呼びかける記述や、相手を息子と認識していることを

示す記述がありながら、現存する採録版に至るまでの伝承過程でそうした箇所
が脱落したという可能性もあるが、はっきりしたことは言い難い[25]。

5.3.5. ウィヴィントと未亡人の結婚

次に取り上げる箇所は、バラッド・サイクル『ヘリントの息子ウィヴィント』
の３ヴァージョン間の異同に関して本書で取り上げる箇所では最後の箇所とな
るが、ここで取り上げるのは、先に扱ったゲァリアンとウィヴィント父子の一
騎打ちの後に描かれる、ウィヴィントと未亡人の結婚をめぐる記述である。

先に取り上げたゲァリアンとウィヴィントによる一騎打ちの後、AB両
ヴァージョンでは、ウィヴィントはゲァリアンに命じられて未亡人と結婚し、
ゲァリアンは「北の入江」から連れてきた乙女と結ばれる。まずは、ゲァリア
ンがウィヴィントに未亡人との結婚を命じる台詞がある：

(28) Svaraði Galian ridddari: / »Yvirstaðið er hetta, / men annar okkara skal
lívið láta / ella mína móður at ekta.«
騎士ゲァリアンは答えた、「終わりだ。我々のどちらかが命を失うか、そ
れとも我が母を娶るかだ。」（A、Ⅴ、第50スタンザ、218頁）

(29) Galian stendur á [grønum][26] vølli, / heldur á búnum knívi: / »Ektar tú
ikki móður mína, / skalt tú láta lívið!«
ゲァリアンは（緑の）平原に立ち、剣を抜いた、「我が母を娶らなければ、
そなたの命はないぞ。」（B、Ⅲ、第112スタンザ、229頁）

その後、ウィヴィントが未亡人のもとへ赴き、両者の対話の後、二人が結ばれ、
さらにゲァリアンと、彼が「北の入江」から連れてきた乙女が結ばれたことが、
地の文で記される：

(30) Tað var Ívint Herintsson, / hann tók sær frú at festa,
ヘリントの息子ウイヴィントは婦人を娶った。（A、Ⅴ、第54スタンザ

141

1-2行、218頁）

Tað var Galian riddari, / tók sær frú at festa,
騎士ゲァリアンは婦人を娶った。（A、V、第56スタンザ1-2行、218頁）

(31) Tað var Ívint Herintsson, / fellur pá síni knæ, / meðan hann ta ríku
einkju / til ekta festi sær.
ヘリントの息子ウィヴィントはかの裕福な未亡人を娶る際に跪いた。（B、
III、第117スタンザ、229頁）

Tað var Garian riddarin, / fellur pá síni knæ, / meðan hann tað væna
vív / til ekta festi sær.
騎士ゲァリアンはかの麗しき婦人を娶る際に跪いた。（B、III、第118ス
タンザ、229頁）

しかしCヴァージョンでは、

(32) Hoyr tað, mín hin sæli sonur, / eyka mær ongan harm, / eg átti mær
so vænt eitt vív, / eg fekk frá borgararm!
聞くのだ、我が大事の息子よ、私に悲しみを引き起こさないでほしい。
私はある大層麗しき婦人を娶ったのだ。城塞から連れて来たのだ。（C、
III‐III、第120スタンザ、241頁）

と、ウィヴィントは既に自分が結婚したことを告げて未亡人との結婚に反対し、
さらには、

(33) Hoyr tað, mín hin sæli sonur, / eyka mær ongan sprongd, / eg skal fáa
tær fagurligt fljóð, / at leggja í tína song! [27]

聞くのだ、我が大事の息子よ、私に苦しみを引き起こさないでほしい。
そなたの寝床で横になる麗しき婦人をそなたのために手配してやろう。
（C、Ⅲ－Ⅲ、第121スタンザ、242頁）

と、ゲァリアンに女性を手配してやろうとまでする。その次のスタンザで、

(34) Tað var vín í Artans høll, / tá ið drukkið var sum mest, / tað gjørdi
Galiant, kempan reyst, / at hansara móðir varð fest.
アシュタン（ハシュタン）王の広間ではワインが盛大に飲まれ、勇敢な
戦士ゲァリアント（ゲァリアン）は彼の母が娶せられるようにした。（C、
Ⅲ－Ⅲ、第122スタンザ、242頁）

とあるものの、未亡人が結ばれた相手は明示されず、ゲァリアンの結婚を示す
記述もない。
このように、第Ⅴバラッド『ゲァリアン 第二部』の末尾におけるウィヴィ
ント、ゲァリアン父子の各々の結婚をめぐる箇所は、Cヴァージョンのみが
AB両ヴァージョンとは大きく異なっているが、ノルウェー語バラッド『エル
ニングの息子イーヴェン』では、イーヴェン、ガリテ父子の一騎打ちの後、

(35) Om tala Galite riddarson, / han heldt på sylvbudde kniv: / «Ektar du
kje mo'er mi, / så skò det koste ditt liv!»
すると騎士の息子ガリテは銀で飾り付けられた剣を手にして言った、「も
しそなたが我が母を娶らなければ、そなたの命はないぞ。」（第84スタン
ザ、111頁）

と、ガリテがイーヴェンに自らの母（フェロー語作品の未亡人に対応）との結
婚を迫った後、

143

(36) Det var årle om morgonen, / då soli ho rau i lunde, / då feste Iven og
Gjertrud[28] fruva / i sama morgostunde.

朝早く、太陽が空高く上ると、イーヴェンと婦人イェルトルーはその朝
のうちに結ばれた。(第86スタンザ、111頁)

Det var Garite riddarson, / han syntest det vera ein mun:

騎士の息子ガリテは一人の乙女と結ばれた。(第87スタンザ1-2行、111頁)

とあり、ガリテの結婚相手の乙女が誰であるかが判然としない点を除けば、フェ
ロー語AB両ヴァージョンとほぼ同じ形である[29]。

5. 4. 第Ⅳ・第Ⅴバラッドにおける3ヴァージョン間の
異同についてのまとめ

　ここまで、フェロー語のバラッド・サイクル『ヘリントの息子ウィヴィント』
を構成する（Aヴァージョンの構成に従えば）五つのサブ・バラッドのうち、
第Ⅳバラッドの『ゲァリアン　第一部』および第Ⅴバラッドの『ゲァリアン　第
二部』について、3ヴァージョン間の比較を行い、確認された3ヴァージョン
間の主だった異同箇所については、このフェロー語作品の第Ⅳ・第Ⅴ両バラッ
ドからなる部分と題材を同じくするノルウェー語バラッド『エルニングの息子
イーヴェン』の該当箇所とも比較を行った。その結果、まず、フェロー語作品
の3ヴァージョン間の相違に限って言えば、Aヴァージョンの形のみがBC両
ヴァージョンとは異なるというケースと、CヴァージョンのみがAB両ヴァー
ジョンとは異なるというケースが目立つ形となった。
　それぞれの具体的な箇所は以下のとおりである。まず、Aヴァージョンの
形のみがBC両ヴァージョンとは異なるというケースとしては、具体的には以
下の箇所が確認できた：

1. 第Ⅳバラッドの冒頭で、城市を一頭の野生の鹿が走り回っていることがハ

シュタン王の宮廷に伝えられると、鹿狩りが行われることになるが、その際、鹿狩りの参加者に注意事項を伝える人物が、BC 両ヴァージョンではハシュタン王であるのに対し、A ヴァージョンではウィヴィントがこの役目を果たしている。

2. ウィヴィントに無理やり肉体関係を持たされた未亡人は、ウィヴィントに孕まされた子（男児。後にゲァリアンと名乗る）を産み育てることになるが、BC 両ヴァージョンでは、男児が誕生後に僧のもとへ連れて行かれたこと[30]、未亡人が男児を養育する際、箱の中のすべての金よりも彼の面倒をよく見させた旨が記されるが、A ヴァージョンではこれらの記述はない[31]。また、BC 両ヴァージョンでは、男児が彼の母親のもとで育ったとの地の文の記述があるが、A ヴァージョンではそれに「屋内で」という要素が付加され、さらには、「多くの人が私に語ってくれたところでは、彼女はできる限り彼を隠したとのことだ」との記述があり、A ヴァージョンでは未亡人が男児を養育する際、男児を外界から遮断して育てようとしたことが窺える記述となっている。

3. 第Ⅴバラッドのクライマックスにおけるウィヴィントとゲァリアンとの一騎打ちの場面において、A ヴァージョンでは、ウィヴィントは目の前にいるのが息子のゲァリアンだとは分からず、ゲァリアンに対し、彼が連れてきた乙女をめぐって戦うことを要求するが、BC 両ヴァージョンではそれぞれ、ウィヴィントがゲァリアンに対して自分との一騎打ちを求める際、目の前の相手に「ゲァリアン（B ヴァージョン）／ゲァリアント（C ヴァージョン）」と呼びかけており、ウィヴィントが相手を自分の息子だと認識した上で、自分と一騎打ちをするよう求めている形である。

　一方、C ヴァージョンのみが AB 両ヴァージョンとは異なるというケースとしては、具体的には以下の箇所が確認できた：

1. 第Ⅳバラッドにおいて、AB両ヴァージョンでは、ウィヴィントが未亡人と寝床をともにした翌日に彼女のもとを立ち去る際、彼に裏切られたと思った未亡人は、毒入りの飲み物を用いてウィヴィントに復讐しようとする（Bヴァージョンではそれに加えて、呪いの言葉も掛ける）が、Cヴァージョンでは、未亡人がウィヴィントに復讐するにあたり、毒入りの飲み物は使用されず、未亡人がウィヴィントに発した呪いの言葉（あるいはそれに加えて、ウィヴィントが未亡人から呪いの言葉をかけられた状態で終日馬を進めるという、体力を消耗する行動を取ったことも？）が彼の病をもたらした形となっている。

2. これは既に（Liestøl 1915: 184-6）によって指摘されている点であるが、第Ⅴバラッド『ゲァリアン 第二部』の冒頭、AB両ヴァージョンでは、ハシュタン王が毎年クリスマスの夜に臣下を一人、「北の入江」へ行かせる習慣があったことが地の文で記されると、ゲァリアンが自ら「北の入江」行きを希望する。Cヴァージョンでも、ハシュタン王の上記の習慣をめぐる記述はあるが、ゲァリアンが「北の入江」行きを申し出る直前に、「北の入江」の巨人から、客をハシュタン王のもとから連れて行くとの知らせが届いたことが、地の文で記される。

3. 第Ⅴバラッドのクライマックスにおける、ウィヴィントとゲァリアン父子の一騎打ちの後であるが、AB両ヴァージョンでは、ウィヴィントはゲァリアンから、自分を孕ませて程なく捨てた未亡人を娶るよう命じられ、ウィヴィントは未亡人を娶り、ゲァリアンは自ら「北の入江」から連れてきた乙女と結ばれる。一方、Cヴァージョンでは、ウィヴィントがゲァリアンとの一騎打ちの後で、ゲァリアンから未亡人を娶るよう命じられると、ウィヴィントは自分が既に結婚したことを告げて未亡人との結婚に反対し、さらには、ゲァリアンに対し、彼の寝床で横になる女性を手配してやろうとまでする。その後の地の文で、ゲァリアンは彼の母が娶せられるようにしたとは記されるものの、未亡人が結ばれた相手は明示されず、ゲァリアンの結婚を示す記述もない。

146

　このように、第Ⅳバラッドの『ゲァリアン 第一部』、および第Ⅴバラッドの
『ゲァリアン 第二部』については、Aヴァージョンの形のみがBC両ヴァージョ
ンとは異なるというケースと、CヴァージョンのみがAB両ヴァージョンとは
異なるというケースが目立つ形となったが、さらに、フェロー語作品の３ヴァー
ジョン間で異同が確認された箇所のうち、本作と題材の共通するノルウェー語
バラッドに該当箇所が遺されているものについては、ノルウェー語作品の該当
箇所との比較も行った結果、フェロー語作品の３ヴァージョン間では、Cヴァー
ジョンのみがAB両ヴァージョンとは異なっているという箇所のうち、上記の
１点目と２点目については、Cヴァージョンの形とノルウェー語バラッドの形
に共通性が見られることが明らかとなった[32]。

　この、「フェロー語のCヴァージョンだけがAB両ヴァージョンとは大きく
異なり、かつそこではCヴァージョンとノルウェー語バラッドの内容が合致
している」という異同の形は、第三章で扱ったフェロー語サイクルの第Ⅱバラッ
ド『クヴィチルスプラング』、およびノルウェー語バラッド『クヴィーヒェス
プラック』についても、最も多く見られたケースであった[33]。

　一方、ノルウェー語バラッドの物語内容に関して言えば、フェロー語の第Ⅱ
バラッドと同じ題材を扱った『クヴィーヒェスプラック』については、第三章
において、フェロー語作品のどのヴァージョンにも含まれていない物語要素が
見られる点にも触れたが、フェロー語の第Ⅳ・第Ⅴバラッドと共通の題材を扱っ
たノルウェー語の『エルニングの息子イーヴェン』についても、本章の本文で
は取り上げなかったものの、特にフェロー語の第Ⅳバラッドと題材を同じくす
る部分において、フェロー語作品のどのヴァージョンにも見られない要素が存
在する[34]。

　そこで次章では、ここまで行ってきた、ノルウェー語作品も含めたヴァージョ
ン間の比較の結果について総括するとともに、特にフェロー語作品『ヘリント
の息子ウィヴィント』の主要登場人物のうち、ヴァージョン間でややはっきり
とした人物像の相違が見受けられたケースについて、その相違内容を確認した

い。

注

1 A、V、第1-2スタンザ、215頁／B、Ⅲ、第79スタンザ、227頁。

2 A、V、第3スタンザ、216頁／B、Ⅲ、第80スタンザ、227頁。

3 C、Ⅲ‐Ⅲ、第82スタンザ、240頁。なお、第一章でも記したように、C
 ヴァージョンでは、Aヴァージョンの第Ⅳ・第Ⅴ両バラッドの内容を扱った
 第Ⅲバラッドの『ゲァリアントのバラッド』（*Galiants kvæði*）がさらに（Ⅰ）、
 Ⅱ、Ⅲに分かれている。（Ⅰについては実際の表記はなく、筆者による補足で
 ある。）

4 C、Ⅲ‐Ⅲ、第85スタンザ、240頁。

5 C、Ⅲ‐Ⅲ、第84スタンザ、240頁。

6 第72スタンザ、109頁。

7 第75スタンザ、110頁。

8 Liestøl（1915: 184-186）。

9 Liestøl（1915: 168）。

10 本章の註3を参照。

11 Liestøl（1915: 168）。

12 Tí svaraði Artan kongur,「するとアシュタン（ハシュタン）王は答えた」
 （Bヴァージョン、Ⅲ、第4スタンザ1行、223頁）/ Til tað svaraði Artan ko
 ngur, talar til sínar jallar:「それについてアシュタン王は答え、彼のところの
 伯爵達に言った」（Cヴァージョン、Ⅲ‐Ⅰ、第6スタンザ1-2行、236頁）

13 この「15冬」という表現については、既に第二章の註18などでも触れたよ
 うに、原語での表記はfimtan vetur。veturは「冬」という意味の語で、時を
 数える際に、しばしば「年」の意味で用いられているが、「15冬」という年数
 は長い年月を象徴する年数として用いられたものとの解釈もできよう。

14 使用テクストでは、このneyðugaという語と、次の第21スタンザにも登場
 する同じneyðugaという語の先頭に*の記号が付されているが、この意味す
 るところについては記載がない。

15 訳文の鉤括弧は引用者による補足。ここでの未亡人の台詞はこの第20スタ

ンザ（236頁）から第22スタンザまでで、原文では第22スタンザ最終行の末
尾に括弧閉じ（«）があるが、第20スタンザでは、未亡人の台詞の始まる箇所
に括弧は付けられていない。

16　原文中の角括弧 [　　] 内は編者による補足と思われるが、テクストにはその
旨の記載はない。以下、本文中の引用（29）にも同様の角括弧があらわれる。

17　訳文の鉤括弧は引用者による補足。

18　「15年」（femten åri）という表現は、フェロー語作品用いられている「15冬
（fimtan vetur）」と同様、長い年月を象徴する年数として用いられたものとの
解釈もできよう（本章の註13を参照）。

19　各ヴァージョンにおいて未亡人の出産が記されている箇所は以下の通り：A、
Ⅳ、第43スタンザ、212頁／B、Ⅲ、第34-35スタンザ、225頁／C、Ⅲ-Ⅱ、
第30-33スタンザ、237頁。（ただし A ヴァージョンではウィヴィントが未亡
人の元を発つ前に位置する第23-25スタンザにおいて、未亡人が身籠って九カ
月で男児を出産したことが記されている：211-212頁。）

20　後に男児は自分が「ゲァリアン」と呼ばれることを望む。本文前出の本作梗
概を参照。

21　ノルウェー語作品での未亡人による男児の出産の記述は第25スタンザ（103
頁）。

22　なお、ノルウェー語バラッドの Ross の版、および Landstad 版においても
本文の引用（13）〜（16）や（19）に該当する記述は見られない。しかし、
Bø=Solheim 版の引用（20）の記述については、Ross の版では、第16スタン
ザの内容が、Bø=Solheim 版の引用（20）の記述に該当する内容である（158
頁）が、Landstad 版では、この Bø=Solheim 版の引用（20）に該当する記述
は見られず、Landstad 版では、未亡人が男児を出産したとの記述（第21スタ
ンザ、161頁）の後には、男児の成長が他の子ども達と比べて格段に早かった
という、フェロー語各ヴァージョン（A: 第47スタンザ、213頁／B: 第40スタ
ンザ、225頁／C、第39-40、42スタンザ、237-8頁）およびノルウェー語 Bø
=Solheim 版（第27-28スタンザ、103頁）、同 Ross 版（第17-18スタンザ、
158頁）のいずれにも見られる記述が続いている（Landstad 版、第22-23スタ
ンザ）。なお、フェロー語各ヴァージョンおよびノルウェー語 Bø=Solheim 版、

Ross 版においてこの内容の記述が見られるのは、本文での引用（11）から（20）までの記述がそれぞれ、各々のヴァージョンおよび版においてすべて登場した後である。

23 ウィヴィントは目の前の騎士（ゲリアン）に対し、「……我々はその乙女をめぐって戦うのだ（»・・・vit skulu um moynna stríða.«）（第41スタンザ4行、217頁）」と呼びかける。

24 引用（21）にあるように、B ヴァージョンではウィヴィントはゲリアンに対し、彼が「北の入江」から連れてきた乙女をめぐって一騎打ちを行うことを求めているのに対し、C ヴァージョンではウィヴィントがゲリアンに一騎打ちを求める理由は明示されない。一方、A ヴァージョンでは前註にも記したように、ウィヴィントは目の前の騎士（ゲリアン）が「北の入江」から連れてきた乙女をめぐって一騎打ちを行うことを求めている。A ヴァージョンでは目の前の騎士がゲリアンとはわからない状態でそのように一騎打ちを求めている形であるが、騎士が連れてきた乙女をめぐって決闘を要求する点は、AB 両ヴァージョンのみに共通して見られる点である。

25 第一章の註9で記したように、Landstad の版では、フェロー語バラッド A ヴァージョンの第Ⅳバラッドの物語に該当する内容が描かれ、その末尾の部分で、ガリズル（ガリテ）が持参した飲み物を飲んだイーヴァル（イーヴェン）が病から癒えると、その後、Bø=Solheim の版におけるガリテの「怪物の入江（Trollebotn）」への冒険をめぐるエピソードの記述はなく、飲み物を飲んだイーヴァルが病から癒えると、直後にイーヴァルとガリズルの一騎打ちが行われ、その後、ガリズルがイーヴァルに、未亡人を娶るよう強要するという形になっている。ガリズルが飲み物を持参し、それを飲んだイーヴァルが病から癒え、その直後にガリズルとイーヴァルの一騎打ちが行われるため、明らかにガリズルとイーヴァルは互いに相手を知った上で一騎打ちを行う形となる。

　しかし、Bø=Solheim 版や Ross 版、Bugge 版などの、ノルウェー語作品の他の版ではガリズル（ガリテ）の「怪物の入江」への冒険をめぐる記述が存在し、フェロー語バラッドでも、すべてのヴァージョンにおいて、A ヴァージョンの第Ⅴバラッドおよび、他ヴァージョンの該当部分の物語では、ノルウェー語作品におけるガリテの「怪物の入江」への冒険に該当する、ゲリアンの

「北の入江」への冒険の記述が含まれている。

　また、フェロー語バラッドには、様々なジャンルのアイスランドのサガ作品と題材の共通するものが多く伝承されており、『ヘリントの息子ウィヴィント』と完全に同じ内容を扱ったサガは少なくとも現存はしないが、Liestøl（1915）は、第Ⅳバラッド『ゲァリアンのバラッド 第一部』、および第Ⅴバラッド『ゲァリアンのバラッド 第二部』に該当する内容を伝えるノルウェー語バラッド作品『エルニングの息子イーヴェン』に関し、他のフェロー語バラッド作品やデンマーク語バラッド作品との間で一部のモチーフの類似を指摘しつつも、この『エルニングの息子イーヴェン』に関しては、アーサー王物語に属する現存しないサガ作品（ただし、外国語作品の忠実な翻案ではなくそれらの諸要素を用いて独自に創られた作品）が基になったものではないかと主張している（Liestøl 1915: 181-188）。実際、「北の入江」での冒険の内容や、第Ⅴバラッド中の他の部分には、アーサー王伝説を扱ったサガ作品にも見られる、アーサー王伝説特有のモチーフが含まれている。

　こうした点を考慮するならば、Landstad版のように、ガリズル（ガリテ）の「怪物の入江」への冒険をめぐる記述が一切なく、イーヴァルがガリズルが持参した飲み物で病が癒えた直後に二人の一騎打ちが行われるという形が、ガリズル（ガリテ）の「怪物の入江」への冒険をめぐる記述を含む形に先行する可能性は、必ずしも高いとは言えないであろう。

　もちろん、その場合でも、ガリテの「怪物の入江」への冒険の記述を含む形のヴァージョンが、当初から、ガリテとイーヴェンの二人が互いに相手を認識した上で戦うという形であった可能性と、当初はガリテとイーヴェンの二人が互いに相手を知らずに戦うという形であった可能性の両方があろう。

　もし、ガリテの「怪物の入江」への冒険の記述を含む形のヴァージョンが、当初はガリテとイーヴェンの二人が互いに相手を認識した上で戦うという形ではなかったのであれば、Landstadの版では、ガリズルが持参した飲み物をイーヴァルが飲んで病から癒え、その直後に二人の間で一騎打ちが行われる形へと物語がつなげられたがゆえに、半ば必然的に二人が互いに相手を認識した上で戦う形となったとも解釈できよう。

26　原文中の角括弧 [　] については本章の註16を参照。

27 ここでのウィヴィントの台詞は第119スタンザの一行目からこの第121スタ
ンザ最終行にまで亘り、原文では第119スタンザの一行目の初めと、この第
121スタンザ最終行の末尾に括弧閉じ（«）があり、第121スタンザ最終行は、
at leggja í tína song!«（242頁）となっている。

28 フェロー語バラッドではどのヴァージョンにおいてもウィヴィントが関係を
持つ未亡人の名前は明示されないが、ノルウェー語作品については、Bø=
Solheim の版ではイェルトルー（Gjertrud）、同 Ross 版でもイェルトルー（た
だし、原語での綴りは Jertru。第3スタンザ、156頁他）、同 Landstad 版では
クリスティ（Kristi。第3スタンザ、157頁他）と呼ばれている。

29 ノルウェー語バラッドの Ross の版では、イーヴェン、ガリテ父子の一騎打
ちの後、引用（35）の第84スタンザにあたる内容（ガリテがイーヴェンに未
亡人との結婚を強要）が第56スタンザで記され、そして引用（36）の第86ス
タンザにあたる内容（イーヴェンと未亡人イェルトルーの結婚）が第57スタ
ンザで記されているが、これで本編が終わっており、引用（36）の第87スタ
ンザ1-2行目にあたる内容（ガリテと乙女の結婚）は記されていない。また、
Landstad の版では、既に第一章の註9で記したように、ガリズル（ガリテ）
が持参した飲み物を飲んだイーヴァル（イーヴェン）が病から癒えると、その
後、Bø=Solheim の版におけるガリテの「怪物の入江（Trollebotn）」への冒険
をめぐるエピソードの記述はなく、飲み物を飲んだイーヴァルが病から癒える
と、直後にイーヴァルとガリズルの一騎打ちが行われる形であるが、イーヴェ
ンとガリテの一騎打ちの後、両者のどちらについても結婚したことを示す記述
はなく、ガリテがイーヴェンに、未亡人と結婚するよう迫る台詞で終わってい
る: Deð var Galiðr Riddarson, / riste pá sylvbogað kniv: /gifter du inki móðir
mi, / sá skjótt skal du láte dit liv! Ivar Sterke reið glað gjönum borginne.（す
ると騎士の息子ガリズル（ガリテ）は銀で飾り付けられた剣を手にして言っ
た、「もしそなたが我が母を娶らなければ、そなたの命はないぞ。」剛きイー
ヴァル（イーヴェン）は喜んで城市へと馬を進めて行った。）（Landstad 版、
第62スタンザ、168頁、訳文中の鉤括弧は引用者による補足。）

30 男児が僧のもとへ連れて行かれたところで、B ヴァージョンでは、未亡人は
男児をスヴァインと名付けるよう頼み（B、III、第36スタンザ3-4行、225

152

頁）、Ｃヴァージョンでは、未亡人が彼を豪胆な戦士と呼んだ旨が記される
（Ｃ、Ⅲ‐Ⅱ、第34スタンザ3-4行、237頁）。

31　なお、Ａヴァージョンでは男児が僧のもとへ連れて行かれた記述がない代
わりに、「彼女（未亡人）は自ら彼（男児）に善き名を与え、彼を有能な騎士
と呼んだ」旨が地の文で記される（Ａ、Ⅳ、第44スタンザ3-4行、212頁）。

32　ＣヴァージョンのみがＡＢ両ヴァージョンとは異なる箇所の３点目の、ノル
ウェー語バラッドの該当箇所については、本書の143-144頁、および本章の註
29を参照。

　　一方、Ａヴァージョンの形のみがＢＣ両ヴァージョンとは異なるというケー
スについては、1点目として挙げた点は、ノルウェー語バラッドでは該当部分
は遺されておらず（詳しくは本書130頁を参照）、2点目については、ノル
ウェー語バラッドでは、未亡人が男児を教会へ連れて行かせ、彼に名を付けた
ことは記されるが、未亡人による男児の養育姿勢の描写はなく、また、男児が
彼の母のもとで育ったとの記述、あるいはそれに「屋内で」との要素が加わっ
たＡヴァージョンだけに見られる記述のいずれについても、ノルウェー語作
品では該当する箇所は見られない（本書136-137頁、および本章の註22を参
照）。

　　そして、Ａヴァージョンの形のみがＢＣ両ヴァージョンとは異なるという
ケースの3点目の、ノルウェー語バラッドにおける該当箇所については、本書
の139-141頁、および本章の註25を参照。

33　詳しくは本書の第三章を参照。

34　まず取り上げるのは、フェロー語作品では第Ⅳバラッドで、ウィヴィントら
が鹿狩りに参加した日の晩に、未亡人のもとを訪れた箇所に対応する場面であ
るが、ノルウェー語の『エルニングの息子イーヴェン』では、イーヴェンらの
一行が未亡人のもとを訪れると、未亡人の方から「ようこそ（Velkomen）（第
7スタンザ1行、100頁）」と挨拶され、

Så blidlege skjenkte Gietrud fruva / brune mjø'en på bord,
イェルトルー夫人は大層親切に、卓上（の杯）に茶色のミード酒の酌をしてく
れた。（第8スタンザ1-2行、100頁）

と、未亡人は親切にイーヴェンらを飲み物でもてなしてくれる。このように未亡人が、彼らを飲み物でもてなしてくれる場面の描写は、フェロー語作品ではどのヴァージョンにも見られない。

　次は、フェロー語作品では、ウィヴィントが（AB両ヴァージョンでは）未亡人に毒入りの飲み物を飲まされた後に彼女のもとを後にし、ハシュタン王の宮廷に到着した場面の描写であるが、フェロー語作品では、ウィヴィントはハシュタン王の城に到着すると、Aヴァージョンでは、

Tað var Ívint Herintsson / heitir á sveinar tvá: / »Leiðið meg innan høgaloft, / meg man einki sja!
ヘリントの息子ウィヴィントは二人の小姓に言った、「私を上階へ連れて行ってほしい。誰にも見られないようにだ。（A、IV、第37スタンザ、212頁）

Leiðið meg innan høgaloft, / meg man eingin sja, / her má eg mína pínu líða, / so leingi eg liva má!«
私を上階へ連れて行ってほしい。誰にも見られないようにだ。ここでなら、私の命がある限り、苦痛に耐えることができよう。」（A、IV、第38スタンザ、212頁）

と、ウィヴィントが小姓に、誰にも見られないように自分を上階に連れて行ってほしいと頼んだ様が記され、実際にウィヴィントが上階へ連れて行かれる場面の記述はないが、この後、

Ein kom maður í hallina inn, / sigur øllum frá: / »Sjúkur er Ívint Herintsson, / so gjørla eg tað sá.«
一人の男が広間へ入ってきて、皆にこう言った、「ヘリントの息子ウィヴィントが病気でございます。私はそれを目の当たりにしたのでございます。」（A、IV、第41スタンザ、212頁）

と、ハシュタン王の宮廷関係者の一人が、その場にいた者達（おそらくはハシュタン王も含まれる？）に、ウィヴィントが病に罹っている旨を伝える場面があった後、物語はウィヴィントが遺してきた未亡人の方に移ってしまう。

　一方、BC両ヴァージョンでは、ウィヴィントがハシュタン王の城に到着すると、

Inn kom ein av sveinunum, / sigur hinum frá: / »Sjúkur er Ívint Herintsson, / so gjørliga eg tað sá.«
小姓の一人が広間へ入ってきて、この者達にこう言った、「ヘリントの息子ウィヴィントが病気でございます。私はそれを目の当たりにしたのでございます。」（B、Ⅲ、第30スタンザ、225頁）

Inn kom maður í Artans høll, / sigur teim øllum frá: / »Sjúkur er Ívint Herintsson, /・・・/ so gjørlliga eg tað sá.«
男がアシュタンの広間へ入ってきて、彼ら皆にこう言った、「ヘリントの息子ウィヴィントが病気でございます。……私はそれを目の当たりにしたのでございます。」（C、Ⅲ-（Ⅰ）、第24スタンザ1-3行・第25スタンザ4行、237頁）

と、上記のAヴァージョンの記述と同様の、ハシュタン王の宮廷関係者（Bヴァージョンではこの人物は「小姓の一人（ein av sveinunum）」と記される）がその場にいた者達（おそらくはハシュタン王も含まれる？）に、ウィヴィントが病に罹っている旨を伝える場面の記述が先にあり、その後に、Bヴァージョンでは、

Ívint stendur á hallargólvi, / talar til sveinar tvá: / »Leiðið meg í tað herbergið, / sum meg má eingin sja!
ウィヴィントは広間の床に立ち、二人の小姓に言った、「私を部屋へ連れて行ってほしい。誰にも見られないようにだ。（B、Ⅲ、第32スタンザ、225頁）

Leiðið meg í tað herbergið, / sum meg má eingin sja, / har má eg mína pínu

tola, / so leingi eg liva má!«
私を部屋へ連れて行ってほしい。誰にも見られないようにだ。ここでなら、私
の命がある限り、苦痛に耐えることができよう。」(B、Ⅲ、第33スタンザ、
225頁)

Cヴァージョンでは、

Ívint stendur á hallargólvi, / talar til sveinar tvá: / »Leiðið meg í tað høga
loft, / so eingin má meg sja!«
ウィヴィントは広間の床に立ち、二人の小姓に言った、「私を上階へ連れて
行ってほしい。誰にも見られないようにだ。」(C、Ⅲ－(Ⅰ)、第26スタンザ、
237頁)

Ívint stendur á hallargólvi, / talar til sveinar tríggjar: /»Leiðið meg í tað
høga loft, / so meg má eingin síggja!«
ウィヴィントは広間の床に立ち、三人の小姓に言った、「私を上階へ連れて
行ってほしい。誰にも見られないようにだ。」(C、Ⅲ－(Ⅰ)、第27スタンザ、
237頁)

と、ウィヴィントが小姓に、誰にも見られないように自分を上階に連れて行っ
てほしいと頼んだ様が記される。
　なお、Bヴァージョンでは、Aヴァージョン同様、実際にウィヴィントが上
階へ連れて行かれる場面の記述はなく、この後、ウィヴィントが遣してきた未
亡人の方に記述は移るが、Cヴァージョンでは、未亡人の話に移る前に、上記
の第27スタンザの直後のところで、

Leiddu teir Ívint Herintsson / í høga loftið av ekka,
彼らは心配しながらヘリントの息子ウィヴィントを上階へ連れて行った。(C、
Ⅲ－(Ⅰ)、第28スタンザ1-2行、237頁)

と、ウィヴィントが上階へ連れて行かれた旨の地の文での記述がある。

　ハシュタン王の城に到着したウィヴィントが小姓に、誰にも見られないように自分を上階に連れて行ってほしいと頼んだ様を記した記述と、ハシュタン王の宮廷関係者の一人が、ウィヴィントが病に罹っていることを、おそらくはハシュタン王も含む宮廷関係者達に伝える場面の順番が、AヴァージョンとBC両ヴァージョンの間で逆になっており、また、Cヴァージョンのみは、ウィヴィントが実際に上階に連れてゆかれる場面の記述があるが、いずれのヴァージョンにおいても、この、ウィヴィントがハシュタン王の城に到着したところで、ウィヴィントがハシュタン王と直接会話を交わす場面の記述はない。

　一方、ノルウェー語の『エルニングの息子イーヴェン』では、既述のように、ハシュタン王のようにアーサーに由来すると思われる名前の王は登場せず、ハシュタン王に対応する人物は、名前の記されないデンマーク王であるが、イーヴェンは未亡人のもとを発ってこのデンマーク王の宮廷に到着すると、

Kongjen stend i loftssvolo / ser seg ut så vide: / «No ser eg han Iven, frenden min, / åt mine hollo rie.

王は上階の部屋に立っていて、外を大層広く見渡した、「我が親族のイーヴェンが私の広間へ馬を進めて来るのが見える。（第19スタンザ、102頁）

と、デンマーク王が自らの親族のイーヴェンがやってきたのに気付く王の独白がある。

　デンマーク王のもとに到着したイーヴェンは、デンマーク王に直々に次のように願い事をする：

«Høyrer du danske konungjuen, / du er min nærskylde frende: / du legg'e meg i løynde loftet / så ingjen mann meg kjenner.

「デンマーク王よ、お聞きください。あなた様は私の近い親族でいらっしゃいます。私を秘密の上階で寝かせていただきとうございます。どなたにも知られないようにでございます。（第21スタンザ、102頁）

Høyrer du danske konungjuen, / hot eg beda deg må: / fylg du meg oppi
løynde loftet / så ingjen mune meg sjå.
「デンマーク王よ、私があなた様にお願いしなければならないことをお聞きく
ださい。秘密の上階まで私について来ていただきとうございます。どなたにも
見られないようにでございます。(第22スタンザ、102頁)

Du legg'e meg på løynde loftet, / så ingjen mann meg kjenner; / spør'e det
nokon etter meg, / sei, eg er av lande gjengen.»
「私を上階で寝かせていただきとうございます。どなたにも知られないように
でございます。もしどなたかが私のことをお尋ねになりましたら、私は国を出
ていっているとおっしゃってください。」(第23スタンザ、102頁)

このうち、誰にも見られないように上階で寝させてほしいとの願いは、フェ
ロー語作品の該当箇所にも共通して見られたものであり、上階まで自分につい
てきてほしい、というのも、フェロー語作品には全く同じ表現が見られるわけ
ではないが、仮にイーヴェンがこの時点でかなり体調が悪化しており、自力で
上階まで階段等を上るのが難しい状態であったのであれば、フェロー語作品に
見られた「自分を上階へ連れて行ってほしい」という表現と、願う相手こそ異
なれ、願いの内容はそれほど変わらないと言えよう。しかし、自分のことにつ
いて尋ねる者がいた場合、自分が国を出て行っていると伝えてほしいというの
は、願いの内容としてフェロー語作品の該当箇所には見られなかったものであ
る。
　そして、ノルウェー語作品では後に、イーヴェンが未亡人に産ませた息子ガ
リテがイーヴェンの病を癒す飲み物を持ってこのデンマーク王の宮廷に到着す
る際(フェロー語作品ではイーヴェンが未亡人に産ませた息子ゲァリアンが
ウィヴィントの病を癒す飲み物を持ってハシュタン王の宮廷に到着する場面に
該当)、ここでも、

Kongjen stend i loftssvolo / ser seg ut så vide: / «No ser eg einom

avringskjempa / åt mine hollo rie.
王は上階の部屋に立っていて、外を大層広く見渡した、「勇士が一人、私の広
間へ馬を進めて来るのが見える。（第54スタンザ、107頁）

と、デンマーク王が、ある勇士がやってきたのに気づくとの独白があり、デン
マーク王は、

Raud, du renne honom imot / å sjå om han torer bie.»
ラウドよ、彼に立ち向かって行き、彼が持ちこたえられるかどうか確かめるの
だ。（第55スタンザ、3-4行、107頁）

と、フェロー語作品のレイウル（Reyður）に該当する騎士に対し、問題の勇
士（ガリテ）相手に戦ってくるよう命ずる。ガリテはこの騎士との一騎打ちを
終えると、デンマーク王に直々に、

«Høyr du, danske konungjen, / hot eg talar til deg: / veit du ingjen som Iven
heiter? / du dyl han inkje fyr meg.»
「デンマーク王よ、私が申し上げることをお聞きいただきとうございます。あ
なた様はどなたかイーヴェンという名の者をご存知でしょうか。私からこの者
を隠さないでいただきとうございます。」（第61スタンザ、108頁）

と尋ねると、王は、

«Eg veit fulla ein som Iven het, / han var min skyldaste frende; / no er det
uti femtande året, / sia han er av lande giengjen.»
「私はイーヴェンという名の者を一人よく知っている。彼は私の極めて近い親
族だ。彼は国を出て行って、もう15年になる。」（第62スタンザ）

と話す。するとガリテは、

«Iven ligg i loftet sjuk, /・・・/fylg du meg åt løyndeloftet, / Iven v i l eg sjå!»

「イーヴェンは上階で病に伏せっております。……秘密の上階まで私について来ていただきとうございます。私はイーヴェンに会いたいのでございます。」（第63スタンザ3行・第64スタンザ3-4行。なお、この第64スタンザ4行目の Iven v i l eg sjå!（私はイーヴェンに会いたいのでございます）という記述については、使用テクストでは「〜したい」を表す助動詞 vil が v i l と隔字体で記されている）

と頼む。このように、イーヴェンがデンマーク王のもとへ到着した折に、周囲には自分は国外へ出て行ったことにしてほしいと伝えたことに応じた、デンマーク王の発言（対応）まで記される形となっている。これはフェロー語作品ではどのヴァージョンにも含まれていない要素である。

第六章　バラッド・サイクル 『ヘリントの息子ウィヴィント』の 3ヴァージョン間の異同に関する 考察のまとめ

6. ヴァージョン間の異同のまとめ

6.1. 特徴的な異同パターン

　ここまで第二章から第五章にかけて、フェロー語のバラッド・サイクル『ヘ
リントの息子ウィヴィント』について、バラッド・サイクルを構成する各サ
ブ・バラッドごとに（第Ⅳ・第Ⅴバラッドはまとめて扱ったが）ABC3ヴァー
ジョン間の比較を行い、その結果として確認できた、3ヴァージョン間の主
だった異同箇所を取り上げてきた。また、サブ・バラッドのうち、同じ題材を
扱ったノルウェー語バラッドが遺されているものについては、異同箇所ごとに
ノルウェー語バラッドの該当箇所との比較も行った（Aヴァージョンの第Ⅲ
バラッド『ウィヴィントのバラッド』については、BC両ヴァージョンには該
当する内容が含まれておらず、同じ題材を扱ったノルウェー語バラッドも遺さ
れていないため、このサブ・バラッドについては、物語内容の確認と、このサ
ブ・バラッドの存在によって、バラッド・サイクル全体としての物語にもたら
される影響について考察するにとどまった）。その結果、フェロー語のバラッ
ド・サイクルを構成するサブ・バラッドのうち、題材の共通するノルウェー語
バラッドが存在する第Ⅱ・第Ⅳ・第Ⅴバラッドに関しては、「フェロー語のバ
ラッドのCヴァージョンの内容だけがAB両ヴァージョンとは異なり、かつ、
Cヴァージョンの内容がノルウェー語バラッドの内容と共通している」という

箇所が特に多く確認できた。

　しかし、そうした異同箇所に関し、AB 両ヴァージョンで伝えられる形と、C ヴァージョンとノルウェー語バラッドで伝えられる形のどちらが、この物語の原初の形に近いのかについては、断定的なことは言い難い。また、前章まで見てきたとおり、フェロー語バラッドの 3 ヴァージョンに限ってみても、A ヴァージョンのみ BC 両ヴァージョンとは異なっているというケースや、B ヴァージョンのみ AC 両ヴァージョンとは異なるというケース、さらには ABC3 ヴァージョンのいずれもが独自の形を取っているケースなど、いくつもの異同の仕方のパターンが確認できた。また、フェロー語サイクルのサブ・バラッドの中で、共通の題材を扱ったノルウェー語バラッドが遺されているものに関しては、フェロー語作品では 3 ヴァージョンのうち、どのヴァージョンにも見られない要素がノルウェー語作品には見受けられる、という箇所も存在する[1]。また、バラッドが伝承される際、ある時点で、それまでに伝承されてきたものとは異なる内容を含むヴァージョンが生まれ、旧来のヴァージョンと新しい内容のヴァージョンとが、それぞれ独自に伝承の道を辿ったとしても、その二つのヴァージョンの内容が、後に何らかの形で混じり合うということも起こり得る。

　そこで次に、本バラッド・サイクルにおける主要登場人物の人物像に関し、特にヴァージョン間でやや明確な相違が見られたケースについて、前章までに確認できた点をもとに考察したい。

6.2. 主要登場人物像をめぐるヴァージョン間の相違

　このバラッド・サイクルにおける主要な登場人物の人物像に関し、3 ヴァージョン間で比較的はっきりとした相違が見られたのは、本サイクルの主人公ウィヴィントとハシュタン王のケースである。まずは主人公ウィヴィントのケースから取り上げたい。

6.2.1. ヴァージョン間に見られるウィヴィントの人物像の相違

　ここではまずフェロー語作品の 3 ヴァージョンに対象を絞り、前章までの考

察で確認できた内容を整理し、その後で、ノルウェー語作品のケースに触れる
という形を取りたい。

　フェロー語バラッド・サイクルの3ヴァージョン間における、ウィヴィント
の人物像の相違をもたらしている要素として、まず挙げられるのは、A ヴァー
ジョンの第Ⅲバラッド『ウィヴィントのバラッド』で描かれる内容が、BC 両
ヴァージョンではいずれにも含まれていないという点である。

　既にこの第Ⅲバラッドを取り上げた第四章でも述べたように、この A ヴァー
ジョンの第Ⅲバラッド『ウィヴィントのバラッド』は、後からサイクルに挿入
されたと考えられているが（Liestøl 1915: 169）、この第Ⅲバラッドが存在す
ることによって、主人公ウィヴィントの人物像は大きな影響を受けていると言え
よう。

　と言うのも、この『ウィヴィントのバラッド』ではウィヴィントが主人公と
なり、彼がその武力を、自分の兄弟であるブランドゥルの仇討ちのために用い
る様が描かれており、このサブ・バラッドに先行する第Ⅱバラッドの『クヴィ
チルスプラング』でも、ウィヴィントは、捕らわれの身となった兄弟クヴィチ
ルスプラングを救出し、彼を拘禁していた敵を斃すという活躍を見せている。
しかし、作品後半ではウィヴィントは、未亡人に肉体関係を強要し、病の床に
伏して物語の表舞台から姿を消してからは、未亡人に生ませた息子ゲリアン
に物語の主人公の座を奪われ、さらに、バラッド・サイクルの末尾近くに位置
する一騎打ちでは、その時点で物語の主人公の役割を果たしていた息子ゲリ
アンの敵となり、一騎打ちの後では、かつてゲリアンを孕ませて捨てた未亡
人（ゲリアンの母）を娶るよう、ゲリアンから命を受け、それに屈せざる
を得なくなるなど、作中で好意的に扱われているとは言えないエピソードが続
く。

　それだけに、A ヴァージョンでは、ウィヴィントによるブランドゥルの仇
討ちの冒険をめぐるエピソードが存在することで、少なくとも結果的には、
ウィヴィントが主人公として活躍し、好意的に扱われているエピソードが増
え、このことは、少しでもウィヴィントが作品受容者に良い印象を与えること

につながっていると言えるだろう。

　しかし、他ヴァージョンのケースと比べ、Ａヴァージョンにおけるウィヴィントに、より良いイメージを与える３ヴァージョン間の相違点はこれだけではない。

　まず一点目は、第Ⅳバラッド『ゲァリアン　第一部』の冒頭で行われる鹿狩りの場面である。第五章で記したように、この第Ⅳバラッドの冒頭で、城市を一頭の野生の鹿が走り回っていることがハシュタン王の宮廷に伝えられると、鹿狩りが行われることになり、その際、鹿狩りの参加者に注意事項を伝える人物が、ＢＣ両ヴァージョンではハシュタン王であるのに対し、Ａヴァージョンではウィヴィントがこの役目を果たしていることが確認されたが、この相違によって、Ａヴァージョンでは他ヴァージョンに比べ、ウィヴィントがより責任ある立場にあるとの印象がもたらされよう。

　二点目は、第Ⅴバラッドのクライマックスにおけるウィヴィントとゲァリアンとの一騎打ちの場面である。この点についても第五章で記したように、Ａヴァージョンではウィヴィントは目の前にいるのが息子のゲァリアンだとは分からず、ゲァリアンに対し、彼が連れてきた乙女をめぐって戦うことを要求する。しかし、ＢＣ両ヴァージョンではそれぞれ、ウィヴィントがゲァリアンに対し、自分との一騎打ちを求める際、目の前の相手に「ゲァリアン／ゲァリアント」と呼びかけており、ウィヴィントが相手を自分の息子だと認識した上で自分と一騎打ちをするよう求めている形である。もっとも、実際に一騎打ちが行われた後には、ウィヴィントが相手をゲァリアンと知らずに一騎打ちを求めたＡヴァージョンのみならず、相手に「ゲァリアン／ゲァリアント」と呼びかけた上で一騎打ちを求めたＢＣ両ヴァージョンにおいても、ウィヴィントがゲァリアンに対し、ゲァリアンが早く正体を明かさなかったことを責める発言があり、ＢＣ両ヴァージョンにおいては先にウィヴィントが相手に「ゲァリアン／ゲァリアント」と呼びかけて一騎打ちを求めたことと矛盾する。しかし、少なくともウィヴィントがゲァリアンに一騎打ちを求める場面に限って言えば、ＡヴァージョンではＢＣ両ヴァージョンのように、ウィヴィントが相手を

息子と認識した上で一騎打ちを求めるのではなく、あくまで相手を息子だと知らずに自分との一騎打ちを求めた形になっている。

このように、ウィヴィントの人物像に関しては、A ヴァージョンでは、ウィヴィントが、殺された兄弟の仇討ちの冒険を行うエピソードを扱った第Ⅲバラッド『ウィヴィントのバラッド』が存在すること以外にも、BC 両ヴァージョンと比べ、ウィヴィントがより良い印象を与えるのに寄与する要素が存在することがわかる。

そこで次に、ここで取り上げたウィヴィントの人物像に関わる、フェロー語作品3ヴァージョン間の異同箇所に関し、フェロー語の『ヘリントの息子ウィヴィント』を構成する一部のサブ・バラッドと共通の題材を扱った、ノルウェー語バラッド作品における該当箇所の記述について考えたいが、まず、フェロー語サイクル A ヴァージョンの第Ⅲバラッド『ウィヴィントのバラッド』の物語内容については、同じ題材を扱ったノルウェー語バラッド作品は遺されていない。

次に、フェロー語作品の第Ⅳバラッド冒頭の鹿狩りが行われる場面において、鹿狩りの際の注意を与える人物をめぐる相違であるが、フェロー語作品の第Ⅳバラッドの物語内容は、ノルウェー語バラッドの『エルニングの息子イーヴェン』の中で、完全ほぼな形で記されている。しかし、ノルウェー語バラッド『エルニングの息子イーヴェン』では、フェロー語作品において野生の鹿の存在が宮廷に伝えられ、鹿狩りが行われる場面に該当する部分は記されておらず、夜になってイーヴェンが供の者達にその日の宿について話すところから描写が始まっているため、フェロー語作品で特定の人物が鹿狩りの際の注意を与える場面に該当する箇所はない。

なお、フェロー語作品の第Ⅴバラッドのクライマックスにおける一騎打ちにおいて、ウィヴィントが目の前の相手を息子ゲァリアンだとわかった上で決闘に挑むかどうかをめぐる相違については、詳しくは第五章に記したように、ノルウェー語作品（Bø=Solheim 版、Ross 版）では、フェロー語作品のウィヴィントにあたるイーヴェンが、ガリテ（フェロー語作品のゲァリアンにあたる）

との決闘時に、目の前の相手に「ガリテ」と、息子の名前で呼びかける箇所は
なく、相手を自分の息子と認識していることを示す記述もない。しかし、ノル
ウェー語の『エルニングの息子イーヴェン』は、特にフェロー語作品の第Ⅴバ
ラッドに該当する内容を扱った部分では、物語がごく断片的にしか伝えられて
おらず、ノルウェー語バラッドでも、元々はイーヴェンが相手に「ガリテ」と
呼びかける記述や、相手を息子と認識していることを示す記述がありながら、
現存する版に至るまでの伝承過程でそうした箇所が脱落したという可能性もあ
るが、はっきりしたことは言い難い[2]。

6.2.2. ヴァージョン間に見られるハシュタン王の人物像の相違

　次にハシュタン王の人物像について考えてみたい。ハシュタン王の人物像を
めぐって3ヴァージョン間で目立った相違が見られるのは、第Ⅰバラッドの
『ヨアチマン王』において、ハシュタン王の妹に求婚しに訪れたヨアチマンお
よびヘリントに対するハシュタン王の対応である。これについては第二章で詳
しく取り上げたが、Bヴァージョンでは、最終的にはハシュタン王が妹の結婚
をめぐる問題に積極的に介入し、Cヴァージョンでは、Bヴァージョンにおけ
るほど、妹の結婚に際して明確な意志表示をする場面は見られないものの、こ
の問題の解決のためにある程度具体的な行動を取る形に描かれているのに比
べ、Aヴァージョンでは、王は妹自身の判断に任せるのみで、王自らが積極
的に介入することはないのが特徴であった。

　ヨアチマンとヘリントがそれぞれ、王の御前で王妹への求婚を申し出たとこ
ろでは、Aヴァージョンでは王はその都度、「我が妹を広間へと連れてくるの
だ。彼女自らが自分のために答えるのだ」と指示するのみで[3]、その後、ヨア
チマンとヘリントは一騎打ちをすることになる。一騎打ちが行われるまでの間
については、「ヨアチマン王はハシュタン王の妹に会うことはできなかった[4]」
との記述があり、これがハシュタン王の命で取られた措置であるのかどうかを
示す記述はないが、Aヴァージョンでは、ここまでで挙げたものの他に、自
らの妹の結婚をめぐるハシュタン王の態度や言動を示す記述はない。

　しかし、Bヴァージョンでは、ヨアチマンがやって来て、ハシュタン王に王

妹への求婚を申し出たところでは、ハシュタン王はAヴァージョンの場合と
同様、「我が妹を広間へと連れてくるのだ。自らが自分のために答えるのだ[5]」
と指示し、あくまで妹自身の判断に任せたが、ヘリントが訪れたところでは、
ハシュタン王は妹自身の意向を確かめることはなく、「戦闘の場でヨアチマン
王に馬で立ち向かい、乙女（ハシュタン王の妹）から悲しみを取り除くかの貴
人に我が妹を与えよう[6]」と、明確に王自らの望みを前面に出し、妹の結婚に
関する自らの意志をはっきりと表明している。

　他方、Cヴァージョンでは、この、ハシュタン王の妹への求婚者に対する王
や王妹側の対応に、AB両ヴァージョンとは大きな相違が確認された。

　Cヴァージョンでは、ヨアチマンがハシュタン王の御前で王妹との結婚を求
める台詞はなく、AB両ヴァージョンにおいて見られた、「我が妹を広間へと
連れてくるのだ。（彼女）自らが自分のために答えるのだ」とのハシュタン王
の台詞も存在せず、ヨアチマンがハシュタン王のもとを訪れたところで、「彼
（ヨアチマン）がもたれると壁がすべて崩れ、彼が座るとベンチはみな壊れた
[7]」という、Cヴァージョンにしか見られない描写があり、それを受けて、ハ
シュタン王は、「このようなのは怪物の立てる音だ[8]」と考える。王妹はヨア
チマンとの結婚を拒み、「ウィヴィントの息子ヘリントを呼びにやってくださ
い。そうすれば彼（ヨアチマン）の命は危機に晒されます[9]」と懇願すると
[10]、それに対するハシュタン王の台詞は記されていないが、直後に伝令の小姓
が乗る馬の準備がなされ（第34-36スタンザ）、その小姓がヘリントのもとへ
着くと、彼はハシュタン王がヘリントを呼んでいることを告げて王からの手紙
を渡す（第38-39スタンザ）。手紙の具体的な内容は記されていないが、話を
聞いて喜んだヘリントが出発の準備を始める（第40スタンザ）ことから、手
紙にはヘリントにとって何かしら好都合なものとなるハシュタン王の意向が記
されていたと推測できよう（実際、Cヴァージョンでも、ヘリントとヨアチマ
ンの一騎打ちの末、ヘリントはハシュタン王の妹と結ばれる）。こうしたこと
から、Cヴァージョンではハシュタン王が、Bヴァージョンのように明確に、
妹の結婚に関して自らの意向を表明する場面はないが、少なくともAヴァー

ジョンのように、ただ王妹の意見に任せるだけではなく、妹の意を受けて、ヨアチマンによる求婚を阻止するべく、ヘリント宛にしかるべき内容の（おそらくは、ヘリントがヨアチマンを斃し、王妹をヨアチマンによる求婚から救えば、ヘリントに対して相応に報いる意向を記したものと思われる）手紙をしたためるなど、この問題の解決のためにある程度具体的な行動を取る形に描かれていることが窺えよう。

　なお、ヘリントの到着後、ヨアチマンとヘリントの一騎打ちが行われるまでの間、「ヨアチマン王はハシュタン王の妹に会うことはできなかった」のはAヴァージョン[11]のみならず、BC両ヴァージョンにも共通する点である[12]。

　また、この第Ⅰバラッドで描かれる物語については、題材の共通するノルウェー語バラッド作品は遺されておらず、ヨアチマンおよびヘリントの求婚に対するハシュタン王の対応について、ノルウェー語バラッドのケースと比較をすることはできない。

6.3. 本章のまとめ

　ここまで本章では、前章までの第二章から第五章にかけて、フェロー語のバラッド・サイクル『ヘリントの息子ウィヴィント』について、バラッド・サイクルを構成する各サブ・バラッドごとに（第Ⅳ・第Ⅴバラッドはまとめて扱ったが）ABC3ヴァージョン間の比較を行い、また、サブ・バラッドのうち、同じ題材を扱ったノルウェー語バラッドが遺されているものについては、ノルウェー語バラッドの該当箇所との比較も行った結果、フェロー語バラッド3ヴァージョン間、および、それら3ヴァージョンとノルウェー語バラッドの間の異同パターンとして最も多く見られた異同パターンについて確認し、さらに、本バラッド・サイクルにおける主要登場人物の人物像に関し、特にヴァージョン間でやや明確な相違が見られたケースについて（具体的には本サイクルの主人公ウィヴィントとハシュタン王のケースについて）、前章までに確認できたヴァージョン間の相違点をもとに考察を行った。

　そこで次章では、特にクレチアン・ド・トロワの作品『イヴァン』（*Yvain*）

や『イーヴェンのサガ』（*Ívens saga*）の物語の痕跡が比較的はっきりと確認
でき、主人公のウィヴィントが作中で深い関わりを持つ未亡人が登場する第
Ⅳ・第Ⅴバラッドに焦点を当て、主人公ウィヴィントと未亡人の言動ないしは
両者の物語上の歩みについて、特にこの両者の相互の関わりを中心に取り上
げ、本作と共通するモチーフの存在が指摘されているサガ作品『イーヴェンの
サガ』やクレチアン作品『イヴァン』における対応人物のケースと比較し、
各々の特徴を明らかにしたい。その上で、フェロー語の『ヘリントの息子ヴィ
ヴィント』におけるウィヴィントと未亡人の言動や作中の歩みについて、この
フェロー語作品と共通する、ある内容のエピソード（『イーヴェンのサガ』や
クレチアン作品には見られないもの）を有するスコットランドの聖人伝『聖ケ
ンティゲルン伝』（*Vita S. Kentigerni*）の1ヴァージョン（12世紀の作とされ
る）の内容と比較し、本聖人伝の内容とフェロー語バラッド『ヘリントの息子
ウィヴィント』の物語との関係の有無を探りたい。なお、この聖人伝をめぐる
基本事項、およびこの聖人伝を『ヘリントの息子ウィヴィント』との比較考察
の対象として取り上げる理由の詳細は、次章で述べさせていただきたい。

注

1　この、「フェロー語作品では3ヴァージョンのうち、どのヴァージョンにも
　　見られない要素がノルウェー語作品には見受けられる」という箇所に関して
　　は、フェロー語の第Ⅱバラッドのケースについては第三章の註9および註13
　　を、第Ⅳ・第Ⅴバラッドのケースについては第五章の註34を参照されたい。

2　この、ノルウェー語バラッド『エルニングの息子イーヴェン』に記された
　　イーヴェンとガリテ父子の一騎打ちに関しては、第五章の註25を参照。

3　原文は »Heimtið (Heinta) mína systur í hallina inn / hon sjálv for seg at
　　svara. (!) «（ヨアチマン王が訪れた折：A、Ⅰ、第26スタンザ3-4行、200頁。
　　ヘリントが訪れた折：A、Ⅰ、第45スタンザ3-4行、201頁。なお、ここで引
　　用した原文はヨアチマンが訪れた折のものを基本としており、括弧内はヘリン
　　トが訪れた際の形）

4　ikki fekk hann Jákimann kongur / Hartans systur at sjá.（A、Ⅰ、第51ス

タンザ3-4行、201頁）

5　B、I、第15スタンザ3-4行、219頁。

6　B、I、第30スタンザ、220頁。

7　C、I、第27スタンザ、231頁

8　C、I、第28スタンザ3-4行、231頁。

9　C、I、第33スタンザ3-4行、231頁。

10　第二章でも述べたように、このようにハシュタン王の妹が王に、ヘリントを呼びにやるよう頼む記述があるのはCヴァージョンのみである。また、ヘリントの父が後の息子と同じウィヴィントという名であることが記されているのもCヴァージョンのみである。AB両ヴァージョンではヘリントの父の名に関する記述はない。

11　A、I、第51スタンザ3-4行、201頁。註4参照。

12　ヘリントの到着後、ヨアチマンとヘリントの一騎打ちが行われるまでの間、Bヴァージョンの第31、37スタンザ、Cヴァージョンの第46スタンザに、ikki fekk hann Jákimann kongur / Artans systur at síggja.「ヨアチマン王はアシュタン王の妹に会うことはできなかった」との記述が、Bヴァージョンの第32、38スタンザ、Cヴァージョンの第45スタンザに、Ikki fekk hann Jáki mann kongur / Artans systur at sjá.（上記の引用と同義）との記述が（Cの第45スタンザではikki～）、Bヴァージョンの第40スタンザには、ikki fekk hann Jákimann / Artans systur at síggja.「ヨアチマンはアシュタン王の妹に会うことはできなかった」との記述が存在する（220-221頁、232頁）。Aヴァージョンでもヘリントの到着後、ヨアチマンとヘリントの一騎打ちが行われるまでの間には、註4で原文を引用した第51スタンザ3-4行（201頁）以外にも、第52、53、57、58、62、63スタンザに、Ikki（ikki）fekk hann Jákima nn kongur / Hartans systur at síggja（sjá）.（先の第51スタンザ3-4行の原文と同義）という記述がある（202-203頁）。

第七章 『ヘリントの息子ウィヴィント』におけるウィヴィントと未亡人の歩み ——スコットランド聖人伝 『聖ケンティゲルン伝』との関連の 有無をめぐって——

7.『ヘリントの息子ウィヴィント』におけるウィヴィントと 未亡人の歩み

ここまで本書では、第一章において、本作の物語構造の特徴や男性の主要登場人物の扱われ方について考察し、第二章から第六章にかけては、本作を伝える三つのヴァージョンを比較し、その異同について考察を行ったが、この第七章では、特にクレチアン・ド・トロワの作品『イヴァン』（Yvain）や『イーヴェンのサガ』（Ívens saga）の物語の痕跡が比較的はっきりと確認でき、主人公のウィヴィントが作中で深い関わりを持つ未亡人が登場する第Ⅳ・第Ⅴバラッドに焦点を当て、主人公ウィヴィントと未亡人の言動ないしは両者のプロット上の歩みについて、特にこの両者の相互の関わりを中心に取り上げたい。

と言うのも、既に第一章でも述べたように、本作の主人公ウィヴィント（Ívint）の名はクレチアン・ド・トロワの作品『イヴァン』（Yvain）の主人公イヴァン（Yvain）ないしは、『イヴァン』がノルウェー語への翻案を経てアイスランド語に翻案された作品とされる『イーヴェンのサガ』（Ívens saga）の主人公イーヴェン（Íven）に由来すると考えられ、また、本バラッド・サイクルの中で主人公のウィヴィントが深い関わりを持つ未亡人の人物像や作品中の位置づけには、クレチアンの『イヴァン』および『イーヴェンのサガ』において、

それぞれの主人公のイヴァン／イーヴェンが深く関わる相手である、いわゆる「泉の貴婦人」（クレチアン作品ではローディーヌ（Laudine）という名の女性であるが、サガでは名前は記されず[1]）の痕跡が窺える。しかし、この未亡人の人物像や作品中の言動については、先行研究では先に記したように、「鹿狩りが行われた晩、ウィヴィントは未亡人と一夜をともにし、彼女に子どもを孕ませるが、妙齢の未亡人というモチーフは『イヴァン』および『イーヴェンのサガ』にも登場する（Kalinke 1996 / Driscoll 2011）」との指摘があるだけで、具体的な人物像の考察や、『イヴァン』や『イーヴェンのサガ』の泉の貴婦人のケースとの比較は行われていない。

　本章では、特にフェロー語バラッド『ヘリントの息子ウィヴィント』におけるウィヴィントと未亡人の相互の関わり合いに焦点を当て、本作と共通するモチーフの存在が指摘されているサガ作品『イーヴェンのサガ』やクレチアン作品『イヴァン』における対応人物のケースと比較し、各々の特徴を明らかにしたい。その上で、フェロー語の『ヘリントの息子ウィヴィント』におけるウィヴィントと未亡人の言動や作中の歩みについて、このフェロー語作品と共通する内容の、あるエピソード（『イーヴェンのサガ』やクレチアン作品には見られないもの）を有するスコットランドの聖人伝『聖ケンティゲルン伝』（Vita S. Kentigerni）の1ヴァージョン（12世紀の作とされる）の内容と比較し、本聖人伝の内容とフェロー語バラッド『ヘリントの息子ウィヴィント』の物語との関係の有無を探りたい（この聖人伝をめぐる基本事項、およびこの聖人伝を『ヘリントの息子ウィヴィント』との比較考察の対象として取り上げる理由の詳細については、後述する）。

7.1. フェロー語バラッド『ヘリントの息子ウィヴィント』の第Ⅳ、第Ⅴバラッドにおけるウィヴィントと未亡人

7.1.1. 第Ⅳ、第Ⅴバラッドにおけるウィヴィントと未亡人の歩み

　ウィヴィントが関わりを持つ未亡人が登場するのは第Ⅳバラッド『ゲァリアン 第一部』と第Ⅴバラッドの『ゲァリアン 第二部』である。この2つのサブ・

バラッドの物語は既に前章までに紹介済みであるが、ここでウィヴィントと未亡人の歩みを中心に再度振り返ってみたい。両サブ・バラッドの物語は以下のとおりである。なお、物語内容は本バラッド・サイクルのAヴァージョンの内容に準ずる：

Ⅳ.『ゲァリアン 第一部』
ハシュタン王の城市を野生の鹿が走り回っているとの情報があり、鹿狩りが行われ、ウィヴィントも参加。鹿は捕まえられず、その晩、ウィヴィントはある裕福な未亡人の館で宿を取るが、未亡人の意に反して未亡人と肉体関係を持つ。未亡人は子どもを宿す。翌朝ウィヴィントは、「いつ帰って来るのか」との未亡人の問いに、「自分が帰って来るのを期待するな」と答え、ウィヴィントは出発する。裏切られたと思った未亡人は毒入りの飲み物をウィヴィントに飲ませ、ウィヴィントを長期間病床に置くことで復讐しようとする。ウィヴィントはハシュタン王の宮廷に着く頃には発病しており、宮廷の上階の部屋で病床に伏す。九ヶ月後、未亡人は男児を出産。男児は母親のもとで育ち、武勇に優れた若者へと成長するが、ふとした機会に父のことを耳にし、母から詳細を聞き出すと、「もしそなたが父に危害を加えたのであれば、すぐに死んでもらう」と、母に対し剣を抜いて身構えるが、母から、「自分の母親を殺すとは狂った（galin）人間だ」と言われると、男児は自分がゲァリアン（Galian）という名で呼ばれることを求める。ゲァリアンは母から父ウィヴィントの病を癒す飲み物を渡され、ハシュタン王の宮廷へ向かう。母からは、苦境に陥ったら母を思い出すように言われる。ハシュタン王の宮廷でゲァリアンは、病床のウィヴィントに面会し、母からもらってきた飲み物を飲ませると、ウィヴィントは快癒し、周囲は喜ぶ。

Ⅴ.『ゲァリアン 第二部』
ハシュタン王は毎年クリスマスに、「北の入江（Botnar norður）」と呼ばれる場所に臣下を派遣する習慣があった。「お前はまだ若すぎる」とのハシュタン

王の制止を振り切り、ゲァリアンは「北の入江」へ向かい、多くの怪物を捕らえ、巨人一人を斃す。ゲァリアンが巨人の住処へ行くと、ある美しい乙女が座っている。彼はその乙女を連れてゆく。ゲァリアンは龍が飛んでいるのを目にし、龍に向かってゆく。彼は馬もろとも半身まで飲み込まれるが、剣で自らを解放する。大量の血にまみれ、地面に横たわるが、心の中で母に助けを求めると、母が飲み物を持って現れる。それを飲み、体力を取り戻したゲァリアンは、かの乙女を連れてハシュタン王のもとへ向かう。ゲァリアンが宮廷までやって来ると、その前には彼を息子だとわからないウィヴィントがおり、ウィヴィントの求めでゲァリアンは、彼が連れてきた乙女をめぐってウィヴィントとの一騎打ちを行う。やがてゲァリアンは剣を鞘にしまい、自らの正体を明かし、一騎打ちは終わる。ゲァリアンは父ウィヴィントに、かつて自分を孕ませて程なく捨てた母と結婚するよう命じる。ウィヴィントはゲァリアンの母を娶り、ゲァリアンは「北の入江」から連れてきた乙女と結ばれる。

　そこで次に、この未亡人の言動や人物像、および作品中の歩みに関し、共通するモチーフが存在する『イーヴェンのサガ』およびクレチアン作品のケースと比較したい。なお、『イーヴェンのサガ』の物語は、基本的にはクレチアン作品の物語を踏襲したものであり、以下、『ヘリントの息子ウィヴィント』における主人公ウィヴィントと未亡人の歩みを、『イーヴェンのサガ』およびクレチアン作品における対応人物のケースと比較考察する際には、『イーヴェンのサガ』およびクレチアン作品のケースについては、アイスランド語による『イーヴェンのサガ』の方のみを代表として取り上げる形にしたい。

　7.1.2.『イーヴェンのサガ』におけるイーヴェンと泉の貴婦人の関わり
　ここでは、フェロー語バラッド『ヘリントの息子ウィヴィント』における主人公ウィヴィントと未亡人の歩みの比較対象となる『イーヴェンのサガ』におけるイーヴェンと泉の貴婦人の言動および作中の歩みについて整理したい。『イーヴェンのサガ』における両者の歩みは以下のとおりである：

アーサー王の宮廷に属する騎士の一人であるイーヴェン（Íven）は、ある不思議な泉のある国へ冒険に行き、泉の守り手でもあったその国の領主と戦ってこれを斃す。未亡人となった泉の貴婦人が夫の葬列で嘆き悲しむ姿を見て、イーヴェンは彼女に惚れ込む。貴婦人は侍女ルーネタ（Lúneta）から、新しい泉の守り手の必要性ゆえに、亡き夫の殺害者を新しい夫に迎えるよう勧められると、当初は激昂して反対するも、やがてルーネタの意見の正当性を認め、夫の殺害者であるイーヴェンを新しい夫に迎える。アーサー王の一行が訪れた後、イーヴェンが親友のヴァルヴェン（Valven）の助言を受け、再びアーサー王の一行と冒険を求めての旅に出たいと申し出ると、貴婦人は一年で帰って来ることを条件にそれを認める。しかし、イーヴェンは期限までには帰らず、イーヴェンのもとに貴婦人の使者を通じて、貴婦人からの絶縁が伝えられ、イーヴェンはショックで正気を失う（後に通りがかりの人物に魔法の薬で癒され、正気を取り戻し、その人物への返礼も行う）。その後、ルーネタは「泉の国」の執事騎士の一派から、「泉の国」の奥方とイーヴェンの結婚をめぐって裏切りを犯したとして告発され[2]、彼女は自らの無実を証明するためには、決闘裁判で国中で最も豪胆な三人（執事騎士ら）を相手にたった一人で戦う騎士を見つけなければならないことが取り決められる。彼女を守るために決闘裁判で執事の一派と戦うこととなったイーヴェンは、決闘裁判で執事の一派を負かし、ルーネタの潔白が証明される。決闘裁判後、イーヴェンは貴婦人と面会するも、貴婦人は目の前の騎士がイーヴェンだとは気づかず、イーヴェンは一旦泉の国を去る。その後、大きな二つの戦いを経た後、イーヴェンはルーネタの機転を利かせたとりなしで貴婦人と和解する。

そこで、フェロー語バラッド『ヘリントの息子ウィヴィント』における主人公ウィヴィントと未亡人、および『イーヴェンのサガ』におけるイーヴェンと泉の貴婦人のそれぞれの作品中の歩みを比較してみたい。

7.1.3. ウィヴィントと未亡人の関わりと、イーヴェンと泉の貴婦人の
関わりの対比

　まず、両作品中の二人の歩みの共通点について考えてみたい。本書の第一章では、フェロー語バラッド『ヘリントの息子ウィヴィント』と『イーヴェンのサガ』を、物語構造や主要登場人物像において比較し、フェロー語作品の主人公ウィヴィントに関し、特にバラッド・サイクル後半の第Ⅳ・第Ⅴバラッドにおいては、ウィヴィントよりも息子のゲァリアンの活躍の方に焦点が当てられており、ウィヴィントの人物像には、『イーヴェンのサガ』の登場人物で言えば、イーヴェンよりもむしろヴァルヴェンのイメージが持たされていると指摘したが、それでも、フェロー語作品におけるウィヴィントと未亡人との歩みを、イーヴェンと泉の貴婦人の歩みと比較すれば、フェロー語バラッド『ヘリントの息子ウィヴィント』におけるウィヴィントと未亡人の相互の関わりについては、基本的な枠組みにおいては、『イーヴェンのサガ』におけるイーヴェンと泉の貴婦人の設定や両者の歩みをそのまま受け継いでいることがわかり、それがウィヴィントと未亡人の関わりと、イーヴェンと泉の貴婦人の関わりとの共通点となっていると言えよう。その基本的な枠組みとは、「主人公の騎士は問題の女性と出会うが、その女性は主人公の騎士が作品中で初めて出会った時点で未亡人であり、主人公の騎士は、作中で一旦はその未亡人のもとを去り、そのことで未亡人から激しい不興を蒙り、主人公の騎士は精神または肉体を病むが、最後には和解し、未亡人と結ばれる」というものである。

　しかし、ウィヴィントと未亡人の関わりと、イーヴェンと泉の貴婦人の関わりとの間にはいくつか重要な相違点も確認できる：

①フェロー語バラッドの未亡人／サガにおける泉の貴婦人が、ウィヴィント／イーヴェンと作品中で初めて会った時点で未亡人であるのは共通する要素であるが、泉の貴婦人はイーヴェンの行い（その時点での「泉の国」の領主を決闘で斃す）によって未亡人となったのに対し、フェロー語バラッドの未亡人については、彼女が未亡人となった経緯をめぐる記述はなく、ウィヴィントの小姓

の発言によれば、ウィヴィントが訪れた時点で15年間男性と寝ていないとされる：

(1) hon hevur ikki hjá manni sovið / í fimtan vetra skeiða.
　　彼女は15冬[3]の間、殿方の傍では寝ておりません。（A、Ⅳ、第16スタンザ3-4行、211頁）

②『イーヴェンのサガ』のイーヴェンは、貴婦人を一目見て彼女に惚れ込み、そこで一旦は彼女と結婚するが、フェロー語作品のウィヴィントは、作品途上で未亡人のもとに泊まった時点では、肉体関係は持つが、ウィヴィントに結婚の意志があったとの記述はなく、そもそもウィヴィントが彼女に恋愛感情を抱いていることを示す記述もない。

③上記の②と関連し、『イーヴェンのサガ』のイーヴェンは、誰から説得されるまでもなく自発的に一旦貴婦人のもとを去るのではなく、あくまでヴァルヴェンの説得を受けてであり、しかも当人が出発時に貴婦人に語っている限りでは、当初は期限までに帰るつもりだったのが窺える：

(2) Þa s(agdi) Iv(ent) þu setr mer oflangann stefnu d(ag) þui ath ek vil æ sem fyrst finna ydr.
　　するとイーヴェンは言った、「あなた様は私にあまりに長い期限を設けられます。なぜなら私は常に、少しでも早くあなた様にお会いしたいからです。」（80頁）[4]

そして、期限を過ぎたことを悟ると、ショックで悲しみに捕らわれる：

(3) Iu(ent) hugsadí til ath vm var lidit þann tíma er hans fru hafdí honum sett. Var hann nu suo angrs fullr ath naligga gek hann af vítínu ok

skammadizst sialfs síns firir ódrum Riddurum.

　イーヴェンは、奥方が彼に定めた期日が過ぎてしまったことに思い至った。彼は悲しみでいっぱいになって、ほとんど正気を失いそうになり、他の騎士達を前に大変恥ずかしい思いにとらわれてしまったのである。(82頁)

　一方、フェロー語バラッドのウィヴィントは未亡人のもとで一泊すると、翌日には誰から説得されるでもなく、自らの意志で未亡人に別れを告げ、彼女のもとを立ち去る：

(4)　So lystir meg til hallar at ríða, / sum dreingir drekka vín, / skemta tær eftir við gull og fæ, / tú tarvt ikki vænta mín!
　　このように、私は宮廷の広間へと馬で赴き、勇士よろしくワインを飲みたいのだ。あなたは残って金や財産で楽しんでいればいい。私が戻って来るのを楽しみにしている必要はない。(A、Ⅳ、第30スタンザ、212頁)

④『イーヴェンのサガ』では、泉の貴婦人はイーヴェンが帰国の期日を守らなかった折、使者を通じて絶縁の意志を伝えるが、その結果イーヴェンが一旦破滅に陥ることまで彼女が意図ないしは想定していたことを示す記述はない：

1. イーヴェンが旅立つ際の貴婦人の言葉：

(5)　・・・ath þu kom aptr eigi seinna enn áá xíj manada frestí. enn ef þu giorir eigi suo ok hafnar þu mer ríufandí eid þínn. þa skalt þu afsetr allrí mínní ast vm alla þína lífs daga. ok vera sneyptr millum allra dugandí manna þeirra er med sæmdum fæ ser pusu.
　　「……12か月が過ぎるまでに、お戻りいただきたいのです。もしそのようにしていただけず、私に対し、あなた様のお誓いをお破りになった際に

は、あなた様がお命ある限り、私の愛を受け取ることはできず、奥様をお
持ちの名誉ある勇猛な方々の間で恥を蒙っていただきます。」(79-80頁)

2. イーヴェンが期日を守らなかった際の使者の言葉：

(6) nu sendi hon þer þau ord. ath þv vitir hennar alldri optar ok send henni
fíngur gull sítt.
「……奥方様は、あなた様へのお言葉をお託しになりました。あなた様は
二度と奥方様にお会いになることはできず、奥方様の指輪（イーヴェンの
出発時に貴婦人が彼に与えたもの）も返していただきたいということで
す。」(85頁)

一方、フェロー語バラッドでは、未亡人は（BC両ヴァージョンでは）、「ウィ
ヴィント、あなたは私を無理やり抱きましたね。つらい思いをしたのですよ。
そのため、あなたには15冬の間、病で寝床に臥せっていてもらいます。……
そのため、あなたには15冬の間、臥せっていてもらいます、一生の間ずっと
ですよ（Ívint, tú tókst við neyðum meg, / tungt mundi sorgin falla, / fyri tað
ligg tú fimtan vetur / sjùkur á tíni song! /・・・/ fyri tað ligg tú fimtan vetur
/ aldur og ævi alla!)(B、Ⅲ、第24スタンザ・第25スタンザ3-4行、224-5
頁)」と呪いの言葉を浴びせ[5]、（AB両ヴァージョンでは）毒入りの飲み物を
飲ませることから[6]、事実上、未亡人にはウィヴィントに対し、復讐として身
体的な害を与える明確な意図があると言えよう。

⑤『イーヴェンのサガ』のイーヴェンは、最初に泉の国を後にするまでの段階
で、彼が貴婦人との間で肉体関係を持つとの記述はなく、そもそも作品全体を
通じで貴婦人がイーヴェンとの間で子を儲けることはない。一方、フェロー語
バラッドのウィヴィントは、未亡人が、「……私の苦しみを増やさないでいた
だきとうございます。寝床であなた様の傍に寝てくださる麗しきご婦人を手配

してあげましょう（»・・・/ eyka mær ei ta sprongd, / eg skal fáa tær fagurligt fljóð / at sova hjá tær í song.«）（A、Ⅳ、第20スタンザ2-4行、211頁）」と言って乗り気でないにもかかわらず、彼女と肉体関係を持ち、子を孕ませてしまう。

⑥未亡人／泉の貴婦人が物語の最後にウィヴィント／イーヴェンと結ばれる点に関し、『イーヴェンのサガ』のイーヴェンは自ら貴婦人と結ばれることを望み、ルーネタのとりなしで実現するが、フェロー語作品のウィヴィントについては、最後まで彼が未亡人と結ばれるのを望んでいることを思わせる記述は存在せず（そもそも未亡人のことがウィヴィントの意識に上ったことを示す記述すらなく）、クライマックスにおけるウィヴィントとゲリアンの一騎打ちの後、ゲリアンから未亡人との結婚を命じられて彼女のもとへ向かい、未亡人から加えられた仕打ちに不満を漏らす（AB両ヴァージョンのみ）[7]：

(7) Svaraði Galian riddari: / »Yvirstaðið er hetta, / men annar okkara skal lívið láta / ella mína móður at ekta.«
騎士ゲリアンは答えた、「終わりだ。我々のどちらかが命を失うか、それとも我が母を娶るかだ。」（A、Ⅴ、第50スタンザ、218頁）

Tað var Ívint Herintsson, / heim í garðin fór, / úti tann hin ríka einkja / fyri honum stóð.
ヘリントの息子ウィヴィントは庭へと入ってゆくと、表の彼の目の前にはかの裕福な未亡人が立っていた。（A、Ⅴ、第51スタンザ、218頁）

»Statt væl úti fyri mær, / einkjan tú hin ríka, / illa gjørdi tú, fagurligt fljóð, / tá tú ræð meg at svíkja.«
「かの裕福な未亡人よ、私の前にお出ましではないか。麗しきお方よ、あなた様が私を欺こうとなさった折、あなた様は私に酷いことをされました

ぞ。」（A、V、第52スタンザ、218頁）

すると、未亡人から次のように返され、二人は結ばれる（AB両ヴァージョン
のみ）：

(8) »Tú hevði havt mín heiður heima, / tí mundi eg teg møða, / men hoyr
tú, Ívint Herintsson, / sjálv mundi eg teg grøða.«
「あなた様は私の名誉を持ち去ってお帰りになられましたから、私はあな
た様のご健康を損なおうとしたのでございます。しかし、ヘリントの息子
ウィヴィントよ、お聞きください。あなた様を癒そうとしたのも私自身な
のでございますよ。」（A、V、第53スタンザ、218頁）[8]

　一方、サガではイーヴェンはひたすら謝るばかりで、貴婦人は、ルーネタの
ための決闘裁判で戦った騎士（イーヴェンのこと）を赦すとの誓いに束縛され
ているのを理由にして、イーヴェンを赦す：

(9) firir þann harm er enn sítr Jhug mer ok hann giordí mer af sinum
suikum lygí ok hegoma. enn huersu mikit mer þikkir ath þuí vera. þa
þarf þat nu eigi vpp ath telía þui ath ek verd vid hann ath sættaz ok
samþykkiaz.
「……私が彼の裏切り、嘘、虚言によって受けた悲しみは、今もなお私の
胸の内に残っているのです。でも、それが私にとってどれだけつらいこと
であろうと、今はもはやそれをいちいち数え上げて責めることはいたしま
せん。なぜなら、私は彼を赦し、和解しなければならないからでございま
す。」（146-7頁）

giarna vil ek taka vid þer þui ath ek vil eigi riufa eíd mínn ok vil ek nu
giora orugga sætt med okkr ok samþykkí ok ospillileghann frid ok

vndarlighann fagnath.「喜んであなた様をお迎えいたします。なぜなら、私は決して自分のした誓いを破りたくはないからです。私は私たちの間に、確固たる和解と赦し、壊れることのない平和、驚くばかりの喜びをもたらします。」(147頁)

⑦『イーヴェンのサガ』では、作品を伝える主だった写本の中では Stockholm 46 と呼ばれる紙写本で伝わるものを除き、イーヴェンが一旦貴婦人のもとを去ってから、最後にルーネタのとりなしで和解するまでの間に、ルーネタのための決闘裁判での勝利後に一度だけ貴婦人と対面するも、貴婦人が彼をイーヴェンだとわからない、というエピソードがあるが [9] (123-4頁)、フェロー語作品では、ウィヴィントは未亡人のもとを去ってから、(AB 両ヴァージョンでは)ゲアリアンに未亡人との結婚を命じられて未亡人のもとを訪れるまで、彼女と対面することはない。

　このように、『イヴァン』や『イーヴェンのサガ』では、イヴァン／イーヴェンと泉の貴婦人は肉体関係を持つことはなく、『イヴァン』や『イーヴェンのサガ』における泉の貴婦人が、作品中一貫してイヴァン／イーヴェンから愛され続けていたのに対し、フェロー語バラッド作品の未亡人は、ウィヴィントから一夜の慰みもののように扱われ、肉体関係を持たされて子を孕み、その前後を問わず、一切彼から愛されることのない形へと改変されている。また、フェロー語バラッドの未亡人は、自らの意に反する肉体関係を強要して翌朝には去ってゆくウィヴィントに、自分が裏切られたと思うと、毒入りの飲み物を用いて彼に復讐しようとするのに対し、『イーヴェンのサガ』の泉の貴婦人は、一旦自分のもとを去ったイーヴェンが帰国の期日を守らなかった折、使者を通じて絶縁の意志を伝えるが、その結果としてイーヴェンが、ショックで正気を失うことまで彼女が意図ないしは想定していたことを示す記述はなく、フェロー語バラッドの未亡人の行動には、『イーヴェンのサガ』の泉の貴婦人には見られない、自分をないがしろにした男性に対する意図的な復讐という要素が

認められる。

　そこで次に、フェロー語バラッド『ヘリントの息子ウィヴィント』におけ
る、主人公ウィヴィントと未亡人の相互の関わりに関し、クレチアン作品や
『イーヴェンのサガ』とは相違が見られながらも、スコットランド聖人伝『聖
ケンティゲルン伝』(Vita S. Kentigerni) の1ヴァージョンにおける、ケン
ティゲルン (Kentigern) の両親をめぐるエピソードとの間で類似が見られる
箇所について、『ヘリントの息子ウィヴィント』と『聖ケンティゲルン伝』と
の間で比較を行い、フェロー語バラッド『ヘリントの息子ウィヴィント』の物
語と『聖ケンティゲルン伝』の内容との関係性の有無について考察したい。と
言うのも、ケンティゲルンの父はウィヴィント (Ívint) およびイーヴェン
(Íven) と同じく6世紀のウェールズの歴史上の人物とされる、フレゲッド
(Rheged) の王イリエン (Urien) の息子オワイン (Owein) に由来するとさ
れるエウェン (Ewen) という人物だからである。

7.2. スコットランド聖人伝『聖ケンティゲルン伝』の
　　 1ヴァージョンの内容との関係性をめぐって

　既述のように、フェロー語作品ではクレチアン作品や『イーヴェンのサガ』
とは異なり、主人公ウィヴィントが未亡人と肉体関係を持ち、未亡人に息子を
孕ませ、男児を生ませることになる。クレチアンの『イヴァン』はいくつもの
言語に翻案されているが、それらクレチアンの『イヴァン』を直接の原典とす
る作品で、主人公の騎士が泉の貴婦人と肉体関係を持ち、子を孕ませる形に改
変されているものは少なくとも現存しない。しかし、クレチアンの『イヴァ
ン』と題材を同じくする部分があるのではないかと指摘されている作品で、
フェロー語バラッドの『ヘリントの息子ウィヴィント』同様、イヴァンの対応
人物が、自ら深い関わりを持つ婦人に子を孕ませる点で、フェロー語バラッド
と共通性が見られるものが存在する。12世紀に著されたとされ、二つのヴァー
ジョンが現存するスコットランドの聖人伝『聖ケンティゲルン伝』のうち、グ
ラスゴー司教ハーバート (Herbert) の命を受けて著された方のヴァージョン

である（The British Library 所蔵写本 Cotton Vitellius, C. viiiで伝わる）[10]。

7. 2. 1. 『聖ケンティゲルン伝』とは

ケンティゲルン（Kentigern）とは、6-7世紀に活躍したとされるグラスゴーの司教である。ケンティゲルンの聖人伝は二つ現存するが、ともに12世紀の作とされ、一つ目のものは先に挙げた、グラスゴー司教ハーバート（Herbert、在位1147-64）の命を受けたグラスゴー教会の聖職者によって書かれたもので、作者の名前は記されておらず、ケンティゲルンの誕生までの部分しか現存していない。二つ目のものは同じくグラスゴー司教ジョスリン（Jocelin、在位1174-99）が、同じくジョスリン（Jocelin）という名のファーネスの修道士に依頼して書かれたもので、こちらはケンティゲルンの誕生から死に至るまでの内容が完全な形で遺されている。ここで問題になるのは先に挙げた司教ハーバートの命で書かれた方である。（以下、特に断りのない限り、『聖ケンティゲルン伝』との表記はこちらのハーバートの命で書かれた方のヴァージョンのみを指す。）

7. 2. 2. 『聖ケンティゲルン伝』の内容

北部ブリタニアのレウドニア（Leudonia）を統治していた、レウドヌス（Leudonus）王の娘タニー（Thaney）は敬虔なキリスト教徒で、特に聖母マリアの処女性を崇敬していた。そんな彼女に、ブリトン人の高貴な家系の出であるエルウェゲンデ（Erwegende）の息子エウェン（Ewen）が恋心を抱き、彼女との結婚を所望する。王女タニーは断るが、断られるほどにエウェンの恋心は募る。彼女の父王は娘に様々に優しい言葉をかけて、エウェンの愛を受け入れさせようとするが、うまくいかず、ついに父王は彼女にエウェンと結婚するか、それとも豚飼いの世話になるかのどちらかを選ぶよう迫る。すると彼女は豚飼いの世話になる方を選び、父王の怒りを買う。この豚飼いも敬虔なキリスト教徒であった。エウェンは自分のタニーに対する愛がもとで、彼女が父王の覚えを悪くしたことに心を痛め、密かにある婦人を彼女のもとへ送り、宥め賺させて彼女の愛を得ようとするが、うまくいかないとわかると、エウェンは女性に変装し、彼女が豚の餌やりをしているところへしばしば訪れるようになる。ある日

のこと、タニーがある泉から流れ出ている早瀬の畔に一人で腰を下ろしていた
折、エウェンは彼女に近づき、言葉巧みに彼女を誘う。エウェンは自らの思い
を遂げるのにふさわしいところへタニーを連れてゆくと、すぐさま彼女を抱
き、彼女の必死の抵抗もむなしく、タニーは子を孕ませられる。彼は思いを遂
げると彼女への愛情は薄らぎ、身を引いてゆく。彼女は自らの身に起きたこと
を隠そうとするが、やがて彼女の妊娠は世の人々の知るところとなり、父王は
国の掟に従い、彼女に石打ちの刑を言い渡す。刑の執行者達は、王家の一員に
石を投げることに躊躇しつつも、刑の宣告を無視することはできず、そこで彼
らは、タニーを車に乗せて丘の頂上から突き落とす方法を取るが、彼女は生き
延びる。驚いた父王に役人が助言し、今度は彼女は網代舟に乗せられ、川の河
口から海に流されることになる。もし、彼女が生き延びる運命にあるなら、神
が守ってくれるはずだというのである。果たして彼女は川の河口から海に流さ
れると、無事にある陸地に漂着し、そこで男児を出産する。その知らせは、近
くで聖職者達に講義をしていたセルヴァヌス（Servanus）に伝えられる。こ
の時、彼女が出産した男児がケンティゲルン（Kentigern）である。（なお、
タニーの父王は彼女が日々をともにした豚飼いをも死に至らしめようとする
が、逆に、我が身を守ろうとした豚飼いに殺される。）

　7.2.3.『聖ケンティゲルン伝』に記されたケンティゲルンの
　　　　両親をめぐるエピソードと、フェロー語バラッド
　　　　『ヘリントの息子ウィヴィント』におけるウィヴィントと
　　　　未亡人の歩みの比較

　この『聖ケンティゲルン伝』の内容に関しては、Loomis (1949)[11]、Macqueen
(1954/55)[12]、Breulmann (2009)[13]他によって、クレチアン・ド・トロワの
『イヴァン』の物語との類似、および、『イヴァン』と共通の素材に由来する部
分を含むのではないかという点が、しばしば指摘されており、クレチアンの
『イヴァン』におけるイヴァンと泉の貴婦人の関わりと、『聖ケンティゲルン
伝』の内容との間には、主だったものだけでも以下のような類似点が、先行研
究において指摘されている：

①『聖ケンティゲルン伝』に登場するエウェン（Ewen）とクレチアン作品の主人公のイヴァン（Yvain）はともに、6世紀のウェールズの歴史上の人物とされる、フレゲッド（Rheged）の王イリエン（Urien）の息子オワイン（Owein）に由来するとされている（『聖ケンティゲルン伝』ではエウェンの名が初出のところで、「歴史物語ではウリエン王の子息エウェンと呼ばれている（In gestis historiarum vocatur Ewen filius regis Ulien.）（245頁）」との注釈がある。ここでは Urien の名は Ulien と記されている）(Loomis 1949: 17, 302-3; Macqueen 1954/55: 108, 122; Breulmann 2009: 68-9)。

②『聖ケンティゲルン伝』でエウェンが恋心を抱く対象となるタニーの父はレウドヌス（Leudonus）で、彼の国は彼の名に因んでレウドニア（Leudonia）と名付けられた国であるが、クレチアン作品では泉の貴婦人ローディーヌ（Laudine）に関し、「……ランドゥク（Landuc）のローディーヌ（Laudine）、ロードゥネ（Laudunet）公爵の娘であった婦人（・・・Laudine de Landuc, / La dame qui fu fille au duc / Laudunet・・・）（2151-53行、60頁）[14]」とある（Loomis 1949: 272, 303; Macqueen 1954/55: 127; Breulmann 2009: 69）。

③クレチアン作品において、主人公のイヴァンが恋愛感情を抱く相手である泉の貴婦人の居城は、ある魔法の泉の近くである。一方、『聖ケンティゲルン伝』において、エウェンが恋心を抱く相手のタニーに声を掛けるのはある川の早瀬の畔であるが、その早瀬については「ある森の端の傍を流れる泉から出た早瀬の畔に（secus torrentem cujusdam fonticuli prope cilium alicujus silve decurrentis）（246頁）」との記載がある（Macqueen 1954/55: 127; Breulmann 2009: 68）。

④クレチアン作品では、イヴァンは泉の貴婦人に惚れ込み、念願叶って貴婦人と結ばれた後、ほどなくして、アーサー王の一行と冒険を求めての旅に出る方を優先し、泉の貴婦人のもとを立ち去るが、『聖ケンティゲルン伝』でも、エ

ウェンはタニー相手に思いを遂げるとタニーに対する愛情は薄らぎ、彼女のもとを離れてゆく（Macqueen 1954/55: 128）。

　しかし、フェロー語バラッドの『ヘリントの息子ウィヴィント』については、以下に述べるように、ウィヴィントと未亡人の言動や作中の歩みに関し、『イーヴェンのサガ』やクレチアン作品とは異なりながら、『聖ケンティゲルン伝』とは共通性が見られるという点が存在する。

　と言うのも、先にも述べたが、クレチアン作品のイヴァンや『イーヴェンのサガ』の主人公イーヴェンは、泉の貴婦人に惚れ込んで貴婦人と結ばれた後、一旦泉の国を後にするまでの段階で泉の貴婦人と肉体関係を持つとの記述はなく、そもそも作品全体を通じて泉の貴婦人がイーヴェンとの間で子を儲けることはない。しかし、フェロー語バラッドの主人公ウィヴィントは、未亡人がウィヴィントとの同衾に乗り気でないにもかかわらず、ウィヴィントは彼女と肉体関係を持ち、子を孕ませ、その後、ウィヴィントは未亡人の反対を押し切って彼女のもとを立ち去る。

　一方、『聖ケンティゲルン伝』では、エウェンはレウドニア王女タニーに恋心を抱き、彼女との結婚願望を抱くも叶わず、思いを募らせた末に、女性を装って彼女に乱暴し、子を孕ませる。その後、彼女に対する恋心は冷め、彼女のもとから身を引いてゆく。

　既述のように、『聖ケンティゲルン伝』については、クレチアンの『イヴァン』の物語との類似、あるいは、『イヴァン』と共通の素材に由来する部分を含むのではないかという点については、先行研究で繰り返し指摘されてきたが、先行研究では、フェロー語バラッド『ヘリントの息子ウィヴィント』におけるウィヴィントと未亡人をめぐるエピソードと、『聖ケンティゲルン伝』の内容とを関連付けて論じたものは見られない。

　もちろん、フェロー語の『ヘリントの息子ウィヴィント』におけるウィヴィントと未亡人との関わり合いと、『聖ケンティゲルン伝』の物語には相違点も存在する：

①フェロー語バラッドでは、ウィヴィントが子を孕ませる女性は未亡人という設定であるが、『聖ケンティゲルン伝』でエウェンが子を孕ませるタニーは、かねてより聖母マリアの処女性を崇めている人物で、彼女が過去に結婚していたことを示す記述はない。

②フェロー語作品では、ウィヴィントは未亡人のもとに泊まった時点で、彼女と肉体関係は持つものの、彼に未亡人との結婚の意志があったとの記述はなく、そもそもバラッド・サイクルの最後に、ウィヴィントが息子ゲリアンの命で未亡人を娶るまで、ウィヴィントが彼女に恋愛感情を抱いていることを示す記述はない。一方の『聖ケンティゲルン伝』では、エウェンは当初からタニーに対して熱烈な恋心を抱いた上で、彼女との行為に及ぶのであり、彼女に対する愛情が薄れるのは彼女との行為を終えた後である。

③『聖ケンティゲルン伝』では、エウェンは女装をしてタニーとの行為に及ぶが、フェロー語バラッドでは、ウィヴィントが未亡人との同衾に及ぶ際、特に女装等の手段で正体を偽るわけではない。

④フェロー語バラッドでは未亡人は、自分に肉体関係を無理強いし、翌朝には自分を残して立ち去ってゆくウィヴィントに自らがないがしろにされたと感じると、毒入りの飲み物を用いて彼に復讐するが、『聖ケンティゲルン伝』のタニーは、自分に性行為を強要したエウェン（女装している）に復讐することはない。

⑤『聖ケンティゲルン伝』では、タニーが妊娠したことで、国の掟に従い、父王から石打の刑を言い渡され、実際には車で丘の頂上から突き落とされるが、生き延びると網代舟で海へと流される。一方、フェロー語作品では、未亡人の父や彼女の上の立場にある人物は登場せず、彼女がウィヴィントと肉体関係を

188

持たされたことが何らかの処罰の対象となることもない。

⑥フェロー語作品では、未亡人が息子を生んだ後、彼女が息子ゲァリアンを養育する様が記され、また、第Ⅳバラッド後半から第Ⅴバラッドにかけてはゲァリアンの活躍も存分に描かれているが、『聖ケンティゲルン伝』については、ケンティゲルンの誕生までしか遺されておらず、「したがって、書物の後の部分に記されているように、この行為については、はるか後に自らの息子の聖ケンティゲルンのおかげで（エウェンの）記憶に蘇るまでは、（エウェンには）何とも思われていなかったのである（Quod ergo factum pro nichilo deputatum illi, donec per sanctum Kentegernum filium suum tempore longo elapso ad memoriam revocasset, ut in sequentibus scriptum est.）（247頁）」との記述はあるものの、それを伝える部分は現存しない。

　一方、フェロー語バラッドは以下の点について、『聖ケンティゲルン伝』と共通性が見受けられる：

①両作品において、ウィヴィント／エウェンはいずれも、相手の女性の意に反する形で女性との性行為および、女性に子を孕ませる。

②ウィヴィント／エウェンが子を孕ませる女性は、日頃から殿方との関係を拒んでいることが記されている。フェロー語作品では女性は未亡人という設定であるが、ウィヴィントの小姓の話では、未亡人はここ15年間、男性と寝床を共にしたことがないとあり（A、Ⅳ、第16スタンザ3-4行、211頁）、また、ウィヴィントが寝床をともにすることを求めると、「苦しみを増やさないでほしい。そなたと寝るにふさわしい婦人を手配してやる」と言って、ウィヴィントと寝床をともにするのを拒む（A、Ⅳ、第20スタンザ2-4行、211頁）。一方の『聖ケンティゲルン伝』のタニーは聖母マリアの処女性を崇敬し、自らも処女の身を通している（245頁）。

③ウィヴィント／エウェンはともに、相手の女性との性行為を終えると、ほど
なく女性のもとを去る。

このうち、③に関しては、クレチアンの『イヴァン』やその直接の翻案作品に
おいても、イヴァンおよびその対応人物は、泉の貴婦人との結婚後ほどなくし
て、アーサー王の一行とともに冒険を求めての旅に出ることを優先し、泉の貴
婦人のもとを後にするという点で、これら『イヴァン』やその直接の翻案作品
とも類似性が見られる点であるが、①に関しては、クレチアンの『イヴァン』
やその直接の翻案作品では、主人公の騎士は泉の貴婦人と肉体関係を持つこと
はなく、②に関しては、同じくクレチアンの『イヴァン』やその直接の翻案作
品ではいずれも、泉の貴婦人は、夫である国の領主が主人公の騎士（イヴァン
およびその対応人物）に一騎打ちで斃された直後に夫の殺害者と再婚するよう
侍女から助言を受け、それに抵抗こそすれ、夫が決闘で斃されるまでは夫と夫
婦関係にあったのであり、特段長期間にわたって殿方との関係を拒み続けてい
たわけではなく、①と②に関しては、フェロー語作品と『聖ケンティゲルン
伝』にのみ共通して見られる特徴と言えよう。

7.3. 『ヘリントの息子ウィヴィント』と『聖ケンティゲルン伝』との
関係の有無をめぐる考察のまとめ

　ここまでにおいて、アーサー王伝説に題材を取ったフェロー語バラッド『ヘ
リントの息子ウィヴィント』における主人公の騎士ウィヴィントと、彼が子を
孕ませる相手である未亡人との関わりについて、クレチアン・ド・トロワの
『イヴァン』の翻案作品『イーヴェンのサガ』での対応人物にあたる、イー
ヴェンと泉の貴婦人の相互の関わりと比較し、その上で、クレチアン作品や
『イーヴェンのサガ』とは相違が見られながらも、スコットランド聖人伝『聖
ケンティゲルン伝』の物語と類似性が見られる点を中心に、『聖ケンティゲル
ン伝』との比較を試みた。

　もちろん、このフェロー語バラッド作品におけるウィヴィントと未亡人との関わりをめぐるエピソードと、『聖ケンティゲルン伝』の間には何ら関係はなく、フェロー語バラッド作品で伝わる内容が『イーヴェンのサガ』の基本的な枠組みを継承し、また、アーサー王伝説に題材を取った他のサガ作品からもモチーフを得ながら、たまたま『聖ケンティゲルン伝』の内容に類似した形へと物語が編まれたに過ぎない、という可能性もあろう。

　一方、フェロー語バラッド『ヘリントの息子ウィヴィント』に関しては、先述のように、少なくとも、本章で取り上げ、ウィヴィントと未亡人との関わりが描かれている、第Ⅳバラッド『ゲァリアンのバラッド 第一部』と第Ⅴバラッド『ゲァリアンのバラッド 第二部』の、2バラッド分で伝えられている物語内容については、アーサー王伝説に題材を取った現存しないサガ作品（外国語原典に忠実な翻案物ではなく、それらからモチーフなどを借用してアイスランドで独自に物語が作られた作品）が存在したのではないかと指摘されているが（Liestøl 1915: 181-8)[15]、仮にもし、そのような現存しないサガが存在していたのであれば、『聖ケンティゲルン伝』の内容が何らかの経緯で北欧語圏へ伝播し、フェロー語バラッド『ヘリントの息子ウィヴィント』の後半部の物語のもとになった現存しないサガ作品の内容に取り込まれた可能性が、もし、そうしたサガが存在しなかったのであれば、『聖ケンティゲルン伝』の内容が直接か、あるいは他の何らかの作品（現存しないものも含めて）等を介してフェロー語あるいはノルウェー語バラッド[16]の物語に取り込まれた可能性が問題となる。

　もし、『聖ケンティゲルン伝』が北欧へ伝播し、その内容がフェロー語バラッド『ヘリントの息子ウィヴィント』の後半部か、あるいはそのもとになった現存しないサガ作品に影響を及ぼしていたのであれば、北欧語圏に騎士エウェン（Ewen）／イーヴェン（Íven）をめぐる物語が、クレチアンの『イヴァン』のノルウェー語翻案（そして、さらにそのアイスランド語への翻案）と、聖人伝『聖ケンティゲルン伝』の伝播という二つのルートを通じて伝播していたことになる。

　一方で Hill（1986)[17]は、『聖ケンティゲルン伝』の、「作品の主人公が神の

191

意志によって、何らかの特別な目的を背負うべく定められており、その父が、主人公の母となる女性に正面から求婚するも拒まれるという事が続くと、女装して乱暴に及び、主人公を妊娠させる」という内容について、デンマークの歴史家サクソ・グラマティクス（Saxo Grammaticus、1155頃-1220頃?）の著作『デンマーク人の事績』（*Gesta Danorum*）[18]におけるオーティヌス（Othinus）[19]とリンダ（Rinda）のエピソード[20]と類似が見られると指摘し、初期中世ではスカンディナヴィア圏とスコットランドの間は文化面の交流が深かったことから、この物語が片方の地域からもう片方の地域へ比較的容易に伝わり得たのではないかと指摘している（Hill 1986: 232-4）。なお、司教ハーバートの命による方の『聖ケンティゲルン伝』が著されたのは1147年〜1164年とされ、『デンマーク人の事績』の完成はそれより後と考えられているが[21]、Hill（1986）が考えているのは北欧語圏からブリテン島へ向けての伝播である。すなわち、物語が書物の形に書き著されてから伝播したのではなく、『デンマーク人の事績』にオーティヌスとリンダのエピソードとして取り込まれることになる形の、「作品の主人公が神の意志によって、何らかの特別な目的を背負うべく定められており、その父が、主人公の母となる女性に正面から求婚するも拒まれるという事が続くと、女装して乱暴に及び、主人公を妊娠させる」という物語が、書物として書き著されるよりも前の時点で、デンマークを含む北欧語圏からブリテン島に伝播し、それがハーバート版『聖ケンティゲルン伝』の中に取り込まれたのではないかと指摘しているのである（Hill 1986: 234-6）。

　もしそうであるならば、「『デンマーク人の事績』に取り込まれてオーティヌスとリンダのエピソードのもとになり、かつブリテン島に渡って『聖ケンティゲルン伝』にも取り込まれた北欧語圏の物語が、フェロー語バラッド『ヘリントの息子ウィヴィント』の後半部、ないしはそのもとになった現存しないサガ作品にも影響を及ぼした」という可能性も存在することになる。その場合、フェロー語バラッド『ヘリントの息子ウィヴィント』の後半部とハーバート版『聖ケンティゲルン伝』は、共通の題材からモチーフを得ていることになる。

　ただ、いずれにしても、フェロー語バラッド『ヘリントの息子ウィヴィン

ト』の後半部の物語とハーバート版『聖ケンティゲルン伝』の物語の関係をめぐっては、確固たる証拠を基に断定的な事を言える段階にはなく、今後、さらに調査を進めてゆきたいと考えている。

注

1　既に第一章でも触れているが（本書16-17頁）、『イヴァン』／『イーヴェンのサガ』において、イヴァン／イーヴェンは「泉の国」へ赴き、「泉の国」の領主を決闘で斃す。しかし、未亡人となった領主夫人に惚れ込み、領主夫人の侍女リュネット／ルーネタのとりなしもあって、イヴァン／イーヴェンは、一旦は領主夫人と結ばれる。第一章の註23でも触れたが、この領主夫人は研究論文等ではしばしば「泉の貴婦人」と呼ばれている。本章では以下、この領主夫人のことは「泉の貴婦人」と記す。

2　「泉の国」の奥方の再婚相手、すなわち国の新たな領主としてルーネタが推薦したイーヴェンが、奥方から定められた一年という期限内に帰国しなかったことを受けてのもの。

3　この後、Ívint と未亡人の関わりと Íven と泉の貴婦人の関わりの相違点④での引用箇所で、「……あなたには15冬の間（fimtan vetur）、臥せっていてもらいます。一生の間ずっとですよ（B、Ⅲ、第25スタンザ3-4行、225頁）」と、ここでも「15冬」という表現が登場する。「15冬」という年数は長い年月を象徴する年数として用いられたものとの解釈もできよう。

4　『イーヴェンのサガ』のテクストは、Blaisdell, Foster W. (ed.) *Ívens saga.* Editiones Arnamagnæanæ, B, 18. Copenhagen: Reitzels Boghandel, 1979 を使用。以下、『イーヴェンのサガ』からの引用は、この版所収の Stockholm6写本の Transcription に基づく。頁数は引用テクストの当該頁。

5　A ヴァージョンでは未亡人がウィヴィントに毒入りの飲み物を飲ませる際に、呪いの言葉を発することはない（A、Ⅳ、第34スタンザ、212頁）。

6　C ヴァージョンではこの場面では飲み物は登場せず、未亡人の呪いの言葉が（あるいはそれに加えて、ウィヴィントが未亡人から呪いの言葉をかけられた状態で終日馬を進めるという体力を消耗する行動を取ったことも？）彼の病をもたらしたことになる。

7 Cヴァージョンでは、ウィヴィントはゲァリアンから未亡人との結婚を迫られると、ウィヴィントは、既に自分が結婚したことを告げて、未亡人との結婚に反対する。その後、「勇敢な戦士ゲァリアント（ゲァリアン）は彼の母が娶せられるようにした (tað gjørdi Galiant, kempan reyst, / at hansara móðir varð fest.)（C、Ⅲ－Ⅲ、第122スタンザ3-4行、242頁）」とあるが、未亡人が結ばれた相手は明示されない。

8 Bヴァージョンでは、「あなた様は私の名誉を持ち去ってお帰りになられましたから、私はあなた様のご健康を損なおうとしたのでございます」に該当する部分はなく、»Hoyr tað, Ívint Herintsson, / so snarliga grøddi eg teg!«「ヘリントの息子ウィヴィントよ、お聞きください。私はあなた様をかくも早々に癒したのでございますよ（B、Ⅲ、第116スタンザ3-4行、229頁）」とあるのみで、その後二人は結ばれる。

9 『イーヴェンのサガ』を伝える主だった写本のうち、成立年代が古く、従来、研究者の間で最も重要視されてきたStockholm6と呼ばれる羊皮紙写本で伝えられる版では、イーヴェンがルーネタのための決闘裁判での勝利後に一度だけ貴婦人と対面するも、貴婦人が彼をイーヴェンだとわからない、というエピソードがあるが、Stockholm46と呼ばれる紙写本で伝えられる版では、イーヴェンの決闘裁判での勝利後のこの場面に、泉の貴婦人は登場せず、イーヴェンが対面し、対話する相手がルーネタに変更されており、羊皮紙写本Stockholm6においてイーヴェンと奥方が交わした会話の内容の一部が、イーヴェンとルーネタの間で交わされる形となっている。その結果、『イーヴェンのサガ』のStockholm46紙写本版では、イーヴェンが一旦泉の貴婦人のもとを去ってから、物語の最後にルーネタのとりなしで貴婦人と復縁するまでの間に、イーヴェンは貴婦人とは一度も対面することはない。詳しくは拙訳書『北欧のアーサー王物語　イーヴェンのサガ／エレクスのサガ』（麻生出版、2013年）所収の「イーヴェンのサガ―羊皮紙版―」53-4頁、および「イーヴェンのサガ―Stockholm46紙写本版―」99-100頁を参照。

10 ハーバート（Herbert）版『聖ケンティゲルン伝』(*Vita S. Kentigerni*) のテクストは、*Vita Kentegerni imperfecta*. In: Alexander Penrose Forbes (ed.) *Lives of S. Ninian and s. Kentigern. Compiled in the Twelfth Century.* The

Historians of Scotland 5, 243-252. Edinburgh: Edmonston and Douglas, 1874 を使用。

11　Loomis, Roger Sherman (1949) *Arthurian Tradition & Chrétien de Troyes*. New York: Columbia University Press.

12　Macqeen, John (1954/55) Yvain, Ewen and Owein ap Urien. *Transactions of the Dumfriesshire and Galloway Natural History and Antiquarian Society* 33: 107-131.

13　Breulmann, Julia (2009) *Erzählstruktur und Hofkultur. Weibliches Agieren in den europäischen Iweinstoff-Bearbeitungen des 12. bis 14. Jahrhunderts*. Studien und Texte zum Mittelalter und zur frühen Neuzeit, Band 13. Münster: Waxmann.

14　クレチアン・ド・トロワの『イヴァン』(*Yvain*) のテクストは、Kristian von Troyes: *Yvain (Der Löwenritter)*. Textausgabe mit Variantenauswahl, Einleitung, erklärenden Anmerkungen und vollständigem Glossar. Herausgegeben von Wendelin Foerster. Vierte verbesserte und vermehrte Auflage. Halle a. S.: M. Niemeyer, 1912 を使用。

15　第一章の註20でも記したように、Liestøl (1915) は、フェロー語作品の第Ⅳバラッド『ゲァリアンのバラッド　第一部』、および第Ⅴバラッド『ゲァリアンのバラッド　第二部』の計2バラッド分の物語に該当する内容を伝えるノルウェー語バラッド『エルニングの息子イーヴェン』の方について述べているところで、バラッドはアーサー王物語に属する現存しないサガ作品（ただし、外国語作品の忠実な翻案ではなくそれらの諸要素を用いて独自に創られた作品）が基になったものではないかと述べているが（Liestøl 1915: 188）、仮にそのようなサガ作品が存在したとしても、ノルウェー語の作品がそのサガ作品を直接の典拠としたものであるとは限らない。本文で記したように、フェロー語のバラッド作品群には様々なジャンルのサガと題材の共通するものが伝承されており、現存しないサガ作品から、まずはフェロー語バラッド作品が生まれ、それを基にノルウェー語の『エルニングの息子イーヴェン』が生まれたという可能性も十分に存在する。

16　先の註15を参照。

17　Hill, Thomas D. (1986) Odin, Rinda and Thaney, the Mother of St. Kentigern. *Medium Ævum* 55 (2) : 230-7.

18　Gesta Danorum のテクストは *Saxo Grammaticus: Gesta Danorum = The History of the Danes.* Oxford Medieval Texts. Ed. by Karsten Friis-Jensen; tr. by Peter Fischer. Oxford: Clarendon Press, 2015 を使用。

19　一般には北欧神話の主神オーディンとして知られる。

20　『デンマーク人の事績』の中で、オーティヌス（Othinus）とリンダ（Rinda）のエピソードは第三巻で語られる。エピソードの概要は以下のとおりである：

　　息子バルデルス（Balderus。一般には北欧神話の神バルドルとして知られる。この作品では半神半人の人物として登場）をホテルス（Hotherus）に殺されたオーティヌスは、フィン人ロスティオーフス（Rostiophus Phinnicus）から予言を聞く。その予言によれば、ロシア王の娘リンダがオーティヌスのもう一人の息子を産み、この新たに生まれた息子が、自らの兄にあたるバルデルスの仇を討つとのことであった。すると、オーティヌスは繰り返し、正体を隠してロシア王のもとを訪れ、王女リンダに接吻を求めるが、彼女からは三度にわたり拒絶される。四度目に、変装して女医を名乗ってロシア王のもとを訪れたオーティヌスは、たまたま病気になった王女リンダの治療を行うと称し、治療に必要な措置だとしてリンダの体を縛らせ、彼女との性行為に及ぶ。

　　後にリンダからは、オーティヌスの息子ボーウス（Bous）が生まれ、オーティヌスはボーウスに対し、ボーウスの兄バルデルスの死を忘れないようにと言う。そして、バルデルスの殺害者ホテルスはボーウスとの戦闘で落命する（上記使用テクスト（註18参照）142-172頁）。

21　『デンマーク人の事績』の作者サクソ・グラマティクスは、1188年頃には『デンマーク人の事績』の執筆を始めていたと考えられ、完成に至ったのは1208年から1219年までの間とされる。詳しくは、本作上記使用テクストに付された introduction の xxxiii-xxxv 頁を参照。

第八章　結語

8. 結語

　アーサー王伝説に題材を取ったフェロー語のバラッド・サイクル『ヘリント
の息子ウィヴィント』について、本書では、まずバラッド・サイクル全体の物
語構造や、作中における男性の主要登場人物の扱われ方について、主人公ウィ
ヴィントの名前の由来と考えられる人物イーヴェンを主人公とし、物語内容の
上で『ヘリントの息子ウィヴィント』への大きな影響が見られる『イーヴェン
のサガ』（クレチアン・ド・トロワの『イヴァン』がノルウェー語への翻案を
経て、さらにアイスランド語に翻案されたものと考えられる）のケースと比較
することで、その特徴を浮き彫りにすることを目指し、続いて本バラッド・サ
イクルを構成する各サブ・バラッドごとに（第Ⅳ・第Ⅴバラッドはまとめて
扱ったが）、本バラッド・サイクルを伝える3ヴァージョン間の比較を行い、
ヴァージョン間の異同を明らかにし、同時に、本サイクルを構成するサブ・バ
ラッドの中で、共通の題材を扱ったノルウェー語バラッドが遺されているもの
については、ノルウェー語バラッドとの比較も行った。

　次に、バラッド・サイクル『ヘリントの息子ウィヴィント』の中で、特に
『イーヴェンのサガ』の物語の痕跡が色濃く反映している第Ⅳ・第Ⅴバラッド
からなる部分について、本バラッド・サイクルの主人公ウィヴィントと、ウィ
ヴィントが作中で深い関わりを持つ未亡人の歩みに焦点を当て、『イーヴェン
のサガ』における対応人物であるイーヴェンと泉の貴婦人の、同作の物語にお
ける歩みと比較し、相違点を浮き彫りにした。その上で、フェロー語バラッド
におけるウィヴィントと未亡人の言動や作中の歩みに関して、『イーヴェンの

サガ』における対応人物達のケースとは相違が見られる箇所のうち、フェロー語バラッドの方と共通性が見られる箇所を有するスコットランドの聖人伝『聖ケンティゲルン伝』のハーバート版に記された、ケンティゲルンの両親をめぐるエピソードの内容と比較し、本聖人伝の内容とフェロー語バラッド『ヘリントの息子ウィヴィント』の物語との関係の有無について考察を行った。

　その結果、まず、本作のバラッド・サイクル全体としての物語構造については、サイクル全体としての本作が一家系の三世代にわたる物語となっており、サイクルの後半部の物語には、クレチアン・ド・トロワの『イヴァン』や『イーヴェンのサガ』の物語の内容が色濃く反映しているが、フェロー語作品の主人公ウィヴィントについては、バラッド・サイクル前半では、物語の主人公として活躍しながらも、後半部では息子ゲリアンに主人公の座を譲り渡し、さらにはそのゲリアンの敵役、ないしは引き立て役となるなど、サイクル全体を通じて作中の役割が変化しており、特に、息子ゲリアンが物語の主人公となるサイクル後半部では、クレチアン作品および『イーヴェンのサガ』における、主人公の騎士イヴァン／イーヴェンと泉の貴婦人の作中の歩みに関し、その基本的な枠組みは継承されていながらも、サイクル後半部におけるウィヴィントの人物像や物語上の位置づけには、『イヴァン』や『イーヴェンのサガ』において、主人公の騎士の引き立て役を演じていたゴーヴァン／ヴァルヴェンの特徴が見受けられることが明らかとなった。

　次に、本バラッド・サイクルのABC3ヴァージョン間の異同に関しては、Aヴァージョンにしか含まれていない内容を伝えるサブ・バラッド『ウィヴィントのバラッド』を除いては、サイクル全編にわたって、CヴァージョンのみがAB両ヴァージョンとは異なる形の箇所が多く、さらに、サブ・バラッドの中で、題材の共通するノルウェー語バラッドが遺されている第Ⅱ・第Ⅳ・第Ⅴバラッドについては、CヴァージョンのみがAB両ヴァージョンとは異なり、なおかつ、Cヴァージョンの内容とノルウェー語バラッドの内容が共通している、という箇所が圧倒的に多く見られる結果となった。

　そして、本バラッド・サイクルの中で、第Ⅳ・第Ⅴバラッドにおいて描かれ

る、ウィヴィントと未亡人の作中の歩みについては、『イーヴェンのサガ』に
おける主人公イーヴェンと泉の貴婦人の歩みを、基本的な枠組みにおいては継
承していながら、イーヴェンと泉の貴婦人の歩みとは様々な相違点が確認でき
たが、それらのうち、6世紀のウェールズの歴史上の人物とされる、フレゲッ
ド（Rheged）の王イリエン（Urien）の息子オワイン（Owein）に遡るとされ
る名を持つ男性の登場人物が、相手の女性の意に反する形で女性との性行為に
及び、女性に子を孕ませるという点は、スコットランド聖人伝のハーバート版
『聖ケンティゲルン伝』で描かれた、ケンティゲルンの両親をめぐるエピソー
ドとの間で共通して見られるものであり、フェロー語サイクル『ヘリントの息
子ウィヴィント』の第IV・第Vバラッドの物語と、ハーバート版『聖ケンティ
ゲルン伝』の内容との間には、何ら関係がない可能性もあるが、両者の間に関
連があったのであれば、その場合、『聖ケンティゲルン伝』の内容が何らかの
経緯で北欧語圏へ伝播したか、あるいはデンマークの歴史家サクソ・グラマ
ティクスの著作『デンマーク人の事績』におけるオーティヌスとリンダのエピ
ソードのもとになった北欧語圏の物語がフェロー語あるいはノルウェー語のバ
ラッド作品、ないしはそのもとになった現存しないサガ作品に影響を及ぼす一
方で、『聖ケンティゲルン伝』にも取り込まれた、といったケースがあり得る
ことが明らかとなった。

　本バラッド・サイクルは、主としてアーサー王伝説に題材を取った作品であ
るが、本作の他にフェロー語で伝承・採録されている数多くのバラッド作品の
題材は、北欧神話や武勲詩、その他、いくつものジャンルのサガ作品など、多
岐にわたるものである。それらの作品群の中には、本作と同様、あるいはそれ
以上に多数のヴァージョンが伝承されている作品も少なくない。

　今後は、そうした様々な題材を扱った他のバラッド作品群へと考察の対象を
広げ、本作と同様に、題材となった他言語の作品との比較や、ヴァージョン間
の比較、およびバラッド作品間の比較考察等を行い、個々の作品について、
様々な観点から見える特徴、および関連作品群の中の位置づけをより浮き彫り
にしてゆくことを目指したい。

主要参考文献

フェロー語バラッド『ヘリントの息子ウィヴィント』、および
ノルウェー語バラッド『エルニングの息子イーヴェン』、
『クヴィーヒェスプラック』に関するもの

一次資料

『ヘリントの息子ウィヴィント』
Ívint Herintsson. In: Djurhuus, N. (ed.) *Føroya Kvæði. Corpus Carminum Færoensium*,
5, 199–242. Copenhagen: Akademisk Forlag, 1968.

『エルニングの息子イーヴェン』
Iven Erningsson. In: Knut Liestøl and Moltke Moe (eds.), Ny Utgåve. Olav Bø and
Svale Solheim (eds.) *Folkeviser* 1. Norsk Folkediktning, 99–111. Oslo: Det Norske
Samlaget, 1958.
Ivar Erlingen og Riddarsonen. In: Landstad, M. B. (ed.) *Norske Folkeviser*, 157–68.
Christiania: Chr. Tönsbergs Forlag, 1853.
※Hans Ross および Sophus Bugge の版については、以下の二次資料に記載の Liestøl,
Knut (1915) を参照。

『クヴィーヒェスプラック』
Kvikjesprakk. In: Knut Liestøl and Moltke Moe (eds.), Ny Utgåve. Olav Bø and Svale
Solheim (eds.) *Folkeviser* 1. Norsk Folkediktning, 69–78. Oslo: Det Norske Samlaget,
1958.
Kvikkisprak Hermoðson. In: Landstad, M. B. (ed.) *Norske Folkeviser*, 146–56.
Christiania: Chr. Tönsbergs Forlag, 1853.

二次資料

Chesnutt, Michael, and Kaj Larsen (1996) History, Manuscripts, Indexes. *Føroya
Kvæði. Corpus Carminum Færoensium* 7. Universitets-Jubilæets Danske Samfunds
Skriftserie 540. Copenhagen: C.A. Reitzels Forlag.
Conroy, Patricia L. (1985) Faroese Ballads. In: Joseph R. Strayer (ed.) *Dictionary
of the Middle Ages* 5, 15–17. New York: Scribner, 1985.
Conroy, Patricia L. (1986–87) 'Sandoyarbók'. A Faroese Ballad Collection, Its Collector,

and the Community. *Fróðskaparrit* 34-35: 23-41.

Driscoll, M. J.（2011）Arthurian Ballads, *rímur*, Chapbooks and Folktales. In: Marianne E. Kalinke（ed.）*The Arthur of the North. The Arthurian Legend in the Norse and Rus' Realms*, 168-195. Cardiff: University of Wales Press.

林 邦彦「フェロー語バラッド *Ívint Herintsson* 試論」、日本ケルト学会『ケルティック・フォーラム』第17号、2014年、49-60頁。

林 邦彦「フェロー語バラッド *Ívint Herintsson* の3ヴァージョンとノルウェー語バラッド *Kvikkjesprakk*」、中央大学人文科学研究所『人文研紀要』第81号、2015年、115-139頁。

林 邦彦「フェロー語バラッド『ヘリントの息子ウィヴィント』の三ヴァージョンとノルウェー語バラッド『エルニングの息子イーヴェン』」、中央大学人文科学研究所編『アーサー王物語研究』（中央大学人文科学研究所研究叢書63）中央大学出版部、2016年、231-260頁。

林 邦彦「アーサー王伝説を扱ったフェロー語バラッドの物語に見られるハーバート版『聖ケンティゲルン伝』の内容との類似をめぐって」、中央大学人文科学研究所『人文研紀要』第90号、2018年、261-288頁。

Jonsson, Bengt R., Svale Solheim, and Eva Danielson（1978）*The Types of the Scandinavian Medieval Ballad. A Descriptive Catalogue*. In Collaboration with Mortan Nolsøe and W. Edson Richmond. Instituttet for sammenlignende kulturforskning, Serie B: Skrifter, 59. Oslo / Bergen / Tromsø: Universitetsforlaget.

Kalinke, Marianne（1996a）*Ívint Herintsson*. In Norris Lacy（ed.）*The New Arthurian Encyclopedia*. Updated Paperback Edition, 248-249. New York / London: Garland Publishing, Inc.

Kalinke, Marianne（1996b）"Iven Erningsson". In Norris Lacy（ed.）*The New Arthurian Encyclopedia*. Updated Paperback Edition, 248. New York / London: Garland Publishing, Inc.

Kalinke, Marianne（1996c）"Kvikkjesprakk". In Norris Lacy（ed.）*The New Arthurian Encyclopedia*. Updated Paperback Edition, 264-265. New York / London: Garland Publishing, Inc.

Kölbing, Eugen（1875）Beiträge zur Kenntniss der færöischen Poesie. *Germania* 20: 385-402.

Krenn, Ernst（1940）*Die Entwicklung der foeroyischen Literatur*. Illinois Studies in Language and Literature. Urbana: University of Illinois.

Liestøl, Knut（1915）*Norske trollvisor og norrøne sogor*. Kristiania: Olaf Norlis Forlag.
　　※同書156-164頁には、Hans Ross の採録による『エルニングの息子イーヴェン』（*Iven Erningsson*）の手稿版の全編が、そして、Liestøl の同著164-165頁には、同じ『エルニングの息子イーヴェン』の、Sophus Bugge 採録による手稿版の一部分が掲載。

Liestøl, Knut（1931）Den norske folkevisa. In: *Folkevisor* utgjeven av Knut Liestøl. *Folksägner och folksagor* utgiven av C.W. von Sydow. *Nordisk Kultur* 9, 61-77. Stockholm / Oslo / København: Albert Bonniers Förlag / H. Aschehoug & Co.ˢ Forlag / J. H. Schultz Forlag.

Mitchell, Stephen A.（1991）*Heroic Sagas and Ballads.* Myth and Poetics. Ithaca / London: Cornell University Press.

Nolsøe, Mortan（1976）Noen betraktninger om forholdet mellom ballade og sagaforelegg. *Sumlen*: 11-19.

Nolsøe, Mortan（1978）The Faroese heroic ballad and its relations to other genres. In: Otto Holzapfel, in collaboration with Julia McGrew and Iørn Piø（eds.）*The European Medieval ballad. A Symposium*, 61-66. Odense: Oxford University Press.

Nolsøe, Mortan（1985）The Heroic Ballad in Faroese Tradition. In: Bo Almqvist, Séamas Ó Catháin and Pádraig Ó Héalaí（eds.）*The Heroic Process. Form, Function and Fantasy in Folk Epic. The Proceedings of the International Folk Epic Conference. University College Dublin. 2-6 September 1985*, 395-412. Dublin: The Glendale Press.

Storm, Gustav（1874）*Sagnkredsene om Karl den Store og Didrik af Bern hos de nordiske Folk. Et Bidrag til Middelalderens litterære Historie.* Kristiania: P. T. Mallings Bogtrykkeri.

『聖ケンティゲルン伝』および『デンマーク人の事績』に関するもの

一次資料

『聖ケンティゲルン伝』（ハーバート版）

Vita Kentegerni imperfecta. In: Alexander Penrose Forbes（ed.）*Lives of S. Ninian and s. Kentigern. Compiled in the Twelfth Century.* The Historians of Scotland 5, 243-252. Edinburgh: Edmonston and Douglas, 1874.

『聖ケンティゲルン伝』（ジョスリン版）

Vita Kentegerni. In: Alexander Penrose Forbes（ed.）*Lives of S. Ninian and s. Kentigern. Compiled in the Twelfth Century.* The Historians of Scotland 5, 159-242. Edinburgh: Edmonston and Douglas, 1874.

『デンマーク人の事績』

Saxo Grammaticus: *Gesta Danorum* = *The History of the Danes*, Oxford Medieval Texts. Ed. by Karsten Friis-Jensen; tr. by Peter Fischer. Oxford: Clarendon Press, 2015.

（邦訳）

サクソ・グラマティクス 谷口幸男訳『デンマーク人の事績』、東海大学出版会、1993
年。

二次資料

Breulmann, Julia（2009）: *Erzählstruktur und Hofkultur. Weibliches Agieren in den europäischen Iweinstoff-Bearbeitungen des 12. Bis 14. Jahrhunderts.* Studien und Texte zum Mittelalter und zur frühen Neuzeit 13. Münster / New York / München / Berlin: Waxmann.（『イーヴェンのサガ』を扱った部分も存在）

Duggan, Joseph J.（1987）Afterword. In: Chrétien de Troyes: *Yvain. The Knight of the Lion.* Translated from the Old French by Burton Raffel. Afterword by Joseph J. Duggan, 205-226. New Haven and London: Yale University Press.

Hill, Thomas D.（1986）Odin, Rinda and Thaney, the Mother of St. Kentigern. *Medium Ævum* 55（2）: 230-7.

Hunt, Tony（1981）The Medieval Adaptations of Chrétien's *Yvain.* A Bibliographical Essay. In: Kenneth Varty（ed.）*An Arthurian Tapestry. Essays in Memory of Lewis Thorpe,* 203-213. Glasgow: Published on behalf of the British branch of the International Arthurian Society at the French Department of the University of Glasgow.（『イーヴェンのサガ』を扱った部分も存在）

Jackson, Kenneth Hurlstone（1958）The Sources for the Life of Saint Kentigern. In: Nora K. Chadwick et al.（eds.）*Studies in the Early British Church,* 272-357. Cambridge: Cambridge University Press.

Laurie, Helen C. R.（1972）*Two Studies in Chrétien de Troyes.* Genève: Librairie Droz.

Loomis, Roger Sherman（1949）*Arthurian Tradition & Chrétien de Troyes.* New York: Columbia University Press.

Macqeen, John（1954 / 55）Yvain, Ewen and Owein ap Urien. *Transactions of the Dumfriesshire and Galloway Natural History and Antiquarian Society* 33: 107-131.

Macqeen, John（1959）A Reply to Professor Jackson. *Transactions of the Dumfriesshire and Galloway Natural History and Antiquarian Society* 36: 175-183.

Macquarrie, Alan（1997）*The Saints of Scotland: Essays in Scottish Church History, A.D. 450-1093.* Edinburgh: John Donald Publishers Ltd..

西岡健司（2008）「同時代人の見た十二世紀の「スコットランド」――二つの『聖ケンティゲルン伝』の作者の目を通して――」日本カレドニア学会創立50周年記念論文集編集委員会『スコットランドの歴史と文化』明石書店、35-52頁。

Schulenburg, Jane Tibbetts (1998) *Forgethul of their Sex. Female Sanctity and Society, Ca. 500-1100*. Chicago / London: University of Chicago Press.

アイスランド・サガ作品、およびクレチアン・ド・トロワの作品に関するもの

一次資料

『イーヴェンのサガ』

Ívents saga Artuskappa. In: *Riddarasögur: Parcevals saga, Valvers þáttr, Ívents saga, Mírmans saga*. Zum ersten mal herausgegeben und mit einer Literarhistorischen Einleitung versehen von Eugen Kölbing, pp. 73-136. Strassburg: Karl J. Trübner, 1872.

Kölbing, Eugen (ed.) *Ívens saga*. Altnordische Saga-Bibliothek, 7. Halle a. S.: M. Niemeyer, 1898.

Ívents saga, in *Romances: Perg. 4: o nr 6 in The Royal Library, Stockholm*, Early Icelandic Manuscripts in Facsimile, X. Copenhagen: Rosenkilde and Bagger, 1972, facs 24-39.

Blaisdell, Foster W. (ed.) *Ívens saga*. Ed. Arnam., Ser. B, vol. 18. Copenhagen: C. A. Reitzels Boghandel, 1979.

Kalinke, Marianne E. (ed.) *Ívens saga*. In: Marianne E. Kalinke (ed.) Norse Romance 2: Knights of the Round Table, 38-98. Cambridge: D. S. Brewer, 1999.

（英訳）

Blaisdell, Foster W. Jr., and Marianne E. Kalinke (trans.) *Ívens saga*. In: *Erex saga and Ívens saga : the Old Norse versions of Chrétien de Troyes's Erec and Yvain* / translated with an introduction by Foster W. Blaisdell Jr. and Marianne E. Kalinke, 35-83. Lincoln, NB: University of Nebraska Press, 1977.

Kalinke, Marianne E. (trans.) *Íven's Saga*. In: Marianne E. Kalinke (ed.) Norse Romance 2: Knights of the Round Table, 39-99. Cambridge: D. S. Brewer, 1999.

（邦訳）

「イーヴェンのサガ―羊皮紙版―」、林 邦彦訳『北欧のアーサー王物語　イーヴェンのサガ／エレクスのサガ』、麻生出版、2013年、5-69頁。

「イーヴェンのサガ―Stockholm46紙写本版―」、林 邦彦訳『北欧のアーサー王物語　イーヴェンのサガ／エレクスのサガ』、麻生出版、2013年、71-111頁。

『エレクスのサガ』

Erex saga. Efter Handskrifterna utgifven af Gustaf Cederschiöld. Samfund til udgivelse af gammel nordisk litteratur, 3. Köpenhamn: S. L. Møllers Boktryckeri, 1880.

Blaisdell, Foster W. (ed.) *Erex saga Artuskappa*. Ed. Arnam., Ser. B, vol. 19. Copenhagen: Munksgaard, 1965.

Kalinke, Marianne E. (ed.) *Erex saga*. In: Marianne E. Kalinke (ed.) Norse Romance 2: Knights of the Round Table, 222-58. Cambridge: D. S. Brewer, 1999.

（英訳）

Blaisdell, Foster W. Jr., and Marianne E. Kalinke (trans.) *Erex saga*. In: *Erex saga and Ívens saga : The Old Norse Versions of Chrétien de Troyes's* Erec and Yvain / translated with an introduction by Foster W. Blaisdell Jr. and Marianne E. Kalinke, 1-33. Lincoln, NB: University of Nebraska Press, 1977.

Kalinke, Marianne E. (trans.) *Erex saga*. In: Marianne E. Kalinke (ed.) Norse Romance 2: Knights of the Round Table, 223-59. Cambridge: D. S. Brewer, 1999.

（邦訳）

「エレクスのサガ」、林 邦彦訳『北欧のアーサー王物語　イーヴェンのサガ／エレクスのサガ』、麻生出版、2013年、113-151頁。

『パルセヴァルのサガ』

Kölbing, Eugen (ed.) *Parcevals saga, Valvers þáttr*. In: *Riddarasögur: Parcevals saga, Valvers þáttr, Ívents saga, Mírmans saga.*……, supra, 1-53; 55-71. Strassburg: Karl J. Trübner, 1872.

Kölbing, Eugen (ed.) Ein Bruchstück des *Valvers þáttr. Germania* 25 (1880) : 385-88.

Maclean, Helen Susan (1968) A Critical Edition, Complete with Introduction, Notes, and Select Glossary of *Parcevals saga* from the Stockholm Manuscript Codex Holmiensis No. 6, Pergament quarto. Thesis, The University of Leeds.

Parcevals saga. Valvers þáttr, in *Romances: Perg. 4: o nr 6 in The Royal Library, Stockholm*, Early Icelandic Manuscripts in Facsimile, X. Copenhagen: Rosenkilde and Bagger, 1972, facs 39-61.

Wolf, Kirsten. (ed.) *Parcevals saga*. In: Marianne E. Kalinke (ed.) Norse Romance 2: Knights of the Round Table, 108-82. Cambridge: D. S. Brewer, 1999.

Wolf, Kirsten. (ed.) *Valvers þáttr*. In: Marianne E. Kalinke (ed.) Norse Romance 2: Knights of the Round Table, 184-204. Cambridge: D. S. Brewer, 1999.

（英訳）

Maclean, Helen. (trans.) *The Story of Parceval*. In: Marianne E. Kalinke (ed.) Norse Romance 2: Knights of the Round Table, 109-83. Cambridge: D. S. Brewer, 1999.

Maclean, Helen. (trans.) *The Tale of Gawain*. In: Marianne E. Kalinke (ed.) Norse

Romance 2: Knights of the Round Table, 185-205. Cambridge: D. S. Brewer, 1999.

クレチアン・ド・トロワ『イヴァン』

Kristian von Troyes: *Yvain (Der Löwenritter)*. Textausgabe mit Variantenauswahl, Einleitung, erklärenden Anmerkungen und vollständigem Glossar. Herausgegeben von Wendelin Foerster. Vierte verbesserte und vermehrte Auflage. Halle a. S.: M. Niemeyer, 1912.

（邦訳）

菊池淑子訳・著『クレティアン・ド・トロワ『獅子の騎士』 フランスのアーサー王物語』 平凡社、1994年。

クレチアン・ド・トロワ『エレクとエニッド』

Kristian von Troyes: *Erec und Enide*. Textausgabe mit Variantenauswahl, Einleitung, erklärenden Anmerkungen und vollständigem Glossar. Herausgegeben von Wendelin Foerster. Dritte Auflage. Halle a. S.: M. Niemeyer, 1934.

クレチアン・ド・トロワ『ペルスヴァル』

Chrétien de Troyes: *Le Roman de Perceval ou Le conte du Graal*. Publié d' après le Ms. fr. 12576 de la Bibliothèque Nationale par William Roach. Genève: Librairie Droz; Paris: Librairie Minard, 1959.

（邦訳）

クレチアン・ド・トロワ 天沢退二郎訳「ペルスヴァルまたは聖杯の物語」、『フランス中世文学集』2 白水社、1991年、141-324頁。

二次資料

Barnes, Geraldine（1975）The *Riddarasögur* and Medieval European Literature. Mediaeval Scandinavia 8: 140-58.

Barnes, Geraldine（1977）The *Riddarasögur*: A Medieval Exercise in Translation. *Saga-Book of the Viking Society for Northern Research*, 19: 403-41.

Barnes, Geraldine（1982）Scribes, Editors, and the riddarasögur. *Arkiv för nordisk filologi* 97: 36-51.

Barnes, Geraldine（1987）Arthurian Chivalry in Old Norse. In: Richard Barber（ed.）*Arthurian literature* VII, 50-102. Woodbridge / Suffolk: D. S. Brewer.

Barnes, Geraldine（1989）Some Current Issues in riddarasögur Research. *Arkiv för nordisk filologi* 104: 73-88.

Barnes, Geraldine (2000) Romance in Iceland. In: Margaret Clunies Ross (ed.) *Old Icelandic Literature and Society*, 266-86. Cambridge: *Cambridge* University Press.

Barnes, Geraldine (2007) The "Discourse of Counsel" and the "Translated" riddarasögur. In: Judy Quinn, Kate Heslop and Tarrin Wills (eds.) *Learning and Understanding in the Old Norse World: Essay in Honour of Margaret Clunies Ross*, 375-97. Turnhout: Brepols.

Blaisdell, Foster W. (1965) Some Observations on Style in the *riddarasögur*. In: Carl F. Bayerschmidt and Erik J. Friis (eds.) *Scandinavian Studies: Essays Presented to Dr. Henry Goddard Leach on the Occasion of his Eighty-fifth Birthday*, 87-94. Seattle: Univ. of Washington Press.

Blaisdell, Foster W. (1967) The Value of the Valueless. A Problem in Editing Medieval Texts. *Scandinavian Studies* 39: 40-46.

Clover, Carol J. (1974) Scene in saga-composition. *Arkiv för nordisk filologi* 89: 57-83.

Glauser, Jürg (2005) Romance (translated riddarasögur). In: Rory McTurk (ed.) *A Companion to Old Norse-Icelandic Literature and Culture*, 372-87. Oxford: Blackwell.

Glauser, Jürg (ed. 2006) *Skandinavische Literaturgeschichte*. Stuttgart / Weimar: Metzler.

Hallberg, Peter (1971) Norröna riddarsagor. Några språkdrag. *Arkiv för nordisk filologi* 86: 114-38.

Halvorsen, E. F. (1973) Norwegian Court Literature in the Middle Ages. *Orkney Miscellany*, 5: 17-26.

Irlenbusch-Reynard, Liliane (2011) Translations at the Court of Hákon Hákonarson: A Well Planned and Highly Selective Programme. *Scandinavian Journal of History* 36 (4) : 387-405.

Kalinke, Marianne E. (1981) *King Arthur, North-by-Northwest. The* matière de Bretagne *in Old Norse-Icelandic Romances*, Bibliotheca Arnamagnæana 37. Copenhagen: C. A. Reitzels Boghandel.

Kalinke, Marianne E. (1985) Norse Romance (riddarasögur). In: Carol J. Clover and John Lindow (eds.) *Old Norse-Icelandic Literature: A Critical Guide*, Islandica 45, 316-63. Ithaca / London: Cornell University Press; reprint. Toronto / Buffalo / London: University of Toronto Press in association with the Medieval Academy of America, 2005 (Medieval Academy reprints for teaching, 42.)

Kalinke, Marianne E., and P. M. Mitchell (1985) : *Bibliography of Old Norse-Icelandic Romances*, Islandica 44. Ithaca / London: Cornell University Press.

Kalinke, Marianne E. (1990) *Bridal-Quest Romance in Medieval Iceland*, Islandica 46. Ithaca / London: Cornell University Press.

Kalinke, Marianne E.（1996d）Scandinavia. In: Norris J. Lacy（ed.）*Medieval Arthurian Literature: A Guide to Recent Research*, Garland Reference Library of the Humanities 1955, 83-119. New York and London: Garland.

Kalinke, Marianne（1996e）Scandinavian Arthurian Literature. In Norris Lacy（ed.）*The New Arthurian Encyclopedia*. Updated Paperback Edition, 398-401. New York / London: Garland Publishing, Inc.

Kalinke, Marianne E.（2006）Scandinavian Arthurian Literature. In: Norris Lacy（ed.）*A History of Arthurian Scholarship*, 169-78. Cambridge: D. S. Brewer.

Kalinke, Marianne E.（ed. 2011）*The Arthur of the North: The Arthurian Legend in the Norse and Rus' Realms*. Cardiff: University of Wales Press.

Kalinke, Marianne E.（2011a）The Introduction of the Arthurian Legend in Scandinavia. In: Marianne E. Kalinke（ed.）*The Arthur of the North: The Arthurian Legend in the Norse and Rus' Realms*, 5-21. Cardiff: University of Wales Press.

Kalinke, Marianne E.（2011b）Sources, Translations, Redactions, Manuscript Transmission. In: Marianne E. Kalinke（ed.）*The Arthur of the North: The Arthurian Legend in the Norse and Rus' Realms*, 22-47. Cardiff: University of Wales Press.

Kölbing, Eugen（1898）Ein Beitrag zur Kritik der romantischen Sagas. *Publications of the Modern Language Association of America*, 13: 543-59.

Leach, Henry Goddard（1921）*Angevin Britain and Scandinavia*, Harvard Studies in Comparative Literature 6. Cambridge: Harvard University Press.

森 信嘉（2005）「初期アイスランド文学概説」、森 信嘉訳『スカルド詩人のサガ コルマクのサガ／ハルフレズのサガ』（東海大学文学部叢書）東海大学出版会、159-175頁。

Schach, Paul（1975）Some Observations on the translations of Brother Robert. In: *Les Relations littéraires franco-scandinaves au Moyen Age. Actes du Colloque du Liège*, 117-35. Paris: Les Belles Lettres.

Stefán Karlsson（2000）Islandsk bogeksport til Norge i Middelalderen. *Maal og minne* 1979: 1-17. ; Reprint. In: *Stafkrókar*. Ritgerðir eftir Stefán Karlsson gefnar út í tilefni af sjötugsafmæli hans 2. desember 1998, 188-205. Reykjavík: Stofnun Árna Magnússonar.

Weber, Gerd Wolfgang（1986）The Decadence of Feudal Myth: Towards a Theory of *riddarasaga* and Tomance. In: John Lindow, Lars Lönnroth and Gerd Wolfgang Weber（eds.）*Structure and Meaning in Old Norse Literature*, 415-54. Odense: Odense University Press.

あとがき

　このたび、何年かにわたって関心を持ち続けてきた、アーサー王伝説に題材を取ったフェロー語のバラッド・サイクル『ヘリントの息子ウィヴィント』について、このような形で小著を上梓する機会に恵まれたことに感謝申し上げたい。

　なお、本書は、筆者が以前に発表の機会を頂いた以下の四点の拙論に加筆修正を施したものに、書き下ろし部分を加えたものであることをお断りさせていただきたい。

　「フェロー語バラッド *Ívint Herintsson* 試論」、日本ケルト学会『ケルティック・フォーラム』第17号、2014年、49-60頁。

　「フェロー語バラッド *Ívint Herintsson* の3ヴァージョンとノルウェー語バラッド *Kvikkjesprakk*」、中央大学人文科学研究所『人文研紀要』第81号、2015年、115-139頁。

　「フェロー語バラッド『ヘリントの息子ウィヴィント』の三ヴァージョンとノルウェー語バラッド『エルニングの息子イーヴェン』」、中央大学人文科学研究所 編『アーサー王物語研究　源流から現代まで』（中央大学人文科学研究所研究叢書62）中央大学出版部、2016年、231-260頁。

　「アーサー王伝説を扱ったフェロー語バラッドの物語に見られるハーバート版『聖ケンティゲルン伝』の内容との類似をめぐって」、中央大学人文科学研究所『人文研紀要』第90号、2018年、261-288頁。

　また、本書を刊行させていただくまでには、多くの方々にお世話になったこ

とを感謝申し上げたい。個々にお名前を記すことは控えさせていただくが、筆者が大学・大学院在学中にお世話になった先生方、および、各学会・協会でお世話いただいている先生方、特に国際アーサー王学会日本支部、日本中世英語英文学会、日本ケルト学会、日本カレドニア学会、日本バラッド協会、日本アイスランド学会、北欧文化協会でお世話いただいている各先生方に深く感謝申し上げたい。

　最後に、本書の刊行をご快諾くださった文化書房博文社の鈴木康一社長、および、様々な点で的確な助言を惜しまれなかった編集部の岡野洋士氏に心より御礼申し上げたい。

　令和3年3月　　　　　　　　　　　　　　　　　　　　　　　林　邦彦

林　邦彦

1974年生まれ。
1997年早稲田大学第一文学部卒業。
2000年同大学院文学研究科修士課程修了。
現在　尚美学園大学総合政策学部講師。

フェロー諸島のアーサー王物語
バラッド『ヘリントの息子ウィヴィント』をめぐって

2022年1月30日 初版発行　　　　　　　　　著者　　　林　邦彦
　　　　　　　　　　　　　　　　　　　　　発行者　　鈴木　康一
発行所　　　株式会社文化書房博文社
　　　　　　〒112-0015　東京都文京区目白台1-9-9
　　　　　　電話　03（3947）2034／振替　00180-9-86955
　　　　　　URL：http://user.net-web.ne.jp/bunka/

ISBN 978-4-8301-1324-6 C0022　　　　　　　印刷・製本 太平印刷社